상속자들 상

ⓒ이 책은 저작권법에 의해 보호받고 있습니다. 이 책의 저작권은 저자에게 있으므로 저자의 허락없이 어떠한 용도로도 내용의 일부분 혹은 전체를 인용, 전재, 모방할 수 없습니다.

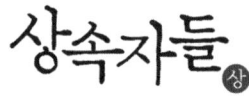
상속자들 상

초판 1쇄 | 2012년 12월 21일
초판 19쇄 | 2019년 1월 21일

지은이 | 전민희
펴낸이 | 서인석
펴낸곳 | 제우미디어
출판등록 | 제 3-429호
등록일자 | 1992년 8월 17일
주소 | 서울시 마포구 상수동 324-1 한주빌딩 5층
전화 | 02-3142-6845
팩스 | 02-3142-0075
홈페이지 | www.jeumedia.com

ISBN | 978-89-5952-272-9
978-89-5952-274-3(set)
• 파본은 본사나 구입하신 서점에서 교환해드립니다.

제우미디어 소설 공식 카페 | cafe.naver.com/jeunovels
제우미디어 페이스북 | www.facebook.com/jeumedia

만든 사람들

출판사업부 총괄 | 손대현 **책임 편집** | 전태준 **기획** | 김용진, 김은숙, 홍지영, 김혜리
제작 | 김금남 **영업** | 김응현, 김소영, 김영욱, 신한길
디자인 | 디자인수 **커버 일러스트** | 윤용기
도움주신 분 | 송재경, (주)엑스엘게임즈 사업팀, 홍보팀, 개발팀, 웹서비스팀, 김창원

상속자들 ㉠

전 민 희 장편소설

제우미디어

좋아. 가르쳐주지. 하지만 이 세상엔
모르는 편이 좋은 일들이 아주 많거든.
도서관 밑에 황금 단지가 파묻힌 걸 몰랐더라면 더
좋았을 텐데. 안 그래?

프롤로그. 최후의 왕

좋은 시절, 운명의 날이 오기 전 14
로사와 진은 어떻게 만났는가 24
장원의 비밀 46
한밤의 정어리 80
매의 집의 아침 식사 102
도서관에서 사라진 책들 136
진이 찾는 자, 진을 찾는 자 166
책 도둑의 한가로운 오후 196
최초의 그림자 매 224
로사의 새 옷 250
대도시에서 일어날 수 없는 일 268

최후의 왕

겨울 해가 비탈진 폐허를 비쳤다. 한때 왕국이었지만 지금은 돌무더기로 변한 언덕을 검은 옷을 입은 무리가 걸어 올라가고 있었다. 검은 덮개를 씌운 가마 한 채도 함께였다. 그들이 향한 언덕 꼭대기에는 앙상한 나뭇가지처럼 생긴 것이 날카롭게 솟아 있었다.

길은 험했다. 아니, 길이 없었다. 그들은 사십여 년 전에 무너진 탑과 궁전, 부서진 가구와 수레, 산산조각난 도자기와 유리를 밟고 나아갔다. 옷깃에는 흙먼지가 내려앉았고 가죽신을 신은 발은 곳곳이 찢어져 피가 배어나왔다. 그러나 절뚝거리면서도 멈추는 자도, 쉬려는 자도 없었다. 해가 지기 전에 꼭대기에 도달해야 했다. 겨울 낮은 짧다. 적란운 너머의 해는 녹슨 창날 같은 회색을 띠었다.

맨 앞에서 느린 노랫소리가 흘러나오자 뒤따르는 자들이 흥얼거림으로 화답했다. 노래는 점차 통곡으로 변했고, 뒤따르는 소리는 흐느낌에 가까워졌다. 마치 장례 행렬 같았지만 가마 속에 든 건 관이 아니었다.

인기척이 있었다. 그것도 점잖은 기척이 아니었다. 안에서 누군가가 몸부림치며 이 벽 저 벽에 부딪치는 바람에 가마꾼들은 숫제 술 취한 걸음으로 걷고 있었다. 하지만 아무도 불평하지 않았다. 몸부림치는 자의 숨이 넘어갈 듯한 헐떡임만이 찬바람 속으로 퍼질 뿐이었다.

무리가 언덕 꼭대기에 이르렀을 때 해가 모습을 감추었다. 동시에 억센 바람이 언덕을 움켜쥐려 했다. 모두 걸음을 멈추고 몸을 움츠렸다. 나뭇조각과 종잇조각과 돌가루가 날아들었다. 어디선가 날려온 찢어진 천이 유령처럼 너울거리며 덮쳐오더니 나뭇가지에 휘감겼다. 그러자 나뭇가지가 파르르 떨렸다.

무리를 이끌던 좨주(祭酒)가 나뭇가지를 올려다보았다. 나뭇가지라고 했지만 규모로만 볼 때는 나무 못지않았다. 높이는 어른 키의 다섯 배쯤 되었고, 아래 둥치도 한 아름은 되었는데 올라갈수록 좁아져 맨 끝은 실처럼 가늘었다. 다만 잔가지나 잎이 전혀 없었다. 옹이조차도 없었다. 단지 하늘을 가리키는 손가락처럼 비스듬히 뻗어 있을 뿐이었다.

"왕국이여."

좨주가 입을 열었다. 그는 나뭇가지 앞으로 천천히 걸어갔다. 다른 자들은 뒤에 머물러 있었다. 가마 속의 헐떡임은 신음으로 변해갔다.

"저희를 벌하소서. 늦게 온 자를 매질하소서. 아무것도 하지 못한 자를 돌로 쳐 죽이소서. 저희가 빚을 갚지 못한다면 왕의 발밑에 개미처럼 으깨어져 죽을 것입니다."

좨주가 신호하자 가마꾼들이 가마를 들고 와 나뭇가지 아래에 내려놓았다. 가마가 쿵쿵 울리다가 잠시 고요해졌을 때 좨주가 휘장을 들추고 잠긴 문을 열어젖혔다. 그러자 두 손이 묶이고 눈까지 가려진 늙은이가 튀어나왔다. 발은 묶여 있지 않았기에 늙은이는 벌떡 일어나더니 비척거리며 몇 걸음을 걷다가 부서진 벽돌을 밟고 넘어질 뻔했다. 좨주가 늙은이의 팔을 붙들고 부축하려 했으나 늙은이는 몸부림쳐 벗어나며 욕설을 내뱉었다.

"이 미친놈들!"

좨주는 침착하게 대꾸했다.

"이제 다 왔습니다. 조금만 기다리시면 됩니다."

"기다리긴 뭘 기다려! 네놈들이 날 잡아먹도록 기다리라고? 썩어빠진 악당 놈들! 네놈들이 저지른 일을 반드시 신들께서 심판하실 게다!"

그러자 좨주가 두건을 젖히며 쓴웃음을 지었다.

"그런 말씀은 곤란합니다. 저희가 비탈리스 폐하를 위해 수십 년 동안 얼마나 많은 고초를 겪으며 견뎠는데 그런 보답을 주시겠다니요."

"그건 내 이름이 아니야! 난 헨릭이라고!"

좨주는 헨릭의 항변을 무시했다. 좨주가 눈짓하자 검은 옷을 입은 자들이 헨릭의 양팔을 움켜쥐었다. 또 다른 자들은 삽을 꺼내 들고 나뭇가지 밑으로 갔다. 그들이 땅을 파는 동안 헨릭은 몇 번 발버둥을 치다가 결국 포기한 듯 축 늘어졌다. 가늘게 떨리는 턱에서 중얼거림이 흘러나왔다.

"이 빌어먹을 놈들은 날 죽이고 말 거야. 갈기갈기 찢어 잡아먹고 말 거야. 그러고도 남을 놈들이지. 네놈들의 왕국 따위 내가 알 게 뭐냐. 사람 잡아먹는 살인귀들 같으니······."

농부 차림에 흐트러진 백발, 그을리고 쪼글쪼글한 얼굴의 헨릭은 '폐하'라는 호칭과는 거리가 멀어 보였다. 행동거지나 말씨도 시골 늙은이 그 이상도 이하도 아니었다. 다만 목소리에 힘이 있었으며 나이에 비해 몸도 건장했다.

헨릭은 눈이 가려져 있어서 몰랐지만 쫴주는 줄곧 헨릭을 바라보고 있었다. 헨릭이 말한 것처럼 먹잇감의 숨통을 언제 끊을지 노리는 맹수 같은 눈빛이었다. 다시 말해, 강한 갈망이 담긴 눈이었다.

나뭇가지 밑을 파던 자들이 삽을 내려놓고 물러나며 쫴주를 불렀다. 쫴주가 다가가 구덩이를 들여다보더니 고개를 끄덕였다.

"모셔 와라."

붙들고 있던 자들이 잡아끌자 헨릭은 한 번 더 무익한 저항을 해보았다. 그러나 결국 구덩이 앞으로 끌려가는 수밖에 없었다. 관이라도 넣으면 알맞을 모양으로 파인 구덩이 앞에 쪼그려 앉혀진 헨릭은 이제 와들와들 떨고 있었다. 쫴주가 고개를 숙이며 정중하게 말했다.

"폐하, 불안하시다는 것을 압니다. 왜 그러시는지 충분히 이해합니다. 그래서 일부러 눈을 가렸습니다만, 중요한 순간이니 원하신다면 풀어드리겠습니다. 어떻게 할까요?"

헨릭이 고개를 끄덕거리자 쾌주가 헨릭의 눈가리개를 벗겼다. 갑자기 주위가 밝아지자 헨릭은 인상을 찡그리며 눈을 껌벅거렸다. 잠시 후 구덩이 속이 희미하게 보였다. 그 편이 오히려 나빴다. 수백 마리의 뱀이 엉킨 듯한 모양이 눈에 들어오자 헨릭은 숨이 멎을 듯이 놀랐다. 그때 마침 구름 속으로 들어갔던 해가 나오면서 강렬한 빛이 쏟아졌다. 다른 자들도 눈을 찌푸릴 정도였으니 헨릭의 눈엔 아예 아무것도 보이지 않았다.

"그럼 시작하겠습니다."

"기다려! 잠깐만!"

헨릭이 필사적으로 몸을 비틀고 버텼지만 흙덩이만 구덩이 속으로 차 넣었을 뿐이었다. 그러다가 발을 헛디뎌 하마터면 스스로 들어갈 뻔했다. 쾌주는 그 꼴을 보며 피식 웃었지만 헨릭에게는 보이지 않았다.

"잠시 후에는 저희에게 고맙다고 말씀하시게 될 겁니다. 아참, 손도 풀어드려야죠."

손목은 풀렸지만 뭘 해볼 틈도 없이 열두 개나 되는 억센 손이 달려들어 헨릭을 머리부터 발끝까지 움켜잡고 구덩이 속에 눕혔다. 저항이 심하다 보니 던져 넣다시피 해야 했다. 울퉁불퉁한 뭔가가 등에 와닿자 헨릭은 진저리를 치며 서주를 내뱉었다. 죽음을 앞뒀다고 생각하면 살려달라고 애걸할 법도 한데 묘하게도 헨릭은 끝까지 수그러들지 않았다.

"이 천벌을 받을 놈들아! 만약 네놈들의 말이 맞는다면 제일 먼저 네놈들을 죽여버릴 거야! 응? 듣고 있어? 지금 당장 날 꺼내라고! 네놈들을 모조리 짓밟아 죽여버린다니까?"

갑자기 헨릭의 외침이 뚝 그쳤다. 뭔가가 헨릭의 몸을 움켜잡고, 휘감았다. 검은 옷을 입은 자들은 재빨리 물러났다. 잠시 후 긴 비명이 울렸다.

그와 함께 나뭇가지가 변하기 시작했다. 바짝 마른 손가락 같던 나뭇가지에 살이 올랐다. 아니, 물이 올랐다. 마치 봄 기운을 머금은 가지처럼 팽팽해졌다. 다만 녹색 대신 붉은 기운이 돌았다. 동시에 옹이조차 없던 껍질 곳곳에서 실처럼 가느다란 가지가 수없이 돋아났다. 바람에도 흩날리는 그걸 가지라고 불러도 좋다면 말이지만. 나뭇가지를 그득하게 채운 가지들은 마치 거대한 짐승의 갈기 같기도 했고, 수천 개의 다리를 가진 지네가 버르적대는 것 같기도 했다.

검은 옷을 입은 자들은 기다리고 있었다. 이제 곧 돌아올 것이다. 최후의 왕이었고 다시 최초의 왕이 될 자가. 그들의 왕, 그들의 신, 싱의 약탈자 비탈리스가.

ΧΑΖΑΡΙΑ

좋은 시절, 운명의 날이 오기 전

운명의 날 이후 엄청난 일들이 벌어졌지만 우리에게도 좋은 시절은 있었다. 비록 평범한 학생들처럼 날씨 쾌청한 여름 오후에 수업을 빼먹고 근처 강으로 소풍을 가서 실수로 너무 많이 싸온 술을 도로 짊어지고 가기 무겁다는 핑계로 모조리 마시려다가 정신을 차리고 보니 너도 나도 하류로 둥둥 떠내려가고 있는 그런 류의 행복은 아니었지만 말이다. 아니, 물론 우리가 술을 안 마셨다는 건 아니고, 소풍을 안 갔다는 것도 아니고…… 하여튼 모든 일이 우리에게는 조금 다른 색채로 벌어졌다는 것만은 미리 말해둔다.

우리는 학생이기도 했고, 어린 소녀이기도 했고, 무시무시한 뒷골목의 전설이거나 시시한 시인이거나 고귀한 방랑자였다. 그리고 훌륭한 가문의 영애이기도 했다. 이렇듯 머리부터 발끝까지 달랐던 우리가 만났던 곳은 위대한 도시, 일명 '대륙의 수도'라고 불리던 델피나드였다.

우리 중 델피나드가 고향인 사람은 에안나뿐이다. 나를 비롯한 나머지는 이 도시의 찬란한 빛에 이끌린 외지인들이었다. 그런 우리가 서로를 알게 된 것은 신들이…… 아니, 우리 일에 신들을 언급하는 것은 적절하지 않을 것 같으니 우연이라고 해두자. 기묘하기도 하고 절묘하기도 한 우연.

이야기는 이렇게 시작된다. 삼류 시인이자 극작가였던 루크는 이 도시 저 도시 떠돌아다니며 알량한 글줄을 팔아 하루하루 연명하고 있던 차에 델피나드에 가면 한심한 대본도 비싸게 사주는 얼간이들이 많다는 소문을 듣게 되었다. 델피나드에는 모든 물자가 흘러넘치다 보니 주머니에 돈푼깨나 쑤셔 넣고 다니는 시민들이 많았고, 그자들은 코러스 대신 염소 떼가 합창을 내지르는 연극이라도 새롭기만 하다면 당장 보러 갈 준비가 되어 있었다. 그런 것조차 없는 슬픈 날에는 심심함을 견디려고 자기 목이라도 졸라보는데 그러다가 그만 죽어버리는 작자들도 많다는 것이었다.

이렇듯 진위는커녕 농담인지 술주정인지도 판단하기 힘든 소문을 듣고도 루크는 그곳이 황금어장이라고 확신하고 델피나드로 가는 마차 상단을 찾아내어 자리를 하나 구했다. 되도록 싼값에 구하려다 보니 지붕에 실린 짐짝 틈바구니에 끼어 앉게 됐지만 가진 건 없어도 젊은이답게 튼튼한 척추 정도는 있어서 큰 탈은 없었다. 델피나드 성벽 앞에 도착한 루크는 지붕에서 날렵하게 뛰어내려 사람들에게 작별을 고했다.

……면 좋았겠지만 사실은 돌부리가 나올 때마다 육중한 짐짝들에

게 한 대 두 대 맞다가 탈진해서 쓰러져버린 루크를 마차꾼 둘이 끌어 내려서 길가에 버려두고 가버렸다. 루크는 저물녘에 깨어나 기다시피 성문 앞으로 갔지만 이미 성문은 닫혀 있었다. 다행히 그는 노숙에 익숙했고, 흔들리지 않는 곳에서 하룻밤 자고 일어나자 오히려 기운을 되찾았다. 심지어 자신처럼 성문이 열리기를 기다리며 야영하는 사람들 중에서 다음날 아침에 선지 수프 한 사발을 사줄 얼간이도 찾아냈다. 루크는 델피나드에 얼간이가 많다는 자신의 추리가 맞아 들어간다고 생각하며 아침 식사를 파는 손수레 식당의 삐걱대는 의자에 앉아 방금 지은 시 한 편을 근사하게 읊어주었다. 선지 순대를 숭덩숭덩 썰어 넣은 뜨뜻한 수프 한 사발이 들큼한 냄새를 풍기며 앞에 놓였다.

"그거 자네가 지었어?"

친절한 얼간이, 아니 줄마노를 사러 남부에 다녀왔다는 사내가 묻자 루크는 어깨만 으쓱해 보이고 고개를 저었다. 떠돌이 시인들은 이곳저곳에서 얻어들은 시를 짜깁기해두었다가 다른 지방에 가면 자기가 지은 양 당당히 읊고 다녔으므로 루크도 굳이 창피해할 필요는 없었다. 하지만 루크는 삼류 주제에 쓸데없는 고집이 있어서 그렇게 지은 시를 써먹기는 하되 자기가 지었다고 말하진 않았다. 반면 직접 지은 시구들만으로 심혈을 기울여 서사시 한 편을 써온 지 수년째였다. 진행 속도로 보아 백 년 내에는 완성될 가망이 없었지만 루크는 허무맹랑한 예감에 사로잡혀 어느 순간 영감이 찾아오면 하룻밤 만에 다 쓸 수 있다고 자신하고 있었다.

반면 사람들이 좋아하는 상냥하고, 간지럽고, 어디선가 들어본 듯한 시들은 입에 풀칠하기에 제격이었다. 이 경우에는 수프 칠이라고 해야 할 것이다. 그런 시는 아무 때나 입만 열면 툭툭 튀어나왔으므로 굳이 외우지도, 기록하지도 않았다. 때로는 어디까지가 얻어들은 구절이고 어디부터가 자기가 지은 곳인지 구별이 안 갈 때도 많았다.

수프를 홀홀 마시던 사내가 그릇을 내려놓더니 루크를 물끄러미 쳐다봤다.

"그야 물론 절반은 테오필로스, 나머지의 절반은 밀렌이 지었지만 남은 부분은 혹시 자네가 지었느냐는 말이야."

루크는 먹던 순대를 뱉을 뻔했지만 겨우 위기를 넘기고 말했다.

"후렴구의 앞부분은 북 메어의 왕 에단 1세의 비석에 적혀 있었죠."

"수백 년씩 차이가 나는 얘기를 잘도 짜 맞췄네. 근사한 재주야."

루크는 평소처럼 아무 궁리 없이 입에서 나오는 대로 뱉었기 때문에 그게 쓸모 있는 재주라는 생각은 전혀 하지 않았다. 그러나 사내는 선지 수프 값을 치르더니 루크를 데려가 어느 잘 차려입은 배불뚝이에게 소개했다. 배불뚝이는 델피나드에서 흥행사로 이름난 레오니스였고, 레오니스는 루크가 일곱 시대의 왕들을 되는대로 연결해서 만든 첫 대본을 건네주자 그걸 무대에 올려서…….

그런데 이건 삼류 시인 루크가 친구들과 만나기 전의 이야기니까 그쯤 해두도록 하자. 본론으로 돌아가서, 우리는 어떻게 만나서 친구가 되었던가?

이야기를 풀어보는 방법은 여러 가지다. 델피나드에 먼저 도착한 순서대로 써보는 것은 어떨까? 그러려면 주인공은 에안나여야 할 것이다. 델피나드 출신이니까. 하지만 에안나가 태어나 자라온 스물 몇 해를 묘사하는 것만으로도 준비해둔 백금 펜촉 일곱 개가 모조리 닳고 말 것 같다. 이 방법은 안 된다.

그러니 우리가 첫 번째로 겪었던 큰 사건에서 시작하는 편이 좋을 것 같다. 사건이 해결된 후 나는 그 사건에 '싱의 비밀'이라는 제목을 붙였다. 당시에는 꽤 괜찮게 느껴졌지만 지금 돌이켜보면 핵심을 놓쳤다는 생각이 든다. 그 사건에는 '싱'보다 더 중요한 무언가가 있었다. 하지만 당시에는 나조차도 그 점을 깨닫지 못했다.

일단 붙인 이름이니 이번에도 그냥 '싱의 비밀'이라고 부르기로 하자. '싱의 비밀'은 커다란 음모였지만 사람들에게는 거의 알려지지 않았다. 우리가 묻어버렸으니까. 당시로선 최선의 선택이었다. 하지만 돌이켜보면, '싱의 비밀' 사건은 기묘할 정도로 우리의 미래를 예견하고 있었다는 생각이 든다. 마치 묵시록 같았다고 할까. 그러니 '싱의 비밀' 사건은 앞으로 내가 써내려 갈 긴 서사시의 첫머리를 장식할 자격이 있다.

사건은, 로사와 나나 자매가 막 델피나드에 도착했던 어느 가을날로부터 시작된다. 가을이라고는 하지만 아직 오후 세 시경에는 숨이 훅훅 막히는 날씨였다. 델피나드는 겨울에도 얼음을 보기 힘든 따뜻한 도시다.

로사는 스스로 원치 않아도 교묘하게 사건에 휘말리는 재주가 있었다. 그날도 따지고 보면 로사가 도서관에서 입관 거부를 당한 뒤 뒷구멍을 찾지만 않았어도 아무 일 없었을 테니까.

로사의 이야기를 시작하기에 앞서 알아두면 좋을 것들이 있다. 우선 델피나드에는 온 세상의 지혜가 모여 있다는 도서관이 있었다. 나중에는 우리가 구석에서 낮잠 자다가 갇히기도 하고 식물 표본으로 몰래 밤참도 만들어 먹고 하던 곳이긴 하지만, 우선은 글을 읽을 줄 아는 자라면 누구나 꿈에서 한 번쯤 가본다는 학문의 전당이었다고 설명해 두자.

그 시절의 델피나드는 전성기를 맞고 있어서 후세 사람들이 '찬란한 세기'라는 이름을 붙였을 정도였다. 우리가 막 스물 몇 살이던 그때가 찬란한 세기의 절정기였던 것 같기도 한데, 뭐, 확인할 수는 없는 일이고.

그때 델피나드 뒷골목에는 '그림자 매의 집'이라는 이름의 으스스하게 생긴 석조 건물이 있었다. 여유 있게는 예순 명쯤, 돼지우리처럼 한 방에 다섯 명씩 처넣으면 백오십 명 정도가 함께 살 수 있는 건물인데 본래는 어느 신의 신전이었다고 했다. 신도들이 떠난 신전이 팔려나가 엉뚱한 용도로 바뀌는 일쯤은 델피나드에서 흔해빠졌고 이 집도 여관으로 개조되어 십여 년 정도 영업했던 모양이지만 이즈음에는 이미 선량한 여행자들이 접근할 만한 장소가 아니었다.

튼튼한 정문 외벽, 종루로 쓰였던 두 개의 첨탑, 꽤 육중한 문짝 등을 보면 신전이라기보다 북부 산지의 요새처럼 생겼는데 규모는 훨씬 작았다. 물론 도시 한구석의 평범한 오거리에 이런 요새를 지을 이유는 전혀 없었다. 혹시 누군가가 의문을 제기하면 사람들은 '글쎄? 신이 북부 출신이었나보지.' 하고 어깨를 으쓱하는 데 그쳤다.

델피나드의 오래된 집들이 흔히 그렇듯 지은 지 몇 년째인지는 아무도 몰랐다. 델피나드에서는 백 년쯤 된 집도 새 집이라고 부르니까. 정확히는 줄리아 1세 치세 이후에 지은 집은 서류상 새 집이라고 적혀 있는데 이게 델피나드 부동산 업자들의 술수인지 총독부의 술수인지는 잘 모르겠다. 어느 쪽이든 갓 델피나드에 들어온 세상 물정 모르는 유학생들을 골탕 먹이기 위한 계략인 건 분명한데 말이지.

그림자 매의 집은 석조답게 덜 낡아 보이긴 했지만 외벽은 거뭇거뭇했고 누렇게 마른 담쟁이가 서쪽 벽을 담요처럼 덮고 있었다. 정문 위에는 날개를 편 새가 그려져 있는데 숯으로 그린 것치고는 꽤 잘 그렸다. 비라도 내리면 새로 그려야겠지만. 무거워서 닫기도 힘든 문은 보통 열려 있고, 그 앞에는 젊은 사내 둘이 지루해 죽을 것 같다는 얼굴로 앉아 보초를 서고 있었다. 네 시간에 한 번씩 교대하긴 하지만 여름 한낮의 한 시간도 긴 법이다. 보초들이 수년 동안 뱉고 버려댄 담뱃진이 계단 밑 흙에 다져져서 담배 없이도 담배를 피우는 효과가 나는 효율적인 공간이기도 했다.

더운 날이면 보초들은 언뜻 지쳐 잠든 것처럼 보일 때도 있었지만 다가오는 자가 있으면 민첩하게 일어났다. 일단 멱살을 움켜쥐고 두 마디쯤 이야기를 나눈 후 처분을 결정했다. 상대의 명치를 갈겨 하수구 근처에 던져버리거나, 위층으로 안내하거나, 드물게는 목젖을 그어버리거나. 아, 물론 내가 본 건 아니고 소문에 의하면.

내가 델피나드에 자리를 잡았을 무렵 그림자 매의 집에는 여든 명 정도가 살고 있었다. 빈 방은 없었을 것 같은데, 그래도 이리 밀고 저리 당기고 하면 잠잘 곳 몇 개쯤은 밀가루 반죽에 구멍 뚫듯 생겨났다. 그리고 직접 들어가 본 바로는 생각보다 그렇게 살기에 끔찍한 곳도 아니었다. 1층에는 무려 목욕탕도 있었다니까? 아참, 말구유였나?

그러거나 저러거나 대부분의 선량한 시민들은 그림자 매의 집을 끼고 있는 이른바 '매 광장' 근처에 얼씬거리지 않았다. 오거리 주변의 다른 집에는 평범한 사람들이 살았지만, 아니 선량한 시민들이 보기에는 평범하지 않았을지도 모르지만, 어쨌든 산책로로 각광받을 만한 곳은 아니었다.

그런데 몇몇 특이한 사람들에게는 이 음산한 집이 총독 주최 신년 파티가 열리는 대연회장보다 가보고 싶은 곳으로 꼽혔다. 그런 자들은 출입구가 보이는 골목에서 보초들의 눈치를 보며 어슬렁댔다. 혹시 먼 발치에서라도 원하는 모습을 보게 되려나 기대를 품고서. 정말로 보게 되면 재빨리 도망쳐서 그날 저녁 노름판에 걸 판돈을 빌리러 갔다. 그런 후 어느 술집 구석의 주사위 판에서 의기양양하게 주사위 통을 탕탕 흔들며 외치는 것이다. '그림자 매의 가호다!'

그림자 매의 집 2층에 살고 있던 델피나드 뒷골목의 전설, 이른바 '그림자 매'는 그런 소리를 들을 때마다 기가 찬다는 표정이었다. 내가 알기로 그는 명성을 아주 귀찮아했다. 하지만 그가 막을 수 있는 일도 아니었다. 그림자 매는 그 혼자만의 이름이 아니었다. 그리고 그림자 매가 노름판의 수호신으로 여겨진 지도 수십 년이 넘었다. 예전엔 그가 아닌 다른 사내가 그림자 매였겠지만 사람이 바뀐 것쯤은 노름꾼들에게 전혀 중요한 문제가 아니었다. 그림자 매는 델피나드 뒷골목의 일인자이고, 그의 운이 노름판의 주사위에도 힘을 발휘한다는 단순한 논리면 충분했다. 게다가 그림자 매의 가호로 한몫 잡았다는 뒷골목 성공담이 줄곧 부뚜막 연기처럼 뭉게뭉게 새어 나오고 있었다.

　이 모두는 이제 기록조차 사라져버린 일들이지만 내게는 어제 일처럼 생생하다. 비록 내가 허망한 글줄을 팔아 살아가는 삼류 시인이긴 하지만 기억력만은 불필요하게 좋으니까.

　로사와 나나 자매가 델피나드에 막 들어와 어느 술집에 앉았을 때, 루크는 빌린 책이 가득 쌓인 방에서 막 탈출하기로 결심한 참이었다. 마감일이 보름 지난 시점에서 반밖에 못 쓴 새 대본 뒤에 예전에 썼던 대본 절반을 붙여서 레오니스한테 넘겨주고, 레오니스가 뒷부분을 읽는 데 반나절은 걸리길 기대하며 숨어 있을 곳을 찾아 뒷골목을 전전하기로 한 것이다. 내가 이 작자의 한심한 행태를 왜 이렇게 잘 알고 있느냐면…… 그게 바로 나라서 그렇다. 루키우스 퀸토. 찬란한 세기의 증언자.

　성실한 증언자는 숨기는 것이 없어야 하는 법이지. 내 꼴은 실제로 그랬어. 지금 내가 술을 한잔 마셔서 이러는 건 아니고.

　그럼 슬슬 돌아가볼까. 로사와 진이 만난 그날 오후로.

ΧΑΖΑΡΙΚΑ

로사와 진은 어떻게 만났는가

"좋아. 가르쳐주지. 하지만 이 세상엔 모르는 편이 좋은 일들이 아주 많거든. 도서관 밑에 황금 단지가 파묻힌 걸 몰랐더라면 더 좋았을 텐데. 안 그래?"

도서관 밑에 황금 단지가 묻혀 있는 줄은 누구나 안다. 로사는 적절한 비유가 아니라고 생각했다. 델피나드 사람들은 '도서관 밑의 황금 단지'를 두고 내기를 걸고, 맹세도 하고, 외상도 긋고, 가불도 했다. 돈 한 푼 없이 결혼이란 걸 하고 싶을 때도, 늙은 부모님의 생신 상 앞에서 빈손으로 큰소리를 쳐야 할 때도, 도서관 밑의 황금 단지는 유용했다. 파내기만 하면 된다. 그게 지금이 아닐 뿐이지. 다른 사람이 훔쳐 갈 염려도 없다. 누구도 황금 한 단지를 파내기 위해 도서관의 아름드리 기둥들을 뽑아낼 용기는 없을 테니까. 뽑아내기는커녕 낙서 한 줄만 남겨도 재판정으로 보내져서 변론인을 고용하느라 오히려 돈을 써야 할 판이다. 황금 단지를 파내지 못해서 델피나드 사람들이 괴로워하고 있을까? 글쎄. 아주 약간은? 로사는 말했다.

"잔소리를 걷어치우고 빨리 말하면 황금 단지 대신 은화 한 개가 생길 텐데."

로사는 허리띠에 끼워뒀던 은화를 뽑아들었다. 표면에 백합이 새겨져 있어 '백합 은화'라고도 불리는 이것 하나면 여관비를 이틀 치는 낼 수 있었다. 그런데 모서리를 집게손가락으로 문질러보니 고향에서 쓰던 것보다 닳았거니와 어쩐지 가벼웠다. 이유야 뻔했다.

로사의 할머니는 은화나 금화의 테두리를 깎아내다가 잡혀온 자들을 벌거벗겨 성벽에 매달았다. 델피나드 총독은 도시 외벽이 온통 살색으로 뒤덮일까봐 그러지 못하는 모양이었다. 하긴 날씨 좋은 델피나드에서는 그리 무거운 벌도 아니리라. 로사의 고향은 지독히 추웠다.

맞은편에 앉은 사내가 턱에 매달린 염소수염을 손끝으로 꼬면서 싱긋 웃었다. 서른 중반 정도에 매끈한 인상인 이자는 아까부터 온갖 과장된 표정을 짓느라 눈을 희번덕거렸는데 제 나름대로는 그런 모습이 젊은 여자에게 통하리라 기대하는 것 같았다. 하지만 로사의 눈에는 맨 뒷줄에 앉은 관객한테까지 뭔가를 보여주기 위해 허우적거리는 배우처럼 보였다. 감상과는 별개로 로사는 은화를 튕겼다. 툭, 소리와 함께 날아가자 사내의 손이 잽싸게 낚아챘다.

"식물원이 열쇠야. 후원과 연결돼 있거든. 정문은 여덟 시에 닫히고 나면 사서들의 왕 티렌께서 오셔도 통과 못하니까. 놀랐나? 그야 티렌 자신이 정한 법인데 자기부터 모범을 보여야 할 거 아냐? 하여튼 후원

뒷문에는 약간의 자비심이 있어. 식물들은 어린애거든. 시시때때로 이유 없이 시들시들해지기 때문에 엄마든 보모든 누군가가 드나들어야 하지. 그래서 학예 학생증만 갖고도 통과가 가능해. 물론 식물원 강좌를 듣는 학생이어야 하지만, 그야 워낙 자주 바뀌는데 문지기인들 일일이 기억할 수가 있겠어? 통과하는 요령은 조금 있다가 자세히 말해줄 테니까 일단 들어간 다음부터 말하면…… 잠깐, 식물원에는 관심 없다고? 이봐, 식물원은 박물관과 연결되고, 박물관은 도서관으로 연결된단 말이야. 겉으로 볼 땐 건물 밖으로 일일이 나갔다가 들어가는 길밖에 없어 보이지. 하지만 보이는 게 다가 아니거든. 도서관은 모든 면에서 그래. 겉으로 보이는 건 절반, 아니 삼분의 일도 안 돼. 괜히 위대한 도서관이 아니지. 통로는…… 그런데 도서관에는 가봤어? 구조를 모르면 설명해봤자 헛일이잖아?"

"그냥 설명해."

로사가 도서관에 대해 얼마나 아는지 설명할 필요는 없었다. 돈을 치렀으니 말해야 할 사람은 저쪽이었다.

"뭐 그럼 가봤다 치고. 그런데 여기부터가 진짜인데 말이야, 내가 이 길을 찾아내기까지 꼬박 일 년이나 걸렸어. 그렇게 헤매다가 드디어 정문으로 나왔을 때 그 끝내주는 기분이라니! 쳇, 말한다고 알겠느냐마는. 그런데 그렇게 알아낸 비밀을 지금 막 말해주려는데 변소 가다가 붙잡힌 사람 같은 표정이나 하고 있으니 말하는 흥이 안 나잖아. 눈이라도 좀 반짝거리면서 두 손도 모아 쥐고, 감동해서 한숨도 내쉬고 그러면 안 되나? 나이도 어린 아가씨. 얼굴도 예쁘장한데."

조그맣고 해쓱한 데다 북부인 특유의 납빛 얼굴을 한 로사, 수년간 핀 한번 꽂아본 적 없는, 그저 방치됐기 때문에 길게 자란 머리를 망토 두건 속에 쑤셔 넣은 로사는 코웃음도 치지 않았다. 지금 자신의 꼴과 '예쁘다'는 말만큼 거리가 먼 표현도 달리 없을 것이다. 고향을 떠나 일 년 가까이 여행했기 때문에 이런 꼴이라고 주장하기도 뭣한 것이 그녀는 고향에서도 단장하고 밖에 나서본 적이 없었다. 그건 마치 로사의 이름처럼 우스꽝스러운 짓이었다. 로사의 본명인 키프로사는 무덤가에 심는 나무인 실편백에서 왔다. 실편백나무는 죽음과 무덤, 영원한 고통을 뜻했다.

로사는 대꾸하는 대신 허리띠에 늘어뜨린 담배쌈지를 열고 씹는담배 한 줌을 꺼내 염소수염 사내에게 건넸다. 로사는 담배를 피우지도 씹지도 않았지만 가끔, 이를테면 지금 같은 때 유용하다는 것은 알고 있었다. 로사의 허리띠에는 담배쌈지 말고도 주먹만 하게 돌돌 만 채찍과 짤막하고 폭이 넓은 단도, 그리고 한 뼘 반 정도 되는 막대가 매달려 있었다. 막대는 나무였는데 표면이 마치 쇠자처럼 반들반들했다. 염소수염은 반색하며 담배를 입에 털어 넣더니 씩 웃었다.

"좋은 걸 갖고 있군."

주위는 시끄러웠다. 주점 안의 백여 개나 되는 자리들은 땀 냄새 풍기는 사내들로 꽉 차 있었다. 이런 곳이기에 비밀 이야기를 하기에 좋았다. 바로 등 뒤만 해도 일곱 명이 둘러앉아 두 통은 될 술을 마셔 없애며 음담패설에 여념이 없었다. 오른편 테이블에서는 검투 경기의 결과를 기다리는 도박꾼들이 막말을 주고받다가 주먹다짐이 오가기 직전이었다. 어느 쪽이든 남의 테이블에서 오가는 얘기를 엿들을 여유는 없어 보였다.

염소수염이 등지고 앉은 왼편 테이블에는 덩치가 큰 초원의 유목민, 페레가 앉아 있었다. 페레와 일행인 젊은이는 연한 갈색 얼굴로 보아 남부 출신인 듯했다. 두 사람은 비교적 조용하게 식사를 하는 중이었지만 로사는 그들도 염려하지 않았다. 음식을 주문하고 주위의 소란을 바라보는 태도가 여유로운 것으로 보아 둘 다 델피나드 사람이 틀림없었기 때문이었다. 여행자들이나 남의 말에서 정보를 찾으려고 귀를 곤추세우는 법이다. 더구나 다른 두 테이블이 너무 시끄러운 나머지 그들이 이쪽 이야기를 알아들을 가능성도 거의 없었다. 로사에게도 그들의 이야기가 전혀 들리지 않았다.

그건 잘못된 판단이었다. 두 사람은 로사의 존재를 의식하고 있었다. 로사 일행이 처음 들어와 앉았을 때부터. 로사가 그들 눈에 띈 이유는 세 가지였다.

첫째로, 로사는 가죽을 덧댄 바지와 각반 친 장화, 셔츠 위로는 두건 달린 반 망토를 걸치고 있었다. 다시 말해 남자처럼 입고 있었다. 이곳 풍습과는 맞지 않거니와 무더운 날씨와도 맞지 않았다. 물론 델피나드에 막 도착한 여행자들이 엉뚱한 옷차림을 하고 있는 경우는 흔했다. 그리고 델피나드는 전 대륙에서 가장 여행자가 많이 찾아오는 곳이었다.

둘째로, 로사 곁에 앉은 소녀는 이 주점에서 유일한 미성년 손님이었다. 게다가 흔치 않은 화려한 미모였다. 색 바랜 파란 원피스를 입었을 뿐인데도 금빛 고수머리로 둘러싸인 얼굴에서는 빛이 나는 듯했다. 하지만 높은 의자에서 다리를 달랑거리고 있을 정도니 예닐곱 살쯤 더 많았다면 모를까, 사내들의 눈길을 계속 잡아두기에는 너무 어렸다.

셋째로, 초원의 유목민인 타양은 인간들보다 훨씬 귀가 밝았다. 그게 진짜 이유였다.

"진, 자네 뒤에서 수상한 이야기가 오가는군."

남부 젊은이, 진은 뒤를 돌아보는 대신 포도주를 한 모금 더 마시고, 테이블에 얹어놓은 손을 한차례 쥐었다 펴더니 빙그레 웃었다.

"뒤통수로 봐도 알겠는데."

타양과 진은 친구였다. 비록 타양이 진보다 한 뼘은 크고 나이는 두 배가 넘었지만 둘 다 신경 쓰지 않았다. 고양잇과 맹수를 닮은 얼굴, 온몸을 뒤덮은 털과 갈기, 긴 꼬리까지 가진 페레는 온갖 종족들이 섞여 사는 델피나드에서도 흔치 않았다. 페레는 초원 밖으로 나오는 일이 드물었기에 무시무시한 소문에 휩싸여 있었다. 말의 목도 부러뜨린다는 완력, 빠른 활, 자비심 없는 약탈, 그들만의 탈것인 눈사자에게 사람고기를 먹인다는 풍문까지. 괴담의 요건을 빠짐없이 갖춘 터라 재작년에 델피나드에 등장한 타양은 존재 자체만으로 공포를 자아냈다. 그리고 한 해 반이 흐른 지금은 별명이 하나 더 붙었다. 이른바 그림자 매의 '왼쪽 검.'

타양이 말했다.

"저자를 본 적이 있다. 지난겨울에, 부둣가에서."

"푸줏간 주인이 죽었던 사건 때?"

"음. 목격자 중 한 명이었다. 죽은 자에게 물건을 대던 자들 중 하나였지."

"자네 눈은 틀림없지. 그런데 지금은 전혀 다른 일을 하고 있는 것 같은데."

"직업이 여럿일 수도 있지만."

"백정은 도서관에 못 드나들어."

"그런 것 치고 꽤 공들인 이야기군."

"공을 들여야 돈을 벌겠지. 많이 주던가?"

"저자의 머리를 사고도 남겠던데."

"빵 값을 다 치렀는데 그 속에 든 건포도 하나만 받게 생겼군."

타양이 피식 웃었다. 대부분의 사람들은 털 속에 묻힌 페레의 웃음을 잘 알아보지 못했다. '웃지 않는 자들'이라는 별명도 있을 정도다. 하지만 타양과 동고동락해온 진은 그의 표정을 쉽사리 읽었다. 진이 말했다.

"왜? 정리 좀 해줘야 할 것 같아?"

타양이 좀 더 귀를 기울이더니 고개를 저었다.

"어디선가 들은 이야기를 파는지도 모르지. 그리고 저자가 이야기하는 내용이 어떤 가치가 있는지도 모르겠다. 그래서 정확한 값도 알 수가 없군."

진은 의자를 약간 당기며 슬쩍 뒤를 돌아보았다. 그가 앉은 방향에서는 금발 소녀의 모습만이 눈에 들어왔다. 진은 도로 고개를 돌리며 말했다.

"글쎄. 그게 전부라면 차라리 낫겠지만."

금발 소녀는 로사의 동생 나나였지만 외모만으로는 로사가 유괴한 부잣집 꼬마 아가씨처럼 보였다. 진 같은 사람의 눈에는 로사와 염소수염이 나나를 사고팔려고 만난 것처럼 보였다 해도 무리가 아니었다.

그즈음 로사는 쓸데없는 얘기가 자꾸 귓속으로 들어와 귀찮았다. 술꾼들의 음담패설과 도박사들의 말다툼이 점점 더 소리를 높여가더니, 마침내 도박사들이 상대방의 멱살을 붙잡고 욕설을 퍼붓기 시작했다. 그들 때문에 로사가 들었어야 할 진과 타양의 대화는 잡음 속에 묻혀버렸다.

염소수염이 식물원과 박물관과 도서관을 잇는 비밀스러운 길을 설명하고, 마지막으로 해 뜨기 전에 도서관에서 안전하게 빠져나온 이야기를 막 끝냈을 때였다. 그때까지 얌전하게 앉아 있던 나나가 불쑥 말했다.

"거짓말."

로사가 나나를 돌아봤다. 자매의 눈이 마주쳤다. 로사가 갑자기 벌떡 일어섰다. 손에는 어느새 허리띠에 매달고 있던 막대가 쥐어져 있었다. 로사는 그걸 단도처럼 휘둘러 염소수염의 목 뒤를 내리쳤다. 순식간에 벌어진 일이었다. 염소수염이 짧은 비명을 지르며 테이블 위로 엎어졌다. 의식은 있었지만 마비된 것처럼 말을 하지도, 움직이지도 못했다.

로사는 염소수염의 품에서 돈주머니를 끄집어내어 열었다. 앞서 자신이 건넸던 금화 다섯 개와 추가로 준 은화 한 개를 꺼내더니 나머지 돈에는 손대지 않고 도로 닫아 염소수염의 턱 밑에 찔러 넣었다. 염소수염은 기를 쓰고 움직이려 했지만 몸이 부들부들 떨렸을 뿐이었다. 움직이지 못하는 사이에 누군가가 돈주머니를 빼앗아 갈지도 모르지만 그것까지는 염소수염의 운일 뿐, 로사가 알 바 아니었다.

"가자."

나나가 막 일어서려 했을 때였다. 갑자기 문이 활짝 열리며 누군가가 외쳤다.

"쇠갈고리 마리우스가 승리했다!"

그러자 주점 안의 사내들이 일제히 함성을 질렀다. 언뜻 듣기에는 한마음 한뜻인 것 같았지만 실은 누군가는 환호성을 올리고 누군가는 욕지거리를 외치고 있었다. 하지만 어느 쪽이었든 행동은 똑같았다. 술잔을 내던지고, 요리를 뒤엎고, 접시를 부수고, 테이블로 뛰어 올라갔다. 그러다가 옆 사람과 부딪치면 사과를 하는 대신 의자를 집어 휘둘렀다. 돈을 잃은 자들은 울분을 참지 못해 앞뒤를 가리지 않았고, 돈을 딴 자들은 기쁜 나머지 역시 앞뒤를 가리지 않았다. 처음에는 두 패거리, 즉 쇠갈고리 마리우스의 승리를 기뻐하는 자들과 달가워하지 않는 자들이 있는 듯했지만 곧 방금 내 뒤통수를 때린 놈, 술잔을 부순 놈, 혼란을 틈타 내 돈주머니를 슬쩍한 놈 등등이 나타나 마리우스는 잊히고 코앞의 적들을 해치우느라 바빠졌다. 그 와중에 몇몇은 단순히 사람들의 엉덩이를 걷어차서 화풀이를 하려 했으므로 혼란은 계속 커져갔다.

로사가 있던 자리 근처는 그중에서도 손꼽히는 아수라장이라 할 만했다. 도박사들은 큰돈을 건 만큼 기쁨도 컸고, 분노도 컸고, 상대방을 후려갈기고 싶은 욕망도 컸다. 그들은 다른 사람들을 무시하고 서로만을 노려 덤벼들었다. 그 바람에 테이블은 두 동강이 나고, 의자는 사방으로 날아갔다.

그런 상황인데 묘하게 진과 타양의 자리만은 멀쩡했다. 모든 사람이 그들의 테이블 근처로 가면 춤이라도 추듯 미끄러져 비켜갔다. 가끔 싸움의 잔해가 날아들긴 했다. 술잔 하나가 귓가를 직격하기 직전, 진이 마치 급사라도 부르려는 것처럼 손을 들어 툭 쳐냈다. 한동안은 조용했지만 또다시 의자 하나가 날아와 진이 남은 포도주를 따르던 잔 위로 떨어지려 했다. 타양이 한 손을 뻗어 의자 다리를 잡았다. 의자가 공중에서 멈추고 잔은 드르륵 떨렸다. 진은 손을 멈칫했다가 마저 따르며 말했다.

"안주로 의자 다리를 뜯게 생겼군."

"초원에서는 네 다리 달린 건 뭐든 사양치 않지."

"그럼 술 좀 더 하겠나?"

"급사가 가까이 올 수 있으면."

로사는 그들처럼 상황이 좋지 못했다. 가까이에 있던 술꾼들이 날뛰는 바람에 로사의 테이블이 넘어갔고, 로사의 의자도 같이 넘어져서 로사는 나나의 손을 붙들 기회를 놓쳤다. 나나는 재빨리 어느 멀쩡한 테이블 밑으로 기어 들어갔다. 나나의 머리 높이에서는 온갖 사내들의 팔다리가 날아다니고 있었으므로 제일 나은 대책이긴 했다.

로사는 재빨리 일어섰지만 곧 다시 주저앉아야 했다. 술꾼 하나가 휘두른 곤봉, 아니 부러진 의자 다리가 로사의 머리 위를 스쳐 갔다. 뒤이어 깨진 병조각들이 날리고, 그 위로 기름램프가 엎어지면서 불꽃이 튀었다. 누군가가 정신을 차리고 망토를 벗어 내던지자 서너 명이 그 위에서 펄쩍펄쩍 뛰었다. 일어난 불은 고작 구빈원 스튜 속의 건더기만 했기 때문에 그자들은 곧 기름에 미끄러져 우스꽝스러운 춤을 추기 시작했다.

"나나!"

로사는 주저앉은 채 나나 쪽으로 다가가려 했다. 나나가 숨었던 테이블은 이미 넘어져서 그 너머가 보이지 않았다. 막 테이블 앞까지 갔을 때, 몸싸움을 벌이던 도박사들이 부둥켜안고 쓰러지며 테이블 앞을 가로막아버렸다. 도박사들은 누운 채로도 술잔을 휘두르며 싸웠다. 지나갈 수가 없게 된 로사는 참다못해 굴러다니는 술잔을 집어 들어 깔고 앉은 쪽 사내의 머리통을 후려갈겼다. 깔렸던 쪽이 껄껄 웃으며 로사에게 엄지손가락을 치켜들었다.

"마리우스 놈을 지옥으로!"

"그딴 건 내가 알 바 아냐!"

로사는 사내를 타넘었다. 깔린 사내도 곧 일어나려 했지만 로사에게 얻어맞고 기절한 상대의 몸이 너무 무거워서 낑낑대며 몸부림치다가 그만 진이 앉은 의자의 다리를 걷어차고 말았다. 의자가 넘어지기 직전에 진은 벌떡 일어섰다. 그리고 주위를 둘러봤다.

주변의 움직임이 멈췄다. 전체적으로는 여전히 아수라장이었지만 진이 선 자리에서 반경 세 발짝 이내는 들끓던 물에 갑자기 살얼음이 낀 듯했다. 사내들은 멱살을 쥔 채로, 막 얻어맞은 채로, 술잔을 휘두르려다 말고 주춤거렸다. 의자를 걷어찬 자는 누운 채로 얼굴이 굳어져 있었다.

그런데 단 한 명, 예외가 있었다. 로사는 이 틈을 타서 나나가 숨었던 테이블까지 달려갔다. 그런데 넘어진 테이블 뒤를 보니 아무도 없는 게 아닌가?

"나나?"

진은 마뜩찮은 표정이었다. 그는 사람들이 자신을 의식하는 것을 그리 즐기는 편이 아니었다. 물론 조금 전까지 끄떡 않고 술을 마시고 있던 진과 타양은 확실히 눈에 띄었다. 그렇다고 얼간이들과 함께 마룻바닥을 뒹굴어야 할 이유까지는 되지 않거니와 실수로 의자 좀 걷어찼다고 모가지를 날려버리겠다는 신호를 보낸 적은 더더욱 없었다.

그러나 진의 달갑지 않은 눈초리는 사람들을 더욱 얼어붙게 만들었다. 진은 쓴웃음을 지었지만 사람들은 그의 표정에서 온갖 엉뚱한 정보를 추측해냈다. 짜증, 분노, 어느 놈을 족칠까, 움직이는 놈이 좋겠지, 그게 바로 너다.

하필 어설픈 자세로 멈춰 서는 바람에 슬그머니 테이블 모서리를 짚다가 자빠지고 만 어느 사내가 식은땀을 흘리며 진을 쳐다봤다. 진도 그를 바라봤다. 누워 있던 남자는 지금이 절호의 기회라고 판단하고 벌떡 일어나 바닥에 엎드렸다.

"잘못했습니다. 살려주세요! 목숨만 살려주세요!"

자빠졌던 사내도 즉시 바닥에 엎드렸다.

"저도요! 살려주십쇼!"

진은 난감한 표정을 숨기려고 아랫입술을 빨았다. 사람들은 그가 사냥감을 향해 입맛을 다신다고 판단하고는 뒤로 우르르 물러섰다. 진이 어깨 너머로 고개를 기울이며 타양을 봤다.

"이런 오해는 언제쯤 끝나지."

"자네의 숙명이다. 받아들이게."

타양의 말은 옳았다. 진의 일생은 오해로 가득 차 있었다. 진의 고향 사람들은 지금도 진이 델피나드 도서관에서 특별대우를 받으며 열심히 공부하고 있다고 믿을 것이다. 비록 그가 뭘 더 공부해야 할지는 상상이 가지 않더라도. 진이 델피나드 뒷골목의 어떤 작고 허름한 선술집 테이블에서도 이름을 들을 수 있는 사내가 됐을 줄은, 정확히는 주사위 놀이의 운을 빌기 위해 외치는 무시무시한 이름이 되었을 줄은 상상도 하지 못할 터였다.

진은 느리게 두 손을 폈다. 그리고 쩔쩔매는 사람들을 향해 내밀었다. 아무 말도 하지 않고 그저 빈 손바닥을 보여주었다. 만약 동작이 빨랐더라면 사람들은 그의 진의를 파악하기도 전에 도망치거나 바닥에 엎드리고 말았을 것이다. 사람들이 서로 눈짓을 나누더니 거의 동시에 뒤로 물러났다. 엎드렸던 사내들은 그 자세 그대로 뒷걸음질 쳤다. 정확히는 뒤로 기었다고 해야 할 것이다. 이렇게 주위가 정리되는가 싶었는데 한 젊은이가 얼른 물러나지 않고 머뭇거렸다. 진이 그를 쳐다보자 그가 품에서 뭔가를 꺼내 내밀었다.

"이, 이렇게 뵌 것도 인연인데…… 추, 축복이라도……."

그자의 손바닥 위에는 주사위가 든 원통이 놓여 있었다. 진은 순간 어이가 없어 웃을 뻔했다. 그런데 등 뒤에서 타양이 먼저 웃음을 터뜨렸다. 웃음소리가 흡사 벽력같았다. 약간 풀린 듯하던 분위기는 오히려 경직됐다. 타양이 벌떡 일어서더니 어깨에서 털을 한 줌 뽑아 그자의 손바닥 위에 얹어주었다.

"노란 털은 뜻밖의 행운을 뜻하지. 잘 가게."

난데없는 선물을 받은 젊은이는 고개를 수없이 꾸벅거렸다. 근엄해 보이는 타양의 입가로 웃음이 비어져 나오고 있다는 것을 알아볼 사람도 진밖에 없었다.

그때 로사는 주먹을 꽉 움켜쥐고 있었다. 시선은 멱살을 움켜쥔 수많은 사내들 너머로 활짝 열린 주점 입구에 꽂혀 있었다. 분노한 나머지 창백한 뺨에 홍조마저 감돌았다.

의도적인 계략은 아니었을 것이다. 아니, 의도적이었을지도 모른다. 그자는 로사와 달리 검투사 마리우스의 경기가 곧 끝난다는 것을 알고 있었을 것이다. 델피나드 사람이니까. 마리우스가 이기든 지든 큰 소란이 벌어진다는 것도 알았을 것이다. 로사가 어떻게 행동할지는 예측하지 못했겠지만 적어도 주점 문이 열리고 '쇠갈고리 마리우스가 승리했다!'는 외침이 울린 후 수십 분 동안 무슨 일이 벌어질지, 자신에게 무슨 기회가 올지 그자는 알고 있었을 것이다. 그리고 그자는 기회를 놓치지 않았다.

로사가 처음 앉았던 테이블이 눈앞에 있었다. 의자는 이미 나동그라져 있었다. 그곳에 있던 염소수염 사내는 없었다. 사내의 턱 밑에 끼워놓았던 돈주머니도 사라졌다. 그자는 달아날 수 없었어야 했다. 하지만 아마도 소란 틈에 의자가 넘어갔을 테고, 그 바람에 남자의 마비가 풀렸을 것이다. 그는 돈주머니를 움켜쥐고 바닥을 기어가 테이블 뒤에 숨은 동생을 어떤 방법으로인가 제압해서 데려갔다. 로사가 본 것은 문 밖으로 사라지는 파란 원피스 자락뿐이었지만.

쓸모없는 짓이라는 걸 알면서도 로사는 사내들을 헤치고 입구로 달려갔다. 그러는 동안 두건 자락이 찢기고 기운 실린 주먹이 어깨를 스쳤다. 막판에는 누군가가 와락 미는 바람에 거의 문밖으로 내던져질 뻔했다. 반쯤 열린 문짝을 아슬아슬하게 붙잡자 문짝이 밖으로 회전하며 상체가 밖으로 불쑥 내밀어졌다.

문밖은 마차 다섯 대가 나란히 지나가고도 남을 큰길이었다. 수백, 아니 수천 명일지도 모를 온갖 옷차림의 사람들이 말, 나귀, 소, 수레, 가마들과 뒤섞여 정신없이 흘러가고 있었다. 분명 이 길을 통해 주점에 들어왔지만 새삼 봐도 적응되지 않는 거대함이었다. 로사는 정신을 차리려고 고개를 흔들고 나서 앞을 보았다. 저들 속으로 사라져버린 파란 옷의 소녀 한 명은 해협에 빠져버린 한 조각 파란 보석이나 다름없었다.

로사는 우뚝 서 있다가 거리를 향해 내뱉었다.

"개자식, 넌 내 손에 죽었어."

그런 후 잠시 생각했다. 어떻게 죽일 것인가?

로사는 돌아서서 도로 주점 안으로 들어갔다. 그 사이 주점 안의 회오리는 좀 가라앉아 있었다. 로사는 본래 앉아 있던 테이블 앞으로 돌아갔다. 물론 앉지는 않았다. 그러는 대신 뒷자리의 테이블에 앉은 두 사람 앞으로 갔다. 오른손을 품에 넣고 말했다.

"내 동생을 찾아줘요."

진과 타양은 막 급사를 부른 참이었다. 조금 전에 말했던 대로 술을 한잔 더 하기 위해서였다. 의자 다리를 뜯을 생각은 아니었지만 어쨌든 소란이 벌어졌다고 굳이 자리를 옮길 필요까지는 없었다. 소란은 늘 있었고, 그게 조금 컸다 한들 테이블과 의자가 남아 있으면 뭔가를 먹고 마실 수 있었다. 하지만 지금의 상황만은 예상 밖이었다. 진은 고개를 들어 로사를 바라봤다. 눈이 마주쳤다.

"지금 방금……."

진이 막 말하려 했을 때 로사가 품에서 손을 꺼내더니 돈주머니를 테이블 위로 던졌다. 떨어지는 소리만 들어봐도 꽤 두둑했다.

"절반이에요. 나머지는 동생을 찾으면 주죠."

진은 로사 등 뒤의 급사를 향해 말했다.

"포도주로 두 잔."

"그럴 시간 없어요."

급사 대신 로사가 대답했다. 진은 미간을 약간 찡그렸다. 최근 진이 그런 표정을 지었을 때 그의 눈을 계속 볼 수 있는 상대는 거의 없었다. 드물게 있어도 긴장감을 숨기지 못했다. 그러나 로사는 진을 똑바로 보더니 심지어 눈을 아래로 까딱했다. 테이블에 놓인 돈주머니를 집으라는 거였다. 슬슬 기가 막혔다. 이 아가씨는 진과 타양을, 델피나드 뒷골목의 왕자들이나 다름없는 그들을 단순한 용병 취급하듯 했다.

멀어졌던 사람들이 슬금슬금 다가왔다. 진이 언제 칼을 뽑아 이 건방진 여자의 손목을 잘라버릴지, 또는 목을 날려버릴지 잔혹한 호기심을 품은 자들이었다. 사실 진은 그런 사람이 아니었다. 그런 무시무시한 평판이 때로는 편리하기 때문에 정정하지 않고 내버려두었을 뿐이었다. 다만 이 순간 그 평판을 유지하고 싶다면 '번지수 잘못 찾은 아가씨, 안녕히 가시오.' 하고 술집을 떠날 수는 없었다.

그런 평판에 그리 큰 아쉬움을 품고 있지는 않았다. 혼자만의 것이 아니니 혼자 결정해선 안 된다고 생각할 뿐이었다. 그런데 고개를 돌려 타양을 보니 생각 외로 재미있어하는 표정이었다. 물론 로사는 알아보지 못했지만.

이 아가씨는 왜 하필 그들 둘을 지목했을까? 조금 전의 광경을 봤기 때문일까, 아니면 못 봤기 때문일까? 문득 진은 이 여자가 상대가 누구인지도 모르면서 대뜸 큰돈을 내놓았다는 점에 생각이 미쳤다.

이 아가씨는 진과 타양이 델피나드에서 어떤 존재인지 아직 모른다. 모르기에 이토록 대담한 것이다. 하지만 두 사람이 동생을 찾아낼 만한 실력이 있다는 점만은 분명히 꿰뚫어보았다. 저 주머니에 든 돈이 모두 세라피온 금화라면 원로원 의원의 목도 하나 따다줄 만한 돈이다. 던진 곳이 진과 타양의 테이블 위였으니 망정이지, 길거리에서 멋도 모르고 꺼냈다가는 내일 아침에 운하에서 시체로 떠올라도 이상하지 않을 금액이었다. 다시 말해, 사람 하나를 찾아달라며 치르기에는 지나치게 큰돈이다. 외지인이라 시세를 잘 몰라서일까?

하지만 의뢰하려는 상대가 '그림자 매의 쌍검'이라면?

로사와 진은 어떻게 만났는가

어쩌면 저 아가씨는 아무것도 모르는 상태로, 오히려 상대의 몸값을 정확하게 읽은 것은 아닐까?

그제야 진은 로사의 얼굴을 찬찬히 보았다. 북부 출신다운 창백한 얼굴에 비웃음이 잘 어울릴 날렵한 입매를 가진 여자다. 진이 태어난 남부에서 얼굴이 흰 여자는 연약하다고 여겨졌지만 로사의 인상은 그렇지 않았다. 곱지도 않았고, 거칠지도 않았다. 그렇다고 뭔가를 감춘 듯 이중적이지도 않았다. 생각을 표정에 드러내지 않도록 훈련이라도 한 게 아닐까 싶을 정도였다. 단 하나 또렷이 느껴지는 것이 있다면 차가움이었다. 이 여자는 추운 지방에서 왔다. 틀림없었다.

그때 급사가 포도주 잔을 가지고 왔다. 진은 잔 하나를 집어 들어 한 모금 마시고 말했다.

"바쁜 마음은 알겠지만 당신은 아직 내 시간을 못 샀는데."

반응이 궁금해서 해본 말이었다. 로사는 생각을 읽을 수 없는 얼굴로 진을 빤히 보다가 눈을 몇 번 깜빡거렸다.

"돈을 더 주고 싶지만 그게 가진 돈의 절반이에요."

진은 한 모금 더 마시려다가 멈추고 로사를 쳐다봤다.

"지금 가진 돈을 다 내놓겠단 말이야?"

"서둘러만 준다면."

그때까지 말이 없던 타양이 고개를 흔들더니 테이블을 탕탕 쳤다.

"아니, 그러면 안 돼."

사람들의 시선이 타양 쪽으로 쏠렸다. 진은 타양이 무슨 생각을 하고 있을지 짐작되는 바람에 피식 웃을 뻔했다. 본래 진은 잘 웃지 않는 사내였지만 델피나드에 살면서부터 달라졌다. 웃음이란 여유에서 나오는 법이다.

진은 타양을 돌아봤다. 눈빛으로 질문을 보내자 타양은 즉시 알아듣고 말했다.

"자네만 괜찮다면."

"왜지?"

"동생이란 중요한 존재니까."

싱겁기 그지없는 대답에 구경꾼들은 당황했지만 진은 한쪽 입가를 올리더니 다시 로사를 보았다.

"당신의 의뢰는 '왼쪽 검'이 받아들였어."

진은 손을 뻗어 돈주머니를 타양 앞으로 밀어놓더니 일어섰다.

"하지만 쌍검은 서로를 돕지."

타양도 일어섰다. 처음부터 끝까지 호랑이 가면을 쓴 듯 보였기에 로사는 타양이 어떤 친절을 베풀었는지 잘 이해하지 못했다. 타양이 물었다.

"당신의 이름은?"

"로사."

"나는 타양. 이쪽은 진. 여기서 기다리도록 하시오."

타양은 돈주머니를 집어 금화를 하나 꺼내더니 급사에게 던졌다. 급사가 받자 타양이 말했다.

"이 숙녀 분께 방과 저녁 식사를 드리게."

진과 타양은 입구로 갔다. 막 소란한 거리로 나서려 하는데 누군가가 옆에 와서 섰다. 옆을 본 진이 한쪽 눈을 찡그렸다.

"왜 따라왔지?"

로사는 흐트러진 머리를 막 올려 묶는 참이었다. 그녀가 대답했다.

"내 동생을 찾으러 가니까."

"우리에게 맡겼으니 기다리는 편이 도와주는 거요."

"아닐걸요?"

타양이 로사를 돌아봤다. 그러더니 씩 웃었는데 물론 로사는 알아보지 못했다.

"오늘 들은 중 가장 대담한 말이군."

타양이 작은 뿔피리를 꺼내 불자 언뜻 알아듣기 힘든 낮은 음이 울렸다. 그러자 술집 뒤편에서 하얀 그림자가 뛰어나왔다. 타양의 눈사자, '흑야'였다. 로사는 여간 대담한 아가씨가 아니었지만 흑야를 보는 순간 몸이 딱딱하게 굳어지며 목덜미의 털이 모조리 곤두섰다. 로사는 사자를 본 적이 없었고 눈사자는 더더군다나 들어본 적도 없었다.

로사 앞에서 느리게 등을 움씰거리고 있는 눈사자는 로사가 아는 짐승들 중 흰 호랑이를 가장 닮았다. 다만 긴 갈기가 얼굴을 감쌌고 검은 털 한 줄기가 정수리부터 등줄기로 이어지고 있었다. 로사가 이를 악문 것을 본 타양이 말했다.

"겁먹지 마시오. 흑야는 내 형제요."

하긴, 네 발로 걷는다는 점을 빼면 형제라고 불러도 될지 모른다. 어느새 말을 타고 나타난 진이 두 사람을 보고 피식 웃더니 로사에게 손을 내밀었다.

상속자들

"흑야를 타겠다는 기대는 버려. 나도 지금껏 실패했거든."

로사가 진이 탄 말에 오르자 타양도 흑야의 등에 올라탔다. 타양이 앞장서서 거리로 나서자 진은 조금 거리를 두고 뒤따랐다. 진의 말도 흑야를 무서워했기 때문이었다. 몇 걸음 나아가다가 진이 외쳤다.

"라임술?"

"좋지."

타양이 한 손을 들어 보이며 대답했다. 거리는 붐볐다. 막 경기가 끝난 검투장 쪽에서 쏟아져 나온 사람들이 큰 강처럼 흐르고 있었다. 세 사람은 물결을 거슬러갔다.

ΣTRATFOR

장원의 비밀

로사의 동생 나나는 평범하지 않았다.

살짝 치켜 올라간 눈매에 후광 같은 금발, 날씬하고 몸놀림이 경쾌한 나나는 초록 눈의 요정 같았지만, 자매를 어려서부터 아는 사람들은 그런 외모에 속지 않았다. 어쩌다 뭘 모르는 외지인이 감탄할라치면 그들은 목소리를 낮추고 내뱉었다. '요정? 차라리 고블린이라고 하지.'

나나는 열두 살쯤으로 보였지만 실은 일곱 살이었다. 그 또래 아이들은 한 해 한 해 큰 폭으로 자라기 때문에 한두 살 이상 착각하기 어렵다. 그러니 다섯 살이나 앞서가는 나나의 빠른 성장은 평범함과 거리가 멀었다. 만약 나나에게 사려 깊은 부모가 있었다면 아이에게 무슨 일이 벌어지고 있는지 걱정했을 것이다. 그러나 나나에게 그런 존재는 없었다.

나나가 한 살이었을 때는 그 나이로 보였다. 두 살 때는 또래 중 특별하게 큰 아이였다. 세 살 무렵부터 한 해쯤 앞서가더니 다섯 살이 되자 여섯 살, 또는 일곱 살로 착각하는 사람들이 생겼다. 이듬해에는 열 살 정도로 보였다. 그즈음부터 사람들은 나나의 실제 나이를 잊고 고개를 갸웃거리며 '저 애가 언제 저렇게 컸지?' 하고 중얼거렸다. 하지만 그들은 나나의 부모나 가족이 아니었기 때문에 곧 관심을 잃었다.

나나에게 관심을 갖는 사람은 언니인 로사뿐이었다. 로사는 나나의 유일한 가족이자 보호자였고, 친구였다.

가족은 없다 쳐도 친구는 사귀면 되었을 텐데 나나는 그러지 못했다. 자매의 고향인 전나무의 성 사람들은 아들딸들이 나나와 어울리는 것을 꺼렸다. 가장 큰 이유는 어떻게 대해야 좋을지 몰랐기 때문이었다. 누구나 알고 있었지만, 그러나 누구도 입 밖에 내지 않았지만, 사실 나나는 성주의 손녀딸이었다. 하지만 공식적으로는 로사가 기르는 애완동물이었다. 그것도 아주 사나운.

나이가 많아 보이는 정도는 나나가 가진 특별함의 작은 부분에 불과했다. 사람들이 감당할 수 없는 부분은 로사가 교묘히 둘러놓은 망토 속에 감춰져 있었다. 눈사태처럼 분노하다가 언 호수처럼 고요해지곤 하는 나나의 변화무쌍한 성미를 자주 겪다보면 다른 이상한 점들은 쉽사리 가려지기 마련이었다.

이를테면 나나는 상대가 거짓말을 하면 즉시 알았다. 알고도 말하지 않을 때도 있었지만 눈앞의 꽃병을 집어던져 표현할 때도 있었다. 묵직한 꽃병에 얻어맞은 사내가 기절하는 바람에 허둥지둥 여관에서 도망쳐 나온 후 로사는 차라리 그냥 '거짓말'이라고 말하라고 일러두었다.

나나는 숨겨진 것을 쉽사리 찾아냈다. 아니, 근처에 가기만 하면 알아챘다. 그럴 때 나나는 '냄새가 난다'고 말했다. 냄새가 나는 곳을 뒤져보면 잃어버린 귀중품에서 이름을 바꾸고 살아가는 범죄자까지, 별별 것이 다 나왔다.

나나는 때로 동물을 즉시 길들였다. 길들인다기보다 복종시킨다는 표현이 맞을지도 모른다. 나나가 쏘아본 동물들은 귀엽고 사랑스러운 나나와 사랑에 빠지는 것이 아니라 겁에 질렸다. 머리에 손이라도 얹으면 아예 공황 상태에 빠졌다. 그래서 나나는 동물을 기를 수가 없었다. 다행히 나나도 동물을 좋아하지 않았다.

이외에도 더 있었지만, 이런 능력들이 항상 발휘되지는 않았다. 로사가 관찰한 바로는 기분이 좋은지 나쁜지에 좌우되는 것 같았다. 하지만 가장 놀라운 점은 나나의 이런 능력들이 아니었다.

나나는 자신을 이상하게 여기지 않았다. 남들과 다르다고 겁내지도 않았다. 있는 그대로 당당했다. 그것이 가장 특별한 점이었다.

그러므로 나나가 사라졌을 때, 로사로서는 단순한 화풀이 납치일 가능성과 예쁜 소녀이기 때문에 노렸을 가능성, 그리고 제3의 가능성도 감안해야 했다. 비록 상대가 누구고 나나에 대해 어떻게 알아냈는지 전혀 상상이 가지 않더라도 말이다. 그리고 나나를 찾아냈을 때도 로사가 곁에 있어야 했다. 나나는 자기를 구해줬다는 이유로 낯선 남자들을 따라갈 만한 소녀가 아니었기 때문이다.

세 가도가 만나는 살타미 8세 광장 서쪽에 작은 노천카페가 있었다.

분수와 꽃 시장, 향수 상점들이 맞물린 이 광장은 근방에서 가장 공기가 향긋했다. 타지 사람들이 오면 비단 주머니에 공기를 담았다가 고향에 돌아가 향낭으로 판다는 농담이 널리 알려져 '향낭 광장'으로도 불렸다. 서쪽 끄트머리에 자리한 이 카페에는 돈주머니가 두둑해 보이는 중년 남자 십여 명이 방만하게 둘러앉아 다른 손님들을 거의 내쫓다시피 하고 있었다. 그러나 진과 타양이 다가가자 태도가 일변했다.

두 남자가 그들과 안부 인사인지 협박인지 모를 몇 마디를 나누는 사이 로사는 라임술 냄새를 맡았다. 테이블마다 물 맺힌 잔들이 반쯤 차거나 빈 채 놓여 있었다. 로사의 눈가가 미세하게 움찔했다. 눈보라의 고장에서 온 그녀에게는 비현실적일 정도로 상큼한 향이었다.

"저녁 시장은 안 여나? 오늘은 귀빈들 모시고 붉은 지붕 밑에 가나 보군."

"나, 난 아니야. 확인하고 싶다면 얼, 얼마든지 하라고. 열쇠 따고 보여줄 테니까."

"이봐, 난 수상쩍은 물건은 안 산다네. 알잖나?"

"하루도 아니고 반나절도 아니고, 한두 시간 만에 길 가던 시민이 상품으로 변할 수 없다는 것쯤은 잘 알면서 왜 이러나."

진은 이 시간이면 광장으로 라임술을 마시러 오는 사내들, 즉 노예상들이 저마다 변명을 늘어놓도록 기다리고 있었다. 어차피 이들이 현재 뭔가를 알고 있을 가능성은 적었다. 다만 앞으로 혹시라도 알게 될 경우 '그 물건'이 누가 찾는 것인지 분명히 해둘 필요는 있었다. 노예상들이 대충 변명을 마쳤을 무렵 진이 말했다.

"잘 들었어. 그런데 혹시 '호안'이라고 아나? 얼굴 반반하고, 염소수염을 길렀고, 변죽깨나 울리는 말주변에 삼십대 중반쯤 된 놈인데."

로사는 호안, 즉 염소수염을 도서관 앞 필기구 가게 주인의 소개로 만났다. 오늘 오전, 델피나드 성문을 통과하자마자 달려갔던 도서관에서 예상치 못하게도 출입을 거절당한 직후였다. 그날 도서관 입관을 위해 길게 줄을 선 사람들 중 그런 꼴을 당한 사람은 로사 자매가 유일했다. 이렇다 할 이유도 없었다. 시키는 대로 첫 방문자 명부에 이름을 적었을 뿐인데 갑자기 문지기가 동료를 부르고, 불려온 자가 '서기관님'을 부르고, 서기관이 로사의 이름을 들여다보더니 '출입 불가'라고 말했던 것이다. 다른 이유는 없고 그냥 그 이름이 출입 금지 명단에 있기 때문이라는데 로사는 도서관에 와본 적은커녕 델피나드에 온 것도 처음이었다. 와본 적도 없는 곳의 출입 금지 명단에 올라가는 재주는 이때껏 로사가 배운 온갖 것들 중 놀랍기로 첫손에 들 법했다.

서기관도 이유를 모르는 마당에 외지인이 부당하다고 따져봤자 시간 낭비였다. 로사는 소란을 일으키는 대신 도서관 근처의 가게에 들어가 도서관에 들어가는 참신한 방법이 있는지 알아보았다. 그 결과 소개받은 사람이 호안이었다. 이름을 바꿔 들어갈 방법 정도를 알아보려던 로사의 계획과 달리 호안은 도서관에 언제든지 들어갈 수 있는 비밀 통로를 안다며 큰소리쳤고, 로사는 일단 들어나 보고 결정하려 했었다. 그러나 나나가 '거짓말'이라고 한 이상 호안이 늘어놓은 이야기에는 일고의 가치도 없었다. 대체 그자는 왜 그렇게 길고 번거로운 거짓말을 늘어놓은 걸까? 그것도 처음 보는 로사에게?

"호안? 모르겠는데?"

"우리 조합에 드나드는 놈은 아닌데."

"그런 이름은 기억에 없어."

진은 노예상들의 얼굴을 죽 훑어보더니 천천히 목을 돌려 풀고, 양 주먹을 한두 번 가볍게 폈다가 쥐었다. 그런 다음 미소를 지으며 다시 눈을 맞추자 한 명이 불쑥 말했다.

"저기, 그게, 뭐였지. 저번에 올리브인가 뭔가 하는 연극 있었잖아? 올리비아였나? 거기서 올리비아 전 남편 역을 맡은 놈이 염소수염을 길렀지 않던가? 이름도 그 비슷했던 것 같은데."

"어…… 그 배우는 조안 아니야?"

"호안이나 조안이나 그게 그거지."

"무슨 극장이더라?"

"은문 극장인가?"

주거니 받거니 정보가 완성되자 타양은 점잖게 감사를 표했다. 진은 어깨만 으쓱해 보이며 돌아서려다가 테이블에 놓인 라임술을 낚아채어 한 모금 마시고 굳이 따라 나오려는 노예상들의 친절을 한 손으로 거절했다.

카페를 떠나는 두 사람을 뒤따라가며 로사가 말했다.

"기억을 도와주는 미소군요."

"전생의 기억도 되살려주지."

"쓸모는 있네요."

말에 먼저 올라 로사에게 손을 내밀던 진이 되물었다.

"뭐가?"

로사가 말에 오르며 태연히 내뱉었다.

"당신들요."

타양이 흑야의 목덜미를 긁어주다 말고 웃음을 터뜨렸다. 진은 미간에 주름을 잡은 채 말의 배를 걷어찼다. 로사는 등 뒤에 앉아 있었지만 진의 얼굴을 보기라도 한 것처럼 말했다.

"칭찬인데 왜 그래요?"

"모든 칭찬이 쓸모가 있는 건 아니지."

"평소 칭찬해주는 사람이 없었나보군요."

"왜?"

"익숙하지 않은 것 같아서."

물론 진을 칭찬하는 사람은 별로 없었다. 감히 그런 말을 하지 못했다. 그는 당연하게 뛰어난 존재였다. 마치 자연의 법칙처럼. 처음부터 그랬던 것은 아니었지만. 칭찬하는 사람만 없었던 것이 아니었다. 말대답을 하는 존재도 거의 없었다. 특히 올해에는 딱 네 명뿐이었다. 네 사람 다 남자였다.

"당신은 참 근사한 여자군."

그때까지 표정조차 거의 변하지 않던 로사가 움찔하더니 물었다.

"무슨 뜻이죠?"

딱히 보는 사람은 없었지만, 진은 조금 전의 로사처럼 딱딱한 표정을 지어보이며 대꾸했다.

"그냥 칭찬이지."

세 사람이 떠날 때 광장에서도 나름대로 소란이 벌어지고 있었다. 근처의 카페들은 밖에 테이블과 의자들을 많이 내놓아 광장을 좁게 만들고 있었는데 불시에 관리들이 점검을 나오면 종업원들이 재빨리 튀어나와 그것들을 모조리 벽에 붙여 쌓아올렸다. 그 동작이 얼마나 민첩한지 그것조차 구경거리라고 알려져 있었다. 마침 그 구경거리가 시작된 참이었다.

로사는 순식간에 촘촘한 탑으로 변하는 의자들에 눈길을 주다가 그 사이에서 뭔가 이질적인 것을 발견했다. 숯 낙서, 갈라진 금, 이끼 얼룩 따위와 함께 로사를 쏘아보고 있는 것. 두 개의 눈이었다. 다시 정확히 보려고 하는데 말이 달리기 시작했다.

착각은 아니었다. 로사는 사방이 똑같아 보이는 전나무 숲에서도 길을 구별해내는 관찰력을 갖고 있었다.

나나는 눈을 떴다. 실내였고 혼자였다.

사방이 캄캄했지만 나나는 아무렇지도 않게 주위를 둘러봤다. 가구 하나 없이 휑뎅그렁한 방이었다. 한때는 실내장식을 했던 듯, 아래쪽부터 검게 썩어 들어가고 있는 비둘기 색 랑브리(lambris)가 벽에 둘러져 있었다. 천장에도 흘러내린 촛농 자국만 남은 앙상한 샹들리에가 걸렸다. 하지만 바닥은 흙이었다. 나나 자신은 흙바닥에 깔린 구깃구깃한 시트 위에 누워 있었다. 누군가가 이 시트로 나나를 둘둘 말아 이리로 데려온 듯했다. 어린애라고 얕본 것인지 손발은 묶여 있지 않았다.

왼쪽에서 가느다란 빛이 새어 들어오고 있었다. 나나는 천천히 일어나 빛이 들어오는 쪽으로 가더니 커튼을 젖혔다. 납치당한 어린애 주제에 겁먹은 기색은커녕 자기 방에서 자고 일어난 것처럼 태연한 태도였다. 빛은 창을 가린 덧문 틈새에서 흘러나오고 있었다. 틈새에 눈을 대고 창밖을 살펴보니 고풍스러운 갈색 석벽과 어느 저택의 뒤뜰처럼 생긴 녹지가 한 조각 보였다.

나나는 물러서서 이번에는 창과 덧문을 관찰했다. 창 크기는 나나의 몸이 통과할 만했지만 약간 높았고, 걸고리에는 자물쇠가 잠겨 있었다.

나나는 도로 방 안으로 주의를 돌렸다. 출입문 쪽으로 가서 문을 밀어봤지만 꼼짝도 하지 않았다. 문짝은 튼튼했고, 문틀과의 사이에도 손가락 하나 들어갈 틈이 없었다. 샹들리에는 너무 높았다. 이어 나나는 바닥을 샅샅이 돌아다니며 밟아보았다. 숨겨진 출입구는 없는지, 하다못해 부러진 칼 조각이라도 나오지 않는지 꼼꼼하게 조사했지만 소용없었다. 단단한 거라고는 숟가락 하나 나오지 않았다.

나나는 창 앞으로 돌아왔다. 발돋움을 하고 손을 뻗어 자물쇠를 쓰다듬어보았다. 가느다란 소녀의 손가락으로는 흠집 하나 낼 수 없어 보이는 그것을 애완동물 쓰다듬듯 구석구석 만져보더니 물러나 좌우를 봤다.

한쪽 구석에 습기 때문에 긴 세로 균열이 생긴 랑브리가 보였다. 나나는 다가가 시커멓게 변한 아래쪽 판자를 맨손으로 움켜잡고 떼어내기 시작했다. 몇 번이나 나뭇조각이 부러지며 손을 찔렀다. 겨우 길쭉

한 나뭇조각을 하나 떼어내고 나니 양손이 긁힌 상처투성이였다. 나나는 아픈 기색도 없이 나뭇조각을 움켜쥐고 창 앞으로 돌아갔다. 먼저 거슬리는 커튼부터 당겨 뜯어버렸다. 그런 후 덧문과 벽 틈새에 나뭇조각을 밀어 넣고 창턱을 지레 받침으로 삼아 틈새를 넓히려 했다. 몇 번은 경첩이 삐걱대며 계획대로 되는 듯했지만 얼마 안 가 나뭇조각이 부러져버렸다.

나나는 주저앉아 또다시 생각했다. 문득 찢어진 커튼을 당겨 만져 보더니 뭔가 떠오른 듯 벌떡 일어나 처음에 깔고 누워 있었던 시트를 가져왔다. 감침질한 실을 이로 뜯어내고, 결을 찾아내어 천을 길게 찢기 시작했다. 다 찢는 데 족히 한 시간은 걸렸다. 일곱 살 먹은 아이로선 상상을 초월하는 집중력이었다. 아니, 실은 이 정도의 계획을 세워 움직이는 것부터가 일곱 살 아이에게 가능한 일이 아니었다.

천을 다 찢고 나니 손이 이리저리 쓸려 빨갛게 달아올랐지만 나나는 아파하는 기색도 없었다. 천 조각들을 모아 이번에는 길게 땋았다. 꽤 튼튼한 밧줄이 마련되자 나나는 그걸 자물쇠가 걸린 걸고리 틈에 넣어서 걸고, 나머지는 허리와 팔에 단단히 감았다.

숨을 들이쉬고, 힘껏 매달렸다. 발로 벽을 차면서 계속 무게를 실었다. 나나의 몸이 가벼워서 처음에는 어림없을 듯했지만 한참을 반복하자 걸고리를 박은 못이 흔들거리기 시작했다. 몇 번 더 힘을 주자, 드디어 빠졌다. 걸고리가 떨어지면서 나나도 바닥에 엉덩방아를 찧었다.

"아야……."

그제야 처음으로 아이답게 아파하는 표정이 되었다. 위를 보니 덧창은 경첩 쪽만 붙은 채 열려서 덜렁거리고 있었다. 나나는 줄 끝을 고리 모양으로 만들어 덧창에 걸고 기어 올라가 마침내 창턱 위에 쪼그려 앉았다.

"조그마한 게 한시도 쉬지를 않네. 거 참."

갑자기 들려온 목소리에 나나는 뒤를 돌아보았다. 남자 둘이 문간에 서 있었다. 나나가 덧창을 뜯는 데 집중하는 사이에 문이 열렸던 모양이다. 나나도 기억하는 염소수염 호안과 또 다른 남자였다.

"거기서 어쩔 건데? 뛰어내리면 머리 깨진다, 너."

나나는 창밖을 흘끔 봤다. 두 층 정도의 높이라 머리가 깨질 것 같지는 않았다. 호안과 함께 온 남자는 기가 막힌 표정으로 호안을 돌아봤다.

"저 애가 지금 혼자서 저 창을 뜯고, 저 줄을 만들어서 저길 기어 올라갔단 말이야?"

"그럼 내가 저녁 먹다 말고 식탁 밑에 기어 들어가서 새끼줄을 꼬아다 줬겠어?"

"열 몇 살밖에 안 된 애가 그랬다는 건 말이 돼?"

"더 놀랄 얘기 해줄까? 쟤 일곱 살이다."

"뭐?"

나나는 창턱에서 다리를 꼬고 턱을 괸 채 두 남자를 내려다보고 있었다. 자세만은 마치 요염한 여인 같았다. 대여섯 살만 더 먹었더라도 두 사내의 호흡이 곤란해졌을지 모르지만 지금은 그저 지는 해의 금빛에 휩싸인 요정 조각상처럼 보일 뿐이었다. 두 남자와 눈이 마주치자 나나는 가까이 오라는 것처럼 손끝을 까딱거렸다.

"뭐야?"

남자들은 어리둥절한 얼굴로 서로를 보다가 다시 나나를 봤다. 나나는 고갯짓으로 창밖을 가리킨 후 둘을 빤히 바라봤다. 눈이 마주치자 다른 남자는 무심코 아랫입술을 빨았다. 호안이 중얼거렸다.

"나가겠다고? 거기로?"

"호안, 쟤가 일곱 살이랬나?"

"근데?"

"일곱 살이 무슨……."

나나는 더 기다리지 않고 상체를 서서히 젖혔다. 그러자 두 남자가 깜짝 놀라 창 앞으로 달려왔다. 호안의 손이 나나의 발목을 붙드는 순간 나나는 몸을 완전히 젖히면서 다른 발로 호안의 턱을 차버렸다. 호안은 턱을 붙들며 뒤로 주저앉았다. 그러다가 뭔가를 깨닫고 벌떡 일어났다. 소녀의 발에 그만한 힘이 실렸다면 다음 상황은 하나뿐이었다. 이미 다른 사내가 외치고 있었다.

"야!"

곡예라도 하듯 부드럽게, 나나의 몸이 창턱을 떠났다. 머리부터 거꾸로. 이대로라면 바닥에 머리를 부딪쳐…….

창턱에 달라붙은 두 남자는 작은 새처럼 활강하는 나나와 함께 또 한 가지를 보았다. 허공에 펼쳐진 줄이었다. 줄의 끝은 덧창에 감겨 있었다. 나나의 몸무게가 실려 덧창이 덜컹, 하는 순간 두 남자는 저도 모르게 덧창을 붙들었다. 그 사이 나나는 허공에 안전하게 매달린 채

상속자들

허리에 맨 줄을 풀고 바닥에 뛰어내렸다.

나나는 내려서서 두 손을 탁탁 털었다. 이어 멍청한 표정을 한 두 남자를 올려다보고 감사의 뜻으로 한 손에 하나씩, 키스를 보냈다.

해가 막 기울었을 때 로사, 진, 타양은 은퇴한 장군 니케포루스의 장원 앞에 섰다. 흔히 낮은 울타리뿐인 델피나드의 집들과 달리 장원은 주위에 튼튼한 벽을 둘렀고, 대문은 육중했으며, 보초 여섯 명이 지키고 있었다. 정문 앞은 큰길가여서 지나가는 사람이 흔했으므로 보초들은 세 사람에게 별다른 시선을 주지 않았다.

"전쟁 영웅이라고요?"

로사가 묻자 타양이 고개를 끄덕였다.

"예데카 습지 전투에서 정예군 4천으로 적 1만 2천 명을 쓸어버리고 큰 성 두 개와 작은 성 아홉 개를 점령했소. 살아 돌아간 자는 2천도 안 됐다더군. 다들 진정한 전쟁 천재라고 했지."

"꽤 정확히 아는군요."

타양은 씩 웃었다.

"떠돌이 고양이도 고향 소식에는 귀가 세워지는 법이라오."

"거기가 당신 고향인가요? 예데카?"

진이 말했다.

"예데카는 대초원의 일부지. 대초원은 페레들의 고향이고."

"대초원은 꽤 넓을 텐데 그게 다 페레들의 땅이에요?"

진과 타양은 서로를 흘끗 보았다. 진이 말했다.

"페레는 이동하지. 자, 우리도 이동합시다."

몇 시간 전, 세 사람은 은문 극장에서 배우 몇 명을 거쳐 극장주를 만났다. 그 결과 호안이 배우이긴 하지만 본업은 아니며, 평소에는 '극장주조차 결코 이름을 모르는' 어떤 조직에서 일한다는 정보를 입수했다. 호안을 배우로 쓰는 것 또한 그 조직의 협박 때문이고 자신은 아무 관계가 없다고 몇 번이나 강조하는 극장주에게 타양은 주머니에서 단단한 과자를 하나 꺼내 건넸다. 극장주가 안도의 한숨을 내쉬며 과자를 깨물고 있을 때 세 사람은 방을 떠났다.

진은 극장에서 걸어 나와 첫 번째로 만난 사내에게 간단히 질문해서 그 조직의 이름이 '15연대'라는 것을 알아냈다. 그 다음으로 만난 늙은이로부터 15연대가 군대 조직과 비슷하다는 말을 들었다. 세 번째로 만난 소년에게서는 15연대의 조직원을 확인하는 암호가 '예데카'임을 들었다. 물론 실제와 꼭 같은 설명은 아니지만, 거의 비슷했다. 진은 그저 담배 가게가 어디 있느냐고 묻듯 물었고 상대의 대답은 진이 제 부모님의 이름을 묻기라도 한 듯 즉각적이었다. 소년을 보내준 진이 타양을 돌아봤다.

"니케포루스."

"외곽이군."

"헬로스 대로로 갈까?"

"음. 가다가 한 군데 들르지."

그들은 양초 가게에 들렀는데 양초를 사지는 않았다. 대신 니케포루스 장군이 곧잘 연다는 밤참 연회에 대해 몇 마디를 나눴고, 타양이 주인에게 예의 과자를 건네주었다. 진은 그 집의 열 살쯤 먹은 꼬마와 악수를 하고 콧잔등을 톡톡 두드려주었다. 꼬마는 신이 나서 딱지를 치러 가겠다며 뛰어나갔다. 주인이 말했다.

"녀석이 딱지보다 나은 걸 따오면 좋을 텐데."

"어느 녀석이 제 아버지의 집문서로 딱지를 접어놨을 거요."

"그렇기만 하다면야 제가 문간방 한 칸은 꼭 떼어드립죠."

장원 앞에 도착한 일행은 재빨리 한 바퀴 돌아보며 넘어가기에 적절한 곳을 찾아냈다. 담 안쪽에 큰 나무가 솟은 곳이었다. 타양이 호각을 매단 목걸이를 풀어 건네자 진이 받아들어 목에 걸고 옷 안쪽으로 집어넣었다. 진은 로사와 함께 정문으로 가고 타양은 남았다. 말도 타양에게 맡겼다. 보초 앞으로 간 진이 아무렇지도 않게 말했다.

"장군님께서 불러서 왔어. 그걸 밤참 연회라고 하던가?"

보초들은 진과 로사를 훑어봤다. 둘 다 귀족처럼 보이지는 않았으므로 보초는 눈을 가늘게 뜨며 되물었다.

"이름과 신분을 밝혀라."

"신분은 말해주기가 곤란하군."

보초들의 눈썹이 올라가는 것과 동시에 진이 말을 이었다.

"이름은 진 에버나이트라고 한다."

그 이름은 즉각 효과를 나타냈다. 보초들의 눈이 커지더니 두 명이 허둥지둥 안으로 뛰어 들어갔다. 남은 자들도 움찔거리며 눈치를 살폈다. 진이 말을 걸었던 보초는 진과 거리를 두고 싶은 것처럼 아주 조금씩 뒤로 물러났다. 진은 팔짱을 낀 채 기다리고 있었다. 이윽고 돌아온 보초가 진과 대치 중이던 상급자에게 속삭였다.

"장군님께서 여긴……."

그 뒷이야기는 들리지 않았다. 이야기를 듣고 난 보초가 진 쪽으로 돌아서었다. 진을 보는 눈가가 심하게 움씰거렸다.

"오늘은 모임이 취소됐소. 내일 낮에 다시 오시오."

"아, 그래?"

진이 팔짱을 풀자 보초들이 일제히 무기에 손을 얹으며 공격태세를 취했다. 진은 맨손을 내밀어 보였다.

"난 아무 짓도 안 했는데."

그때 안쪽에서 또 다른 누군가가 달려나오더니 보초들을 밀어내고 진 앞에 섰다. 정확히는 보초들이 그 여자를 보자 모두 비켜섰다. 삼십 대 중반쯤 된 여자는 전시도 아닌데 견장이 붙은 경갑을 걸치고 머리도 꼼꼼히 틀어 올리고 있었다. 여자는 땀을 흘리면서도 미소를 지으려 애쓰며 말했다.

"그대가 그림자 매요?"

"오른쪽 검이지."

사람들은 진과 타양이 그림자 매의 '오른쪽 검'과 '왼쪽 검'이라는 것을 종종 잊고 진을 그림자 매라고 불렀다. 타양은 눈사자를 탄 페레라는 것만으로도 충분히 위압적이었기 때문이었다. 그리고 진이 그들 콤비를 따르는 자들, 소위 '매의 형제'들을 실질적으로 지휘하기 때문이기도 했다.

"들어오시오. 장군께선 곧 돌아오실 것이오. 난 장군님의 부관인 안토니아요."

안토니아를 따라 정원을 통과하던 도중 로사는 막대를 들고 정원을 배회하는 자들을 발견했다. 보이는 풀숲마다 찔러보기도 하고, 헤쳐보기도 하고, 밑을 들여다보기도 했다. 다른 자는 무성하게 자란 잡목들을 마구잡이로 잘라냈다. 또 다른 자는 개를 데리고 있었다. 개는 흙냄새를 맡으며 킁킁거렸다.

로사가 그들의 움직임을 눈으로 따라가고 있을 때 안토니아가 로사를 돌아봤다.

"그러고 보니 물어보지 않았군. 당신은 누구요?"

진이 가로채어 대답했다.

"매의 형제 중 하나."

"이름은?"

"로사."

"북부 출신이군. 그런데 요즘 단원이 모자라오? 딱 봐도 엊그제쯤 델피나드에 들어온 신출내기인데."

로사의 옷차림을 보았을 것이다. 진은 태연히 대꾸했다.

"매의 형제는 군대가 아니야. 뭘 입든 자기 마음이지."

"그렇다면 당신 부하는 아주 고집이 세군. 남의 눈을 의식하지 않거나."

진은 약간 사이를 두고 말했다.

"당신이 상관할 바는 아니지."

막 저택 입구에 이른 안토니아가 진을 돌아보더니 빙그레 웃었다.

"오, 그게 바로 그림자 매의 목소리로군. 행운의 신도 겁이 더럭 나서 가진 것을 내놓고 줄행랑을 놓는다는 그 목소리 말이오. 이거 나도 오늘 밤에는 주사위 통을 흔들어야 하려나? 열 살 이후론 만져본 적이 없었는데."

진은 고개를 옆으로 기울이며 안토니아를 보았다. 다음 순간, 진이 손을 뻗는가 싶더니 어느새 안토니아는 무릎을 굽힌 진의 다리에 기대어 기절해 있었다. 진은 안토니아를 바닥에 눕히고 일어나 주위를 둘러보려 했다. 그런데 어느새 로사가 잔가지 더미를 한 아름 갖고 와 안토니아 위에 얹어놓았다. 아까 막대를 들고 다니던 자들이 잘라놓은 것이었다. 진이 눈썹을 올렸다.

"이런 건 어디서 배웠지?"

"고향에서."

"거기도 이상한 곳이군."

"거기에 비하면 여긴 낙원이죠."

진이 웃으려다 말고 고개를 저었다.

"당신이 델피나드를 그리 잘 안다고는 생각되지 않는데."

"어디든 일 년의 절반이 겨울인 곳보다는 살 만하잖아요?"

진은 남부 출신답게 진짜 겨울을 몰랐으므로 한쪽 입술만 올려 보였다. 타양이 들어오기로 한 담 쪽으로 가보니, 진과 로사가 보초들의 주의를 끄는 사이 타양은 이미 장원 주변을 살펴놓았다.

"경비병의 절반이 저택 주변에서 누군가를 찾고 있다. 뒤뜰의 어느 벽 밑에서 시작했더군. 누군가가 방에서 탈출한 거지. 올려다보니 작은 창의 덧문이 떨어져 나갔더군. 성인은 통과할 수 없는 크기였다. 그런데 높이가 꽤 되어서 어린애가 뛰어내렸다고는…….”

로사가 타양의 말을 가로막으며 말했다.

"가능해요. 이 집에서 부엌이 어딘지 봤어요?"

"봤소."

"그리로 가요."

타양이 한쪽을 가리키자 로사가 먼저 달려갔다. 별수 없이 진이 앞질러 가서 로사 앞에 나타난 경비병의 뒷목을 가볍게 건드리고, 이어 또 한 명을 곱게 눕혀놓았다. 그러는 사이에 로사는 모퉁이를 돌아가 버렸다. 부엌 앞에서 다시 만났을 때는 일행이 일곱으로 불어나 있었다. 진이 초대하지 않은 동행들을 훑어보더니 로사에게 말했다.

"돌발 행동은 하지 않았으면 좋겠는데."

"서둘러야 해요. 지체하다가는 나나가…….”

"위험하다고?"

"아니, 무슨 짓을 저지를지 몰라요."

"그게 무슨 뜻이야?"

부엌 뒷문은 코앞이었다. 열어놓은 문으로 붉은 빛이 새어 나오는 가운데 식료품 상자와 야채 찌꺼기 등이 바닥에 널려 있었다. 보조 요리사가 제대로 정리를 하지 않아서일지도 모르지만 단순히 그렇다고 생각하기에는 좀 지나치게 어지럽혀진 모습이었다.

진은 경비병들에게 가까이 오라고 손짓했지만 그들은 진과 로사를 포위한 채 꼼짝도 하지 않았다. 경비병 하나가 말했다.

장원의 비밀

"네가 누구라 해도…… 장군님의 거처에 난입해 소란을 피운 죄는 간과될 수 없다."

진이 대꾸했다.

"그야 그쪽에서 어린애를 건드리지 않았을 때의 얘기지."

"어린애?"

상대방이 그게 무슨 소리인가 생각하는 사이 진은 제일 가까이 다가온 단창 끝을 잡아당겼다. 상대가 앞으로 고꾸라지자 왼손으로 멱살을 움켜쥐고 반 바퀴 휘둘러 뒤따라 달려드는 자들을 후려쳤다. 오른손에 쥐었던 단창 뒤편으로는 먼저 일어난 자의 명치를 찌르고, 두 번째 일어난 자의 목 아래를 찔렀다. 셋은 쓰러지고 둘은 물러났다. 그림자 매가 상대를 죽이는 대신 쓰러뜨리기만 한 것을 보고 무슨 상황인지 모르겠다는 표정들이었지만 소문과 달리 진은 사람을 쉽게 죽인 적이 없었다.

진 뒤에 서 있던 로사가 말했다.

"난 먼저 들어가도 될 것 같군요."

대답을 기다리지도 않고 로사는 부엌으로 뛰어 들어갔다. 진은 기가 막혀 아직 둘이 남았다는 것도 잊고 뒤를 돌아볼 뻔했다. 잔소리를 해도 이미 닿지 않을 듯했다. 다른 방법이 없었으므로 진은 한숨을 내쉬며 칼을 뽑았다. 남은 두 경비병은 안 그래도 멀찌감치 떨어져 있었는데 두 발짝이나 물러났다. 한 명은 걸음이 꼬여 넘어질 뻔했다.

진은 칼을 휘두르는 대신 칼등으로 바닥에 금을 한 줄 그었다.

"무슨 뜻인지 알리라 믿는다."

상속자들

진은 돌아서서 부엌으로 들어갔다. 더운 기운과 음식 냄새가 물씬 끼쳐왔다. 멈춰 선 진은 눈썹을 찌푸렸다. 당황해서였다.

불이 활활 타오르고 있는 화덕 앞에서 요리사가 정신없이 뭔가를 만들어내고 있었다. 돼지기름과 향신료 냄새가 물씬 풍겼다. 또 다른 요리사는 훈제한 고깃덩이와 소시지를 잔뜩 짊어지고 낑낑대며 오는 중이었다. 요리 보조인 듯한 소년은 어마어마한 양의 채소를 씻어서 바구니에 건져놓고 있었다. 모르는 사람이 봤다면 곧 대규모 만찬이 있는 모양이라고 생각했을지도 모른다. 그런데 바닥에는 접시가 산을 이루고 있었고, 한 사람이 야트막한 발판에 걸터앉아 견과와 후추를 뿌린 거위날개 구이를 끝장내고 있는 중이었다. 금발머리를 풀어헤친 조그마한 소녀, 나나였다.

나나가 먹는 광경은 어떤 의미로는 볼만했다. 마치 식사 예절 시범을 보이는 아가씨처럼 입가에 소스 한 방울 묻히지 않고, 빵가루 하나 흘리지 않고, 그러면서도 엄청난 양을 어마어마하게 빨리 먹어치우고 있었다. 먹기 좋은 부분만 먹고 내버리는 것도 아니고 접시 위에 놓인 건 뭐든 깔끔하게 처치했다. 나나가 깨끗하게 발린 거위날개 뼈를 끄트머리부터 입에 넣고 야무지게 씹는 모습은 당혹스럽다 못해 조금 무섭기까지 했다.

그 앞에는 로사가 무릎을 바닥에 대고 앉아 있었다. 앉아서 나나의 눈을 바라보는 중이었다.

"충분해. 그만해. 이제 됐어."

한 마디 한 마디 힘주어 말했다. 나나는 로사의 눈을 보고 있다가 미간을 찡그리더니 마침내 먹기를 멈췄다. 그때 요리사가 막 만든 정어리 튀김 한 접시를 나나에게 내밀었다. 나나가 받을까 말까하며 로사의 눈치를 보자 로사가 대신 받아들더니 말했다.

"천천히 일어나. 깨지 않게. 그래."

나나가 발판에서 일어서자 로사는 저택 안쪽으로 통하는 문을 턱짓으로 가리켰다. 나나는 시키는 대로 움직였다. 진은 뒷문을 놔두고 엉뚱한 곳으로 가고 있다는 점을 지적하려 했다.

"그쪽은……."

로사가 진을 돌아보더니 빠르게 고개를 저으며 따라오라고 눈짓했다. 결국 진도 자매를 따라 저택 안쪽으로 들어가게 되었다. 저택 안은 의외로 어둡고 고요했다.

진이 물었다.

"왜 이리로 나왔지?"

"채소 씻던 녀석이 뒷문을 보고 있어서요. 깨어나면 곤란하니까."

"깨어나다니?"

"정신을 차린다는 말이에요. 설마 저들이 제정신으로 눈 번히 뜨고 우리를 보내줬을까 봐요?"

"그럼 저들이 최면에라도 걸렸단 말이야?"

"비슷한 거죠. 자, 어서 여기서 나가요."

세 사람이 문 앞으로 달려갔을 때였다. 누군가가 막 안으로 뛰어 들어오더니 그들을 보고 우뚝 멈춰 섰다. 세 사람도 마찬가지였다. 상대는 구면이었다.

"오, 어디로 갔나 했더니 여기들 모여 있었군?"

안토니아였다. 뒤따라 무장한 병사들이 우르르 들어왔다. 대략 봐도 열 명은 되어 보였다. 전시도 아닌데 군복을 갖춰 입었고, 조금 전에 정원을 수색하던 경비병들과는 자세부터가 달랐다. 진이 재미있어하는 표정을 지었다.

"전시 외에 군복을 입고 싸우는 것은 금지됐을 텐데."

"그대 입에서 금지 같은 소리가 나오는 걸 보니 어지간히 겁이 나긴 했나보군. 그림자 매의 체면이 말씀이 아닌데?"

안토니아가 이죽댔지만 진은 아무렇지도 않게 피식 웃었다. 본의 아니게 붙은 별명에 저절로 따라온 냉혹한 평판 때문에 창피할 이유는 전혀 없었다. 그때 곁에서 로사가 말했다.

"이유가 있겠지. 이를테면 모반이라거나?"

안토니아가 순간 당혹해하며 뭐라고 말하려 했다. 하지만 진은 기다리지 않고 병사들 쪽으로 걸어가며 칼을 뽑아들었다. 병사들은 긴장한 빛이 역력했지만 달아나지는 않았다. 첫 번째 병사와 맞닥뜨리는 순간 나머지들이 달려나와 진을 둘러싸고 원을 만들었다. 진이 막 자세를 취하려는데 로사가 낮게 말했다.

"에아니누크, 다제모르."

그와 동시에 진을 쏘아보고 있던 병사들이 눈을 비벼대더니 눈물을 줄줄 흘리기 시작했다. 앞을 제대로 보지 못하게 된 그들을 피해 밖으로 나가기란 어렵지 않았다. 밖으로 나오자마자 진은 로사를 돌아봤다.

"마법을 쓸 줄 알았어?"

"시시한 거예요."

"아닌 것 같은데?"

"몇 분 있으면 멀쩡해져요. 제대로 됐다면 다 쓰러져 잠들었어야 해요"

로사는 정원 구석의 나무를 손가락질했다. 타양과 약속 장소로 삼은 나무였다. 몇 걸음 움직이다가 로사가 진을 흘끔 봤다.

"잘난 체하면서 포위되면 뭐 좋은 일이라도 있어요?"

"나도 나름대로 생각이 있었거든?"

"그래요? 그럼 지금은 어때요?"

진도 막 좌우에서 달려오는 병사들을 본 참이었다. 진은 목에 걸었던 호각을 꺼내 입술 사이에 끼웠다. 새가 우는 것 같은 특이한 소리가 울렸다. 그와 동시에 정면 담벼락 너머에서 커다란 그림자가 뛰어넘어 들어왔다. 흑야였다. 병사들은 절반이 바닥에 주저앉았을 정도로 놀랐다. 이어 진 곁에 우뚝 선 흑야가 땅 밑에서 울려나오는 듯한 소리로 으르렁대자 나머지 병사들도 다리를 후들거렸다.

로사도 긴장했지만 억지로 심드렁하게 말했다.

"사람보다 쓸모 있네요."

진이 피식 웃었다.

"그 사람은 날 말하는 건가보지?"

"글쎄요. 굳이 아니라고는……."

흑야가 갑자기 흠칫하며 돌아보는 바람에 로사는 입을 다물어버렸다. 뭔가 하고 내려다본 진은 기가 막혔다. 나나가 흑야의 꼬리를 잡고 있었다.

"뭘 하는 거야?"

나나는 진을 올려다보더니 꼬리 끝을 동그랗게 말아 쓰다듬으며 말했다.

"복슬복슬."

진은 헛웃음을 터뜨리려다가 참았다. 대신 로사에게 턱짓을 했다.

"저거 놓게 하지? 위험할 텐데."

"짐승은 상관없어요."

"무슨 소리야?"

"짐승이니까 상관없다고요. 나나한테는."

"저 녀석은 짐승이 아니고 맹수야."

두 사람은 말다툼을 더 하고 있을 시간이 없었다. 담벼락 너머에서 밧줄이 날아들었다. 진은 밧줄 끝을 낚아채어 로사에게 건네주었다.

"담 너머는 안전할 거야."

로사는 먼저 밧줄을 잡고 재빠르게 올라가 담 너머를 내려다보았다. 예상대로 타양이 기다리고 있었다. 로사는 폭이 한 뼘밖에 되지 않는 담벼락 위에 선 채로 밧줄을 놓더니 나나에게 올라오라고 손짓했다. 타양이 빙그레 웃었다.

"그대들 둘이 매달리더라도 밧줄도, 내 팔뚝도 괜찮소."

"난 괜찮아요. 이러는 편이 안전해요."

진이 로사를 올려다봤다.

"안전에 대한 관점이 독특하군."

나나가 막 담 위로 올라갔을 때 숫자가 불어난 병사들이 진과 흑야를 둘러쌌다. 진은 칼자루에 손을 얹으며 덤벼 보라고 손짓했다. 하지만 병사들은 섣불리 덤벼들지 않고 횡대를 이룬 채 조금씩 가까이 왔다.

진은 잠시 기다리다가 갑자기 한 발짝 내딛어 한 병사의 장창을 낚아챘다. 이어 능숙하게 휘둘러 다섯 명의 발과 무릎을 연달아 찔렀다. 병사들은 '그림자 매'가 창도 쓸 줄은 생각도 못했던 모양으로 쓰러지고도 놀란 표정들이었다. 이어 진이 흑야의 목덜미를 툭툭 치자 갑자기 흑야가 몸을 내밀며 크게 포효했다. 예상대로 남은 병사들이 혼비백산해 주춤거리자 진은 창을 내던지고 몸을 돌려 담을 넘으려 했다.

그때 화살이 날아들었다. 파열음을 듣는 순간 돌아보았지만 늦었다. 화살은 흑야의 귓가를 스쳐 벽에 부딪치고는 떨어졌다. 힘이 떨어지지 않았더라면 진에게 명중했을지도 모를 궤적이었다. 흑야의 귀에서 피가 흘러내리는 것을 본 진의 표정이 변했다.

적은 맞은편 건물의 테라스에서 새 화살을 메기고 있었다. 진은 칼을 뽑아들며 칼날 너머로 그자를 응시했다. 두 번째 화살이 날아드는 순간 칼도 공기를 갈랐다. 화살은 두 조각이 나 떨어졌다. 진은 다시 호각을 꺼내 두 번 불었다. 그리고 흑야의 등을 툭툭 쳤다. 흑야는 담을 훌쩍 넘어 사라졌다.

진은 혼자 남은 채로 병사들을 향해 돌아섰다. 칼을 두 차례 허공에 휘두르자 날카로운 소리가 났다. 한 명 대 스무 명이었지만 진의 태도가 더 당당했다. 진은 한쪽 입꼬리를 올리며 칼날을 향해 눈짓했다.

"이건 아주 잘 들지."

병사들이 뭔가 판단하기도 전에 진이 달려들었다. 맨 앞의 두 병사는 저도 모르게 뒤로 물러났다. 그들은 막 솟아난 두려움을 떨칠 겨를이 없었다. 진은 둘의 오른 손목을 연달아 긋고, 칼을 올려치며 왼쪽 두 명의 팔과 어깨를 베고, 다시 오른쪽으로 돌며 또 다른 한 명의 허벅지를 찔렀다. 오늘날 진의 명성을 만들어준 무시무시하게 빠르고 낭비가 없는, 그리고 상대의 동선을 정확히 예측한 연속 공격이었다. 난전 속에서도 한 동작 한 동작이 노렸다가 기습하는 암살자 같다고들 했다. 말도 안 된다고 하던 자들도 직접 보면 자기 눈을 의심했다. 어떤 자들은 진이 수많은 동선을 미리 조합해서 연습해뒀기 때문이라고 떠들어댔다. 그게 아니면 엄청나게 상황 판단이 빠르면서 운도 좋다고 말하는 수밖에 없었다. 진은 어느 쪽도 확인해주지 않았다. 말 만들기 좋아하는 자들은 진의 별명에 빗대어 '그림자 사냥'이라는 이름까지 붙였다. 그림자 사냥을 직접 보았다는 것은 대단한 자랑거리이기도 했다.

네 명은 칼을 떨어뜨렸고 마지막 한 명은 진이 그들 사이에서 빠져나가는 것과 동시에 통나무처럼 쓰러졌다. 진은 남은 자들이 두려움을 느끼까지 단 두 박자 기다렸다. 또다시 뛰어들어 연달아 셋을 쓰러뜨리고, 돌아서면서 다시 날아든 화살을 칼등으로 쳐서 떨어뜨렸다.

진이 다시 두 박자를 셌을 때, 진이 등지고 섰던 담벼락 머리에서 익숙한 소리가 들렸다. 친구의 시위 소리였다. 진은 씩 웃으며 고개를 쳐들었다. 화살은 테라스에 섰던 궁수의 손을 꿰뚫었고, 연달아 네 대가 더 날아가면서 또 다른 테라스에서, 지붕에서, 수풀 뒤에서 비명이 터졌다. 그런데 마지막 한 대가 갑자기 힘을 잃은 것처럼 뚝 떨어졌다. 동쪽 탑 꼭대기였다.

진은 미간을 찡그렸다. 저건 뭔가가 화살을 막았다는 의미였다. 마법일 수도 있지만 주문으로 저렇게 정확한 순간을 맞추기란 쉽지 않았다. 그보다는 미리 보호막 같은 것이라도 쳐져 있었다고 보는 편이 옳았다. 그런데 보호막을 왜 저런 곳에? 저 뒤에 누가 있기에?

멀기도 했지만 자세히 보고 있을 시간이 없었다. 화살이 날아간 쪽을 쳐다보던 병사들이 다시 진을 돌아봤을 때 진은 왼손을 뻗어 등 뒤에서 날아드는 밧줄을 움켜잡은 참이었다. 한 바퀴 손에 감은 후 몸을 돌려 나무를 걷어차면서 담장 위에 올라섰다. 예상대로 타양이 서 있다가 진의 어깨를 받쳐주었다. 그런데 그 옆에 아직도 로사가 있었다. 진이 로사의 옆얼굴을 봤다.

"왜 아직 여기 있어?"

로사는 대꾸 없이 한 손으로 병사들을 가리키더니 말했다.

"니아모르 니수크 오르카우스."

로사의 손끝에서 검은 연기가 뻗어 나갔다. 마치 물속에 떨어져 번지는 잉크처럼 기묘한 궤적을 그리더니 곧 안뜰을 뒤덮어버렸다. 로사는 손을 탁탁 털고 담장 너머로 뛰어내렸다. 진과 타양은 서로의 얼굴을 잠깐 봤다.

"뒷마무리?"

"한동안은 앞을 못 볼걸."

"뭔지 알고 하는 말이야?"

그리고 두 사람도 뛰어내렸다. 그런데 내려오자마자 어이없는 광경이 보였다. 흑야에게 나나를 지키라고 하긴 했지만 아이가 겁먹지 않았을까 걱정했던 참이었다. 그런데 겁먹기는커녕, 나나가 흑야의 등에 당당하게 올라타고 있는 게 아닌가?

진의 눈이 커졌다.

"너, 어떻게⋯⋯."

심지어 흑야는 싫은 기색조차 없이 느긋하게 앉아 있었다. 진이 당황한 사이에 로사가 진의 말을 찾아내어 끌어왔다. 진은 로사가 먼저 올라탄 말에 뒤따라 타야 했다. 타양은 잠시 나나와 눈을 마주보고 있었다. 대화는 없었지만 잠시 후 타양은 나나가 타고 있는 흑야의 등에 올랐다. 진이 어깨를 움츠리며 친구에게 말했다.

"잘 풀린 것 같긴 하다만 마무리가 좀 이상한데."

"그건 우리의 편견이라네. 친구여."

이어 타양은 빙그레 웃었지만 알아볼 수 있는 사람은 진뿐이었다. 네 사람을 태운 두 짐승은 언덕을 달려 내려갔다.

같은 시각, 저택의 동쪽 탑에서 누군가가 걸어 내려왔다. 빨랐지만 간격이 또렷한 발소리가 돌계단을 울렸다. 이렇게 걷는 자는 실수로라도 헛디디는 법이 없다. 탑의 뱃속을 휘돌아, 1층을 지나, 더 깊은 곳으로 내려갔다. 촛불이 켜졌다. 지하에서 축축한 공기가 꿈틀거렸다. 촛불이 테이블 위에 놓이는 것과 함께 램프가 밝혀졌다. 하나, 둘, 셋,

넷, 다섯.

일렬로 놓인 램프들이 노랗게 빛나는 가운데 방 안에 놓인 것들이 드러났다. 쇠로 된 침대와 사슬, 손목과 발목에 채우는 수갑, 불이 꺼진 화로, 그 위에 놓인 집게, 그리고 다양한 크기의 쇠꼬챙이. 한쪽 벽을 가득 채운 벽장에는 무엇인지 모를 액체와 덩어리가 담긴 유리병들이 즐비하게 놓여 있었다.

램프에 불을 붙인 자가 돌아서며 웃었다.

"장군님, 내려오셨습니까? 하교하실 말씀이라도?"

장군은 아무 말도 하지 않았다. 침묵이 흐르자 불을 붙인 자가 다시 말했다.

"조금 전에 소란이 있었다고 들었습니다. 어리석은 짓을 벌인 자는 제가 처분하겠습니다. 하지만 큰 문젯거리는 되지 않을 겁니다. 억지로 붙들어 와서 될 일이 아니듯, 피한다고 피해질 일도 아니니까요. 그런데 얼굴을 뵈니 뭔가 신경 쓰이는 일이 있으신가봅니다. 말씀해주시지요. 제가 깨끗이 처리해드리겠습니다."

상대방이 다가오자 장군이 들고 있던 물건을 건네주었다. 화살이었다. 그자가 화살을 만지작거리더니 말했다.

"이건 페레들의 화살이로군요. 델피나드 한복판에서 이런 화살을 날리는 자는 한 명밖에 없지요. 그자를 데려올까요?"

"아니."

장군은 쇠침대로 걸어갔다. 침대 위에 검붉은 얼룩이 번져 있었다. 그는 침대 한쪽에 놓인 작은 쇠 집게를 집어 들더니 몇 번 움직여보았다. 뭔가 작은 것을 집어 으스러뜨리기에 적당한 크기였다. 쇠 집게가 딱, 하는 소리를 내는 것과 동시에 장군이 말했다.

"쾌주. 오늘 난 그림자 매를 찾아냈다."

쾌주라고 불린 자가 다가오며 고개를 저었다.

"그 이름의 찬란함을 빌리고자 했던 자는 그간 한두 명이 아니었지요. 하지만 모두 다 별 볼 일 없는 자들이었습니다."

"이번엔 아니야. 난 흔적을 봤어. 그자가, 벤디게이트가 남긴 또렷한 발자국을."

쾌주는 장군의 얼굴을 훔쳐봤다. 그러더니 태도를 바꾸어 느리게 절을 했다.

"드디어 찾아내셨군요. 경하드립니다."

"찾았다고는 할 수 없지. 벤디게이트 본인은 아니니까. 하지만 내 눈은 틀림없어. 이제부터 확인해볼 거야. 그 발자국이 어디서 왔는지를."

하지만 장군은 기뻐하기보다 초조한 얼굴이었다. 쾌주가 말했다.

"저는 벤디게이트를 만나본 적이 없습니다만 참 대단하다는 생각이 듭니다. 미천한 핏줄 주제에 장군님께서 인생을 걸고 찾는 자가 되었으니 말입니다. 또한 그렇게 명성이 높았던 자가 한순간에 아무 흔적 없이 사라지기란 쉬운 일이 아닐 테지요."

"그런 자이니 삼십 년이나 이름을 남기는 거지. 그런 이름이 한번 나타나면 뒤따르는 자들이 서로 가지려고 다투고, 어울리려 애쓰고, 해내지 못한 자는 밀려나고, 수없이 되풀이되어 마침내 진짜 상속자가 나타날 때까지 거르고 걸러진다. 그럴 가치가 있는 이름이니까. 쾌주,

너희는 그런 이름을 알고 있나?"

좨주가 고개를 쳐들었다. 두건 속의 눈이 번쩍였다.

"물론입니다, 장군님. 그러니 저희가 장군님 곁에서 때를 기다리는 것이 아니겠습니까?"

장군의 얼굴이 굳어졌다. 뺨이 꿈틀거렸다.

"내 안에 그런 자가 있다고? 정말 확신하나?"

"네. 그 안에 계십니다. 아주 오래 기다리고 계시지요."

"천 년이든 만 년이든 그건 내가 알 바 아냐. 난 가치만을 원해."

"장군님."

좨주가 두 손을 내밀었다. 로브 밑에서 드러난 그의 오른 손목에는 검은 나무 모양이 새겨져 있었다. 다른 손에는 이프니쉬라고 불리는 옛 언어로 '베오라녹스 베이온' 즉 '가장 위대한 왕'이라는 단어를 흐트러뜨려 삼각형으로 모은 애너그램(anagram)이 새겨져 있었다.

"그건 최후의 나무였습니다. 그분은 가장 마지막으로 힘을 손에 넣은 존재였습니다. 그래서 싱의 최후도 지켜보셨지요. 하지만 우린 아무것도 두려워하지 않았습니다. 그분 안에 싱이 있음을, 그분이 돌아오시면 싱도 되살아남을 믿었기 때문입니다. 이제 그건 눈앞에 와 있습니다. 아주 작고 사소한 몇 가지 번거로움만 처리하면 되죠."

장군이 한쪽 입가를 실룩거렸다. 마치 비웃듯이.

"사소하다고? 너희는 좀 더 기다려야 할지도 몰라. 너희의 소원은 오로지 내 손끝에 달려 있으니까. 안 그런가?"

좨주는 잠시 침묵했다. 그러더니 허리를 굽히며 말했다.

"말씀이 옳습니다. 저희는 단지 기다릴 뿐입니다."

장군은 턱을 약간 든 채 좨주를 내려다보았다. 비록 상대가 굴복했지만 정말로 믿는 기색은 아니었다. 눈이 가늘어져 있었다. 하지만 어떻든 현재는 장군이 칼자루를 쥔 자였다. 장군이 명령했다.

"젊은 그림자 매를 뒤쫓아라. 증거가 나올 때까지. 아니, 스스로 가치를 증명할 때까지."

ℵℷℸ⅄⊥⌐ↄℵ

한밤의 정어리

    로사와 나나가 고향을 떠난 지는 일 년 가까이 됐다. 그간 달리 어디서 살았던 건 아니고 델피나드까지 오는 데만 그만큼 걸렸다. 아주 긴 여정이었다. 겨울이면 눈이 허리까지 쌓이는 곳에서 백 년에 한 번쯤 눈 비슷한 것이 내리기도 한다는 곳까지. 대륙의 절반을 종단한 여행이었다. 둘 다 그동안 한 살씩 더 먹었다. 짓궂은 다락 요정 같던 나나는 날씬한 소녀로 변했다. 로사는 얼굴이 그을리고 눈빛이 거칠어졌다.
    쉬운 여정이리라고 기대하지는 않았다. 로사는 본래 부드러운 성품이 아니었다. 떠나버린 부모 대신 로사를 키운 숙모는 로사를 '짐승 같은 어린애'라고 불렀다. 여자아이가 그렇게까지 냉정하고 무뚝뚝할 수 있느냐고도 했다. 그랬던 로사도 고향을 떠나보니 어려운 일이 한두 가지가 아니었다. 제멋대로인 데다 예쁘기까지 한 동생을 보호하기도 쉽지 않았다.

그렇더라도 로사는 쉬지 않고 남쪽으로 나아갔다. 거인의 숲에서 이레 동안 길을 잃었고, 그때 동상에 걸렸던 발가락을 잘라낼 뻔했고, 빼앗긴 짐을 되찾으려고 이틀 동안 메어 들판을 달렸고, 세 번이나 도적떼에게 붙들렸다가 빠져나왔다. 그리고 손에 원치 않았던 피도 묻혔다. 범람한 네미 강과 마주쳤을 때는 대륙이 두 동강 나는 줄 알았다. 그렇게 일 년을 보낸 로사는 전나무 숲을 배회하는 이리들처럼 사납고 영리해졌다. 그리고 신기한 일이지만 고향에서는 전혀 없었던 독특한 유머감각도 생겨났다.

밤이 깊어지자 파르스름한 물안개가 자욱해졌다. 델피나드는 네미 강 하구와 바닷가를 모두 끼고 있어 밤은 늘 젖어 있었다.

한바탕 소동을 벌였던 니케포루스 장군의 저택을 떠나 헬로스 대로로 접어들어 한참을 달렸다. 안개가 짙어져 열 걸음 앞도 알아보기 어려워지자 타양이 진에게 신호를 보냈다. 진이 고개를 끄덕이고 속도를 줄였다.

일행은 어느 골목으로 접어들었다. 앞장섰던 진이 골목 맨 끝집 앞에서 멈추더니 말에서 뛰어내렸다. 야트막한 지붕 사이로 불 꺼진 등이 하나 달린 곳이었다. 문 안쪽에서는 어슴푸레한 불빛이 새어 나왔지만 어느 모로 보나 평범한 가정집처럼 보였다. 진이 문을 세 번 두드린 후 말했다.

"로벤, 안에 있나?"

대꾸 없이 문이 열렸다. 마흔 줄의 여자가 꾸벅 절을 하더니 어서

들어오시라며 손짓했다. 일행은 흑야를, 그리고 진의 말도 데리고 안으로 들어갔다. 안뜰은 좁았지만 말 한 필 정도 맬 공간은 있었다. 여자가 안채 문을 여는 동안 진은 손수 말을 묶었고, 타양은 주인과 인사를 나눈 후 흑야를 데리고 안채로 들어갔다. 주인도 익숙한지 놀라는 기색이 없었다. 로사와 나나도 뒤따라 들어갔다.

거실을 개조한 듯한 홀에는 테이블이 다섯 개 놓여 있었지만 모두 비어 있었다. 로사와 나나가 한쪽 테이블에 앉자 주인 로벤이 진을 바라보며 머리를 긁적였다.

"오늘은 자정께 단속이 있어서 일찍 닫았습니다."

"미안하게 됐군."

"저희가 죄송하지요. 재료도 다 써버려서 드릴 게 없네요."

"됐어. 잠시 앉을 데가 필요해서 온 거야. 물이나 좀 줘."

네 사람은 테이블에 둘러앉고 흑야는 가게 이곳저곳을 어슬렁거리며 냄새를 맡았다. 넷 중 나나가 제일 태연한 얼굴이었다. 다른 셋은 한바탕 같이 싸우고 여기까지 달려오긴 했지만 실은 변변한 이야기도 나눠보지 못한 사이라 조금 불편한 분위기가 감돌았다. 딱히 주고받을 용건도 없었고, 수고했다고 자축하기도 애매했고, 괜찮으냐고 챙기기도 좀 뭣했다. 셋은 얼굴만 멀뚱멀뚱 보고 있다가 주인이 물 네 컵을 가져오자 모두 단숨에 마셨다.

이윽고 흑야가 테이블 옆으로 와서 웅크렸다. 나나가 손을 뻗어 흑야의 귓가를 만지작거렸다. 진이 보더니 말했다.

"어이, 룸메이트. 이거 너무하는 거 아니야?

진은 예전에 다 같이 한 방을 쓰던 기억으로 흑야를 곧잘 룸메이트라고 불렀다. 반 장난이었지만 친구는 아니라는 뜻이기도 했다. 진과 타양이 친구가 된 지 두 해 가까이 흘렀지만 흑야는 여전히 진을 명확히 차별했다. 페레와 눈사자는 형제나 다름없다고 하니 어느 정도는 당연하기도 했지만 처음부터 흑야를 꽤 좋아했던 진으로서는 약간 자존심 상하는 일이기도 했다. 진이 볼멘소리로 말했다.

"저 녀석이 나는 일 년이나 건드리지도 못하게 하더니."

"이젠 아니잖나."

타양이 부드럽게 대꾸하자 진은 콧날을 찡그렸다. 절친한 친구이긴 해도 타양은 사실 진의 아버지뻘이었다. 그렇다 보니 가끔은 진이 동생처럼 굴게 될 때가 있었다. 진은 맏아들로 자라 큰 기대를 받는 데 익숙해왔는지라 동생 노릇은 나름 색다른 경험이었다. 반면 타양은 형 노릇이 아주 익숙했다. 그는 다섯 형제의 맏이였고, 대초원에서 머물던 시절에는 부족에서도 맏형 같은 존재였다.

"난 또 자네한테 충성하느라 그런 줄 알았지. 그래서 나름 높이 평가했는데 말이야. 그게 아니었어. 꼬마 아가씨는 만나자마자 태워주다니. 음흉한 고양이 같으니."

타양이 너털웃음을 터뜨렸다.

"자네를 태워주지 않아서 토라졌군."

"아니라곤 하지 않겠어."

이어 진은 나나에게서 시선을 떼고 로사를 봤다. 로사는 빈 잔을 만지작거리며 생각에 잠겨 있었다. 그렇게 보니 말을 붙이기 힘든 분위기의 여자였다. 진은 조금 전에 겪은 일을 떠올리다가 불쑥 물었다.

"아까 마법을 쓰던데? 마법사였어?"

"어디 가서 마법사라고 할 수준은 아니에요."

광장 구석에서 새를 놀려 숫자판을 물어오게 하는 자들도 자신을 마법사라고 불렀다. 물론 델피나드에는 진짜 마법사들이 대륙 어디보다도 많았지만 평범한 주민들이 마법을 구경할 일은 좀처럼 없었다. 사람들은 도서관 때문에 마법사들이 델피나드로 모여든다고들 했는데 정작 도서관에 가봐도 마법사들은 별로 보이지 않았다. 언젠가 마법사가 되고 싶어 하는 학생들만 우르르 몰려다닐 뿐이었다. 그러니 약간의 주문이라도 쓸 줄 아는 자가 자신은 마법사가 아니라고 겸양을 떨 필요는 없었다.

진도 그걸 겸양이라고 판단하진 않았다. 비록 잠시 봤지만 로사는 겸양과는 별 관계가 없는 성격이었다.

"엄격한 스승 밑에서 배웠나보군."

로사는 잠시 지난 일을 생각하듯 천장 구석을 바라보더니 말했다.

"어떤 면에선 그랬죠."

"어쨌든 내가 보기엔 마법사 같더군. 양탄자 밑에서 참새를 꺼내는 것도 마법은 마법이지."

로사가 의아한 표정으로 진을 쏘아봤다.

"그런 사람이 마법사라고요? 델피나드에서요? 여긴 진정한 마법사들이 모이는 곳이 아닌가요?"

진은 웃어버리는 대신 한쪽 입술만 올렸다. 처음 델피나드에 들어온 외지인들이 저런 환상을 품는 일은 흔했다. 멀리서 왔을수록 더했다. 떠돌아다니는 허풍선이들한테 속아 델피나드 사람들은 모두 왕족처럼 차려 입고, 귀리빵 같은 건 먹지도 않으며, 입만 열면 고전을 인용하고, 말발굽에도 향수를 뿌린다고 믿는 정도는 약과였다. 델피나드에서도 사람이 집을 짓고 밭을 가느냐고 놀라는 자들도 있었고, 델피나드 사람은 모두 도서관에 틀어박혀 공부만 하는 줄 알았다는 자들도 있었다. 사실 진도 와보기 전까지는 잘못 생각했던 점이 있었다. 델피나드 도서관에 쌓인 책의 양.

"진정한 마법사들이라. 어딘가에 있긴 하겠지만 여기라고 아무 데나 널린 건 아니라서."

"당신, 마법 배웠어요?"

로사가 갑자기 묻자 진은 고개를 흔들었다. 로사가 고개를 끄덕거렸다.

"그럼 봤을 리가 없죠. 그들은 에아나드에 있잖아요."

"에아…… 뭐라고?"

"에아나드."

진의 미간에 주름이 잡혔다. 일 년 반 동안 델피나드의 거리를 누비며 웬만한 곳은 다 가보았다고 생각했었다. 하지만 그런 이름은 들어본 적이 없었다. 수준 높은 마법사들이 모여 먹고 살고 공부도 하는 곳이라면 손바닥만 한 카페의 이름일 리는 없잖은가?

그런 흥미로운 곳을 델피나드 토박이 누구의 입에서도 들어본 적이 없다는 점도 이해가 가지 않았다. 사람들은 기껏해야 '델피나드에서도 마법사들이 지붕 수리를 해주진 않아요.', 또는 '마법사들이란 투명 망토 같은 걸 두르고 다니나보죠.'라고 말할 뿐이었다. 어제 막 도착한 외지인 앞에서 델피나드에 있는 뭔가를 모른다고 인정하려니 별로 기분도 좋지 않았다.

진의 기색을 알아챈 타양이 입을 열었다.

"그렇소? 그런데 에아나드란 곳은 어디에 있소?"

로사가 타양을 봤다. 그러더니 고개를 저었다.

"당신도 마법사는 아니군요. 마법사가 아닌 사람에게는 설명해도 소용없어요."

"그곳에 꼭 가보겠다는 건 아니오. 다만 우리가 사는 델피나드에 대해 잘 알고 싶은 것뿐이라오."

"그런 뜻이 아니에요. 설명해도 소용이 없다고요. 마법을 모르면 찾을 수가 없어요."

"알았소. 말했다시피 찾으려는 건 아니오. 말하고 싶지 않다면 그걸로 좋소."

"그게 아니에요. 나도 말했다시피, 설명할 방법이 없어요. 마법을 모르는 사람들에겐 그냥 없는 장소예요."

진이 끼어들었다.

"아, 그래. 마법사들은 모두 에아나드라는 신기한 곳에 모여 살지만 입단속을 철저히 하기 때문에 우리처럼 평범한 사람들에게는 소문조차 들려오지 않는다는 거지? 그들이 그러는 이유는 호기심 많은 파리들이 날아들면 귀찮기 때문이고. 그러니 당신도 그 비밀을 지켜야 된다는 거잖아."

로사가 고개를 약간 기울이더니 반항적인 눈으로 진을 쳐다봤다.

"그렇게 믿고 싶다면 믿으세요. 난들 에아나드가 비밀 장소인지 아닌지 어떻게 알겠어요? 당신들이 모를 거라고는 생각도 못했어요. 알다시피 난 오늘, 아니, 어제 델피나드에 들어온 처지잖아요? 에아나드를 내가 봤겠어요? 누가 말해줬으니 알 뿐이지."

"이것 봐. 난 여기서 꽤 많은 사람들을 만나봤지만 그런 곳이 있다는 이야기는 처음 들었어. 그러니 누군들 대뜸 믿기가 쉽겠어?"

"아, 그래요? 그래서 내가 어젯밤 꿈에서 봐놓고 잠꼬대라도 하고 있다고요?"

진도 온화한 인격자는 아니었지만 맞서는 로사도 보통 성미가 아니었다. 낮은 목소리였지만 어느새 말끝에 날이 서 있었다. 진이 대꾸하려 했을 때 타양이 테이블 위를 톡톡 쳤다.

"두 사람 모두 그만하시오. 보이지 않는 것은 보이지 않는 대로 놔둡시다. 우리는 아직 보이는 것조차 다 모르지 않소?"

진은 고개를 끄덕이며 쓴웃음을 지었지만 로사는 타양을 쏘아봤다.

"그게 무슨 뜻이에요? 보이는 게 뭔데요?"

"우리 모두. 이름 말고는 아무것도 모르는 우리 네 사람이 한 테이블에 앉아 이 귀한 물을 나눠 마시고 있구려. 어떻소? 당신들이 누구이며 아까는 왜 납치를 당했는지 설명해주지 않겠소?"

타양의 말은 옳았다. 로사는 설명해야 할 의무가 있었다. 잠시 어색한 침묵이 흐른 끝에 로사가 말했다.

"왜 납치를 당했는지는 몰라요. 호안이라는 녀석도 아까 그 술집에서 처음 만났고요. 도서관에서 입관 거절을 당하는 바람에 뒷구멍이 없나 하고 소개받은 작자였는데 나한테 아주 장황한 거짓말을 늘어놨죠. 그러더니 소란이 벌어진 틈에 순식간에 나나를 채어 사라지더라고요. 조금 전에 나나가 갇혀 있던 거기가 무슨 장군의 장원이랬죠? 난 그 사람 이름도 처음 들어봤어요. 솔직히 난 이게 어떻게 된 일인지 전혀 모르겠어요. 델피나드는 원래 이런 곳인가요?"

진과 타양은 서로의 얼굴을 흘끔 봤다. 진이 말했다.

"원래 이러냐고 하면 딱히 할 말은 없군. 사실 납치는 꽤 흔한 일이라서."

타양이 말을 이었다.

"하지만 당신이 당한 일은 좀 수상쩍소. 보통 납치는 인신매매 때문에 일어나는데 니케포루스 장군쯤 되는 사람이 고작 여자아이 하나의 몸값을 노리고 대낮에 납치를 감행할 것 같진 않으니 말이오."

"당신, 델피나드에 아는 사람은 전혀 없나?"

진이 다시 물었다. 로사는 고개를 저었다.

"없어요."

"소개장도 없고? 북부 출신 같은데, 무작정 오기엔 좀 멀지 않아? 어디서 온 거야?"

"말해도 모를 거예요. 워낙 궁벽한 시골이라."

말이 잠깐 끊어진 사이 진은 방금 오간 말을 되새겨보다가 고개를 갸웃했다.

"그런데 도서관에서 입관 거절을 당했다고? 처음 왔다면서?"

"그것도 어찌된 일인지 모르겠어요. 그냥 내 이름이 출입 금지 명단에 있다고 하더군요. 동명이인이 아닐까 싶지만."

"당신 이름이 로사라고 했지? 성은?"

로사는 입술을 오므리며 잠시 머뭇거렸다.

"밝히고 싶지 않네요."

진은 즉시 알아채고 말했다.

"로사도 본명이 아니군?"

로사는 긍정도 부정도 하지 않고 그냥 진을 빤히 바라봤다. 진도 마주 바라보다가 쓴웃음을 지었다.

"하긴 나도 본명은 아니군. 좋아. 이름 따윈 마음대로 해둬. 오늘 일은 수상쩍은 구석이 한두 군데가 아닌데다 당신과 니케포루스 장군이 무슨 관계인지 궁금하기도 하지만 당신이 숨기고 싶은 것이 많은 모양이니 굳이 끼어들 건 없겠지."

"고마워요."

진이 약간 삐친 것처럼 물러앉자 타양이 다시 말했다.

"델피나드에는 무슨 일로 왔소? 도서관에서 공부하러 온 거요?"

"네, 강의를 들으려고요."

"학파에 들어가려는 거군. 혹시 마법을 더 배울 생각이오?"

"그런 셈이죠."

학파란 도서관 안에 있는 소규모 학교였다. 학파를 열려면 도서관에 신청서를 제출해 인가를 받아야 했지만 건물을 짓거나 교사를 고용할 필요는 없었다. 강의실은 도서관에서 저렴하게 빌려 썼고, 수업이 인기만 있으면 학생뿐 아니라 교사도 모여들었으며 조교와 허드렛일을 하는 사람까지 저절로 생겨났다. '스승'의 칭호를 얻은 큰 학파의 경우에는 도서관에서 보조금도 나온다고 했다. 그런 학파에 속한 학생을 '학예생'이라고 불렀는데 전 대륙에서 몰려들고 있어 꽤 경쟁이 심했다.

"어떤 학파에 들어갈지는 정했소?"

"아뇨, 아직 잘 몰라서요."

아니라고 말했지만 표정을 봐선 어쩐지 거짓말 같았다. 자신에 대해 어지간히 밝히기가 싫은 모양이었다. 타양은 캐묻는 대신 말했다.

"마법이라면 알렉산데르 학파가 제일이라고 들었소. 마법은 잘 몰라서 시험이 쉬운지 어려운지는 모르겠소만."

"조언 고마워요. 참고하죠."

로사는 감사의 뜻으로 고개를 까딱 하다가 문득 곁에 앉은 나나를 봤다. 나나는 막 집게손가락을 입술 사이로 슬그머니 넣으려던 참이었다. 로사는 단호하게 손을 빼는 시늉을 했다. 나나는 머뭇머뭇 손을 뺐지만 아쉬웠는지 아랫입술이 뾰족해졌다. 타양이 보더니 말했다.

"배가 고픈가보군."

진은 아까 나나가 부엌에서 어마어마하게 먹어대던 모습을 본 터라 도저히 타양과 같은 의견일 순 없었다. 그런데 그 장면을 떠올리자 저도 모르게 빈 입이 다셔졌다. 배가 고플 시각이기도 했다. 로벤의 가게는 평소 불법 야간 영업을 하곤 했으므로 뭔가 요깃거리가 있으리라 기대한 것도 사실이었다.

그런 생각을 해서인지 어쩐지 코끝이 간지러웠다. 어디선가 수상한 냄새가 나고 있었다. 지금 날 리가 없는 냄새가. 진이 몇 번 더 코를 찡그렸을 때 로사가 주머니에서 둘둘 말린 냅킨을 꺼내며 말했다.

"정어리 먹을래요?"

진은 어이가 없었지만 딱히 사양할 필요도 없었다. 둘은 정어리 튀김을 한 마리씩 손에 쥐고 타양을 건너다봤다. 타양이 말했다.

"그건 고양이가 좋아하는 간식 같군."

진이 킥킥 웃으며 정어리를 한 마리 던졌다. 곧 네 사람은 머리를 맞대고 정어리 튀김을 씹었다. 고소한 냄새가 퍼졌다. 진이 로사에게 물었다.

"이런 건 언제 챙겼어?"

"먹을 건 챙겨둬야죠."

진은 문득 기시감을 느꼈다. 아주 오래전의 일이었다. 일곱 살 무렵에, 아니면 그보다 더 어렸을 때 어디선가 아몬드를 한 움큼 몰래 가지고 나와 들키지 않으려고 주먹을 쥔 채 반나절이나 버텼던 적이 있었다. 겨우 집까지 가져가는 데 성공했지만 굳어버린 손가락이 제대로 펴지지 않아서 다른 손으로 하나하나 펴야 했다. 어머니가 이게 어디서 났느냐고 물었을 때 진은 로사와 같은 말을 했었다. 아몬드는 그냥 얻기에는 무척 비쌌다. 어머니는 더 묻지 않고 진의 머리를 쓰다듬어 주더니 아몬드 한 개를 입에 넣었다. 마치 조금 전처럼, 고소한 냄새가 퍼졌다.

잊고 있던 일이었다. 그때 아몬드를 어디서 가져왔는지도 이젠 기억나지 않았다. 그런데 로사가 말하는 순간 되살아났다. 어머니가 더 캐묻지 않았을 때, 그때 느낀 안도감과 자랑스러움이 생생했다. 동시에 당혹스럽기도 했다. 그건 도둑질이었는데?

진은 감상적인 이야기를 꺼내는 대신 말했다.

"배곯을 걱정을 하기엔 금화가 두둑하던데."

"아, 금화."

로사는 품을 뒤져 금화 주머니를 꺼내더니 테이블에 얹어 진과 타양 쪽으로 밀어놓았다. 진과 타양은 무심코 서로를 보았다. 로사가 말했다.

"약속했던 나머지 절반이에요. 도와줘서 고마웠어요. 나나, 너도 인사드려."

나나는 느릿하게 고개를 갸우뚱하더니 의자에서 발딱 일어났다. 이어 치맛자락을 잡고는 제법 근사한 절을 했다. 근사하긴 해도 자기가 하는 절의 의미를 이해하고 있는지는 의심스러웠다.

나나가 절을 마치자 로사도 자리에서 일어섰다. 진이 로사를 올려다봤다. 로사는 기계적인 미소를 머금고 진을 마주봤다. 그러다가 시선을 마주친 시간이 길어지자 마치 나나처럼 고개를 갸웃했다.

"왜요?"

"가려고?"

"가야죠."

"이 밤중에 바쁜 일이라도 있나?"

"아뇨. 하지만 안 갈 이유도 없잖아요?"

진은 한쪽 어깨를 으쓱했다. 뭔가 마음에 들지 않았다. 계약이 끝났으니 헤어지는 것도 맞겠지만 일이 마무리되자마자 이 밤중에 당장 그럴 필요는 없었다. 아니, 그보다 다른 것이 신경을 건드렸다. 그게 뭔지 몰랐지만 진은 말했다.

"갈 이유도 없지. 그것도 어린애를 데리고 이 밤중에."

"걱정해줘서 고맙지만 그 정도는 알아서 할 수 있어요."

"그래? 조금 전까지만 해도 그 어린애를 찾아 헤매고 있었던 것 같은데."

로사가 눈을 몇 번 깜빡였다.

"그랬죠. 도와줘서 아주, 많이 고마웠어요. 하지만 그 이상의 피해는 끼치고 싶지 않네요."

"피해라고?"

그때까지 둘을 보고 있던 타양이 입을 열었다.

"아가씨의 생각도 이해는 가오. 동생을 구한 이상 이제는 우리가 불안한 상대로 느껴지겠지. 따지고 보면 우리도 낯선 사내들일 뿐이니까. 하지만……."

진이 눈썹을 찌푸리며 타양을 돌아보는데 로사가 먼저 고개를 홰홰 저었다.

"그런 생각은 안 했어요."

진도 물었다.

"자네 정말 그렇게 생각해?"

타양이 입 끝을 올렸다.

"여인의 경계심은 미덕이야. 위태로운 보물까지 지켜야 한다면 더더욱."

"보물은 또 뭐야?"

타양은 나나를 턱짓으로 가리켰다.

"그대들 종족이 선호하는 모습이지 않나."

진은 대꾸 대신 고개를 수그리며 헛웃음을 터뜨렸다. 로사가 다시 강하게 말했다.

"그런 뜻은 아니었어요."

"아니었다면 사과하겠소. 하지만 이건 도로 가져가시오."

타양은 금화 주머니를 다시 로사에게 밀어주었다. 로사의 얼굴에 경계심이 떠올랐다.

"왜요? 약속했잖아요?"

"아니. 그때 난 받지 않겠다고 말했소. 그대가 준 선금이면 족하오."

"이런 호의는 받을 수 없어요."

"호의가 아니고 판단이오. 난 시골뜨기 고양이일 뿐이라서 양지바른 잠자리나 있으면 족한데 그런 많은 금화를 주면 어쩔 줄을 모른다오. 그대가 이해해주시오."

진은 타양이 논쟁을 끝내려 할 때 곧잘 저런 말투를 쓰는 걸 알고 있었다. 자신을 비하하면 상대는 자연스럽게 할 말을 잃는다. 진이 존경해온 타양의 너그러운 버릇이었다.

하지만 로사는 그들과 다른 종류의 인간이었다. 그녀는 즉각 고개를 저었다.

"아뇨. 못 받아요. 내가 동생을 찾는 일에 돈을 아낄 사람으로 보여요? 난 값을 정했으면 반드시 지불해요. 약속한 돈에서 금화 하나라도 덜어내지 않겠어요."

지나치다 싶을 정도의 고집이었지만 그건 다시 말해 두 남자에게 넘치도록 돈을 치러서 털끝만큼의 빚도 남기지 않겠다는 선언이기도 했다. 이런 식이라면 다시 만났을 때 로사가 그들을 모르는 체하더라도 놀랍지 않을 듯했다. 대체 어떻게 살아왔기에 이런 태도를 갖게 됐는지 자못 궁금할 지경이었다.

타양은 로사의 얼굴을 잠시 바라보고 있었다. 수염이 살짝 곤두섰다. 흥미로운 일을 봤을 때처럼.

"신세를 지면 반드시 나중에 문제가 생긴다, 그렇게 믿고 있소? 현명한 판단일지도 모르지. 나쁜 일은 생기지 않는 대신 좋은 일도 생기지 않소. 하지만 행운도 믿지 않고 사람도 믿지 않는다면 그대는 자신만을 믿어야 할 텐데, 그만한 준비가 되어 있소? 세상 대(對) 한 사람이 되어 싸우려 하오? 그러지 마시오. 세상은 그대한테 그만한 관심이 없소. 그대가 덤벼들지 않으면 세상도 그대를 못 본 체한다오."

로사도 타양을 빤히 바라보았다. 그러더니 대꾸했다.

"무슨 말씀인지 모르겠어요."

더 설명을 해달라는 뜻이 아니었다. 로사가 그대로 갈 기세로 몸을 돌렸을 때 진이 말했다.

"잠깐 기다려. 용건이 남았는데."

로사가 느리게 진을 향해 돌아섰다. 진이 로사의 표정을 보더니 피식 웃었다.

"그런 용건이 아니야. 타양, 아까 먼저 받은 돈 좀 줘봐."

타양이 주머니를 꺼내 건네주자 진은 금화를 테이블에 쏟았다. 그러더니 손가락 끝으로 하나씩 옮기며 셌다. 테이블 전체가 금화로 가득 찼다. 주인인 로벤은 관심 있게 건너다보고 있었지만 끼어들지는 않았다. 로사도 도로 의자에 앉았다.

"스물네 닢이군."

진은 금화를 주머니에 쓸어 담은 후 로사가 방금 건넨 주머니를 풀었다. 다시 같은 과정이 반복됐다. 금화가 열 개쯤 남자 다른 사람들의 눈에도 결과가 보였다. 두 번째 주머니의 금화도 스물네 닢이었다. 진은 흩어진 금화를 내버려두고 두 손을 펴 보였다.

"아까 타양이 금화 한 개를 꺼냈지. 그럼 총 쉰 닢이어야 하지 않나?"

로사가 빠르게 눈을 깜빡였다. 변화가 거의 없는 그녀의 얼굴에서 유일하게 감정이 엿보이는 버릇이었다. 로사는 주머니를 뒤졌다. 동전 몇 개가 나왔지만 금화는 없었다. 진은 고개를 약간 기울이고 있다가 말했다.

"당신이 우리를 용병 취급하니 용병답게 일을 처리해봅시다. 당신은 처음에 절반, 일이 끝나면 나머지 절반을 주겠다고 했는데 한 닢이 모자라는군. 자, 당신의 의견은?"

"갚을 테니 조금 기다려줘요."

"기다리라고? 내가 뭘 믿고 기다려야 하지? 여기서 헤어지면 집도 가족도 없는 당신을 어디 가서 찾겠어?"

"난 도망치지 않아요."

"그러니까 그 말을 어떻게 믿느냐고."

진의 목소리에는 장난기가 섞여 있었지만 로사는 그렇든 아니든 개의치 않고 심각한 표정이었다. 잠시 후 로사가 말했다.

"알았어요. 어떻게 갚으면 좋을지, 조건을 정해서 말해줘요."

"어디 보자. 당신한테 금화 한 닢 가치가 있는 건 뭐가 있을까?"

진은 로사를 잠시 보다가 시선을 나나에게 돌렸다. 나나는 그때까지도 흑야의 등을 쓰다듬으며 한가롭게 대화를 지켜보고 있었다. 그러자 로사가 말했다.

"동생은 안 돼요."

진이 고개를 홱 돌려 로사를 노려봤다.

"진짜…… 날 이렇게까지 바닥으로 봤던 사람은 처음이군. 용병도 모자라 파렴치한 취급까지? 아, 오늘 밤 잠이 안 오겠다."

그때였다. 이곳에 온 후 처음으로 나나가 입을 열었다.

"응. 오늘 밤에 못 자."

세 사람이 동시에 나나를 돌아봤다. 진이 말했다.

"그거 지금 나한테 한 말이냐?"

나나가 고개를 까딱까딱 하더니 빙그레 웃었다. 아이답지 않은 웃음이라 진은 눈살을 약간 찌푸렸다. 그는 일찌감치 지겹도록 봐오는 바람에 교태부리는 여자라면 딱 질색이었다. 하지만 아이가 그런 뜻으로 웃었을 리는 없었다.

로사도 나나를 보고 있었다. 나나와 눈이 마주친 로사는 입술만 움직여 무어라 말했다. 그러자 나나가 대꾸했다.
"아니야."
로사가 다시 입술로 말하자 나나가 또 대답했다.
"응."
이윽고 로사가 말했다.
"나나가 한 말은 마음에 두지 마세요. 본래 이상한 소리를 잘 해요. 그런데 혹시 금화 한 닢 값 말인데, 내가 제안해도 될까요?"
어쩐지 조금 전과는 달라진 태도였지만 진은 개의치 않고 대꾸했다.
"해봐."
"저녁 식사. 어때요?"
진은 황당해서 조금 웃었다.
"뭐야, 그런 말은. 데이트 신청도 아니고. 저녁 식사를 사주겠다고? 돈도 없으면서?"
로사는 당황하지 않고 눈만 몇 번 깜빡였다.
"아뇨. 만들어준다고요."
"어디서?"
"난 아직 집이 없으니 당신 집이죠."
"장소까지 제멋대로네. 그럼 재료는?"
"그 정도는 당신들이 사오세요."
타양이 킬킬 웃기 시작했다. 진이 말했다.
"지금 내가 어떤 곳에 사는지 알고 하는 말이야?"
"물론 모르죠. 설마 부엌이 없나요?"

너무 당당해서 오히려 기대가 될 지경이었다. 진은 웃음을 참으며 말했다.

"아니, 있어."

"그럼 됐어요."

로사가 다시 일어섰다. 진과 타양의 눈이 따라 올라갔다. 타양이 물었다.

"설마 지금 당장 가려는 거요?"

"그럼 여기서 뭘 해요? 있는 거라곤 물뿐인데."

로사는 가방을 집어 들었다. 이번에는 나나도 흑야 옆에서 발딱 일어섰다. 그때 타양은 무심코 정어리를 쌌던 냅킨을 반으로 접고 있었다. 로사가 처음으로 미소 비슷한 것을 짓더니 가방을 툭툭 두드렸다.

"어쩐다. 정어리는 더 없어요, 고양이님."

MARATHON

매의 집의 아침식사

그림자 매의 집은 델피나드 남쪽, 조선공 구역의 범포 오거리 한가운데에 있었다.

그렇다고 다섯 갈래의 거리가 코앞에서 마주보고 있는데 집 한 채가 포위당한 오소리처럼 오뚝 솟은 건 아니고, 오거리 중심의 광장을 바라보며 자리 잡았다고 하는 편이 정확했다. 광장의 크기는 그림자 매의 집 앞에 빨래를 다섯 줄로 널고 그 사이에서 숨바꼭질을 하면 적당한 정도였다. 광장은 통칭 '매 광장'으로 불렸지만 정식 명칭은 아니었다. 이렇다 할 이름이 붙기에는 너무 작은 까닭이었다.

범포 오거리에서 백 걸음 이상 떨어진 곳에 사는 사람들은 지름길도 마다하고 매 광장을 피해 다녔다. 하지만 백 걸음 안에 사는 사람들은 조선공 구역을 남북으로 자르며 흐르는 인공 수로에서 풍덩 하는 소리가 나도 어느 덜떨어진 놈의 대가리려니 생각하고 그리 신경 쓰지 않는 편이었다.

 범포 오거리라고 불리긴 해도 근처에 범포 깁는 자들이 살지는 않았다. 이쪽 지역은 델피나드에서 직접 배를 건조하던 약 이백 년 전에 도시의 일부가 됐다. 하지만 지금은 조선소가 하구 쪽의 신도시로 옮겨가서 남은 것은 범포 오거리니 오크통 거리니 하는 이름들뿐이었다. 아이들은 가사가 바뀐 옛 선원들의 노래를 곧잘 부르고 다녔지만 유래를 알고 그러는 것은 아니었다.

 그림자 매의 집은 근방에서 가장 기묘한 건물이었다. 우선, 어느 북부 산꼭대기의 요새에서 첨탑 두 개만 잘라다가 나란히 붙여놓은 것처럼 생겼다. 하지만 주위는 평지, 그중에서도 저지대였고 누가 여길 요새로 썼다는 기록도 없었다. 평범한 델피나드 양식의 야트막한 집들 사이에서 한층 별나 보이는 이 집은 한때 어느 신의 신전이었다고 했다. 하지만 신도들이 달아나고 신관들도 하나 둘 떠나자 이름 모를 신도 딱히 더 머물고 싶지는 않았던 모양이었다.

 신전은 조선공 조합에게 팔렸고, 그들은 또다시 어느 배포 큰 선주에게 팔았고, 선주가 파산하자 집은 빚쟁이 중 한 명이었던 부유한 여관 업자에게 헐값으로 넘어갔다. 그자는 이곳을 여관으로 개조했는데 대단히 조잡한 개조여서 홀에서 둘러보면 복도를 타고 말벌집이 다닥다닥 붙은 것 같은 모양새였다. 그래도 근방에서 드문 석조 건물이라 여름에 지내기에 시원했으므로 잠시 인기를 끌기도 했다. 하지만 여관이 쇠락하자 주인은 개조를 포기했다. 그러자 폭력조직 중 하나인 '알모람의 손'이 손을 뻗쳤다.

현재 이 집은 공식적으로 알모람의 손이 거느린 순찰대의 숙소였다. 델피나드에는 이런 조직이 수십 곳을 헤아렸다. 그들은 자기 구역을 정해서 순찰대를 운영하며 구역 상인들에게 보호비를 걷어가는 식으로 생활했는데 보통은 돈이 아깝지 않을 정도로 도움을 주었기 때문에 상인들은 수완 좋은 조직의 보호를 오히려 반겼다. 조직끼리 구역을 다투며 싸울 때도 구역 사람들은 끌어들이지 않는 것이 원칙이었다. 구역 사람들이 불만을 품으면 다른 조직이 끼어들어 십중팔구 빼앗아 가기 마련이었다.

이렇게 나름대로 공정 경쟁(?)이 벌어지다 보니 델피나드 총독부조차도 이런 폭력조직들을 묵인하며 사설 경비병들처럼 활용하는 데 익숙했다. 실은 일이 이렇게 돌아가도록 총독부에서 어느 정도 뒷조종을 하고 있다는 말도 있었다. 델피나드 총독부는 도시의 밝고 깨끗한 부분을 대표했고, 지저분한 일거리들은 자기 손을 더럽히지 않고 처리하기를 좋아했다. 역대 총독들은 모두 손 안 대고 코 푸는 데 명수들이었다.

순찰대는 이러한 조직들의 핵심이었다. 순찰대를 많이 확보해야 조직의 세력이 커졌다. 혈기왕성한 젊은이들을 자기 조직의 순찰대로 끌어들이려는 경쟁이 심해지다 보니 점차 온갖 혜택마저 제공하게 되었는데 그중 대표적인 것이 숙소였다. 델피나드에서 한 달 치 방값과 식대를 대려면 가진 게 몸뿐인 젊은이들을 위해 특별히 준비된 일자리, '네미 강 하굿둑 흙 쌓기'를 하루 일곱 시간씩 해도 모자랐다. 그러니 가난한 젊은이들에게 숙식 제공만큼 매력적인 조건도 달리 없었다. 그나마 총독부가 주관하는 공사는 한 명에게 석 달 이상 연달아 일을 주지도 않았다.

새벽녘, 흔히 '매의 집'이라고 불리는 그림자 매의 집 정문 앞에는 여전히 두 개의 횃불이 타오르고 있었다. 두 보초는 문설주에 매단 횃불 아래의 계단에 비스듬하게 앉아 있었다. 두 젊은이의 그림자가 계단 밑까지 길게 떨어졌다. 보초들은 하품을 하긴 했지만 주의력이 떨어진 기색은 아니었다.

앞마당, 즉 매 광장에는 쥐 몇 마리만이 소리 없이 지나갔다. 고요를 깬 것은 안쪽에서 난 소리였다. 잠시 삐걱대다가 바닥을 긁는 소리가 삑 나며 문이 열렸다. 보초들이 돌아봤다.

"어휴, 이 문짝. 도무지 몰래 나갈 수가 없다니까."

매의 집의 막내인 아샤벨이었다. 고작 열여섯 살이라 순찰대원이 되기에는 너무 어렸지만 진의 고향에서 올라온 녀석이고 달리 갈 데도 없다고 해서 이곳에 머물고 있었다.

"형들, 쌩쌩하네? 지금쯤 눈이 반쯤 감겼을 줄 알았더니."

"어딜 가냐? 임무 없이 밤에 못 나가는 거 몰라?"

"너 또 운하 뒷집에 주사위 굴리러 가지?"

"에이, 아니라니까."

아샤벨은 실실 웃으며 주머니에서 종이 꾸러미를 꺼내 보초에게 건넸다. 풀어보니 당밀을 묻힌 말린 생선이었다. 얼른 하나를 입에 넣고 질겅거리면서 보초 하나가 말했다.

"그러다가 대장님 오시면 또 뒤통수 쥐어박힌다."

"하여간 뒤통수 성할 날이 없는 놈이라니까."

아샤벨은 뒤통수를 쓱쓱 문지르며 웃었다.

"부…… 대장님은 절대 세게 쥐어박지 않으시니까 걱정 놓으셔들."

"너, 그 부관님 타령은 언제까지 할래?"

"에잇, 참. 잠에서 덜 깼다 하면 꼭 이런다니까."

아샤벨은 자기 입을 때리는 시늉을 하더니 폴짝폴짝 계단을 내려갔다. 보초 하나가 소리쳤다.

"너, 아침 먹을 때까진 돌아와라."

"그럼. 하라트 형의 썩은 수프를 먹어야 좀비 노릇도 계속하지. 그럼 형들, 수고해."

아샤벨은 비척거리는 흉내를 내며 북동쪽 오크통 거리로 멀어져 갔다. 안개 때문에 금세 모습이 지워졌다. 보초 하나가 당밀 생선을 삼키면서 말했다.

"주사위 좋아하는 버릇만 아니면 좋은 녀석인데."

"워낙 잘 따서 그렇지. 한번 된통 잃고 나면 정신 차릴걸."

"야, 사실 잘 따는 게 정상 아니냐? 여긴 그림자 매의 집이잖아."

"그러는 네놈은 왜 잃기만 하냐?"

"내가 저번에 말했잖아. 죽은 마누라가 저주를 걸어서 그렇다고."

잡담을 나누고 있는 사이에 동쪽으로 통하는 돛매듭 거리에서 새로운 그림자가 나타났다. 두 사람이었다. 조금 가까워지고 보니 여자와 소녀였다. 근방은 새벽녘에 여자들끼리 다닐 만한 곳이 아니었으므로 보초들은 눈을 둥그렇게 떴다. 게다가 두 사람은 매의 집을 향해 다가

오고 있었다.

"여자잖아?"

"누가 아니래."

이윽고 두 사람은 계단 아래 와 섰다. 보초 중 하나가 일어나 큰 소리로 말했다.

"누구냐?"

그러자 여자가 물었다.

"여기가 그림자 매의 집인가요?"

"그래, 무슨 볼일이냐?"

"식사 준비하러 왔어요."

보초들은 서로의 얼굴을 쳐다보며 인상을 찌푸렸다. 다른 하나가 일어서며 말했다.

"무슨 개수작이야? 여기가 어떤 데인 줄 알고 하는 소리야?"

여자는 정문 위의 매 그림을 보고, 두 첨탑을 보고, 다시 보초들을 봤다. 그러더니 말했다.

"여기 진이라는 사람이 살죠?"

보초들은 눈이 튀어나올 지경이 되었다. 한 보초가 소리쳤다.

"이 여자가 미쳤나!"

로사는 움찔하지도 않고 보초를 올려다봤다.

"반응이 왜 그래요? 안 살면 안 산다고 하면 되지. 하지만 있는 줄 알고 왔어요. 당신은 할이고, 그 뒤는 네옵스죠?"

보초들, 즉 할과 네옵스의 얼굴에 당혹감이 서렸다. 할이 말했다.

"우리 이름은 어떻게 안 거야?"

"진이 말해줬어요."

"너 자꾸 대장님을 감히……."

할은 문득 말을 삼키고 돌아서서 횃불을 뽑더니 로사를 비춰봤다. 젊긴 했지만 사내처럼 차려 입어 도무지 매력적으로 보이지 않는 여자였다. 다시 말해 진에게 애인이 생겨서 데리고 살려고 보낸 것 같지는 않았다. 그런데 무심코 그 옆에 선 소녀를 봤더니 이쪽은 눈이 휘둥그레질 정도로 예뻤다. 할은 미심쩍은 눈으로 나나를 훑어보다가 다시 로사를 봤다.

"진 대장님과 아는 사이요?"

"그래요."

"그래서, 뭘 하러 왔다고?"

"식사 준비요."

곁에서 네옵스가 낄낄거리며 끼어들었다.

"식사 준비? 이제부터 우리한테 요리사가 생기는 거야? 말 오줌 맛나는 하라트 수프는 끝이고? 이야, 역시 어제 저녁 먹다가 자살하지 않길 잘했어."

로사는 네옵스를 쳐다봤다.

"미안하지만 한 끼만 만들 거예요. 그게 약속이니까. 하지만 한 끼는 맛있는 걸로 약속하죠."

할도 피식거리기 시작했다.

"아, 그래? 그럼 우리 부엌으로 안내해드려 볼까?"

"우리한테 부엌이 있었나?"

"하라트가 말 오줌 끓이는 데가 부엌이지 뭐야."

네옵스는 문을 탕탕 두드렸다. 그러자 교대를 준비하던 순찰대원 하나가 달려왔다. 그자도 할에게 설명을 듣는 동안에는 미심쩍은 표정이었지만 로사가 근사한 아침 식사를 만들어준다고 하자 두 손 들고 환영했다. 그들은 진이 어디선가 괴상한 내기에라도 이겨서 대원들에게 아침 식사를 만들어줄 사람을 보냈으려니 생각하는 분위기였다.

본래 신전이었던 이 집은 중앙에 넓은 홀이 있고 좌우로 기도실이나 유물 보관실이었을 법한 방들이 세 개씩 딸려 있었다. 그중 왼쪽은 첫 번째가 보초 대기실, 두 번째는 무기고, 그리고 세 번째가 부엌이었다. 오른쪽은 길게 칸막이를 쳐서 마구간으로 쓰고 있었다. 홀을 가로질러 걸어가자니 말똥 냄새가 물씬하게 풍겨왔다. 대원들이 왜 음식에서 말 오줌 맛이 난다고 하는지 알 법했다.

정면에는 한때 제단이었던 것처럼 생긴 높직한 자리가 있었는데 지금은 불경하게도 여물통을 죽 엎어놓았다. 그 옆에는 빨래 통이 있고, 뒷벽에는 나나 정도의 아이가 들어가 앉고도 남을 커다란 물통이 십여 개나 줄지어 놓여 있었다.

"자, 여기다."

먼저 교대하고 따라온 네옵스가 웃음을 참는 표정으로 부엌을 가리켰다. 부엌에는 문짝도 없었다. 로사는 입구로 다가가다가 멈춰 섰다. 뭐라 말하기 어려운 기묘한 냄새가 감돌고 있었다. 로사는 잠시 냄새를 맡아보며 뭔가 생각하는 듯했지만 곧 아무렇지도 않게 안으로 들어갔다.

 부엌은 생각보다 넓었다. 그러나 절반 정도는 부엌일과 무관한 잡동사니, 이를테면 다리가 망가진 테이블이나 금이 간 물통 뚜껑, 버릴까 말까 고민 중인 양탄자 따위가 차지하고 있었다. 화덕 주위는 십 년쯤 그을음과 기름때를 벗기지 않아 고양이도 앉기를 꺼릴 것처럼 생겼고, 유사 이래 건드린 적이 없는 듯한 선반에는 새카만 먼지 속에 쥐 발자국이 어지럽게 찍혀 있었다.

 그릇장은 그나마 문이라도 닫혀 있었지만 그 옆에 걸린 조리도구들은 하나같이 태워먹거나 뭔가에 물들어 괴상한 몰골들이었다. 부엌 한쪽에 놓인 통에는 어제 먹고 내버려둔 설거지가 물기도 없이 말라붙은 채 쌓여 있었다. 화덕 위에 걸린 큰 가마솥은 기름칠을 게을리 해 곳곳에 녹이 슬어 있었고, 뚜껑을 들춰보았더니 사흘쯤 계속해서 끓인 듯한 수프가 약간 남아 있었다. 그리고 진짜로 말 오줌 냄새가 풍겼다.

 맨 안쪽에는 뒷문이 있었다. 열어보니 그쪽은 식당이었다. 집의 왼쪽 벽에 개축해서 붙였는지 좁고 길쭉한 모양이었다. 그 덕택에 부엌을 비롯한 왼쪽 방들의 창을 모조리 막고 있었다. 뚫린 곳이라고는 맞은편 끝의 문뿐이었는데 닫혀 있었다. 가운데에는 테이블 여러 개를 잇대어 놓았는데 그나마 누가 걸레로 훔친 듯한 흔적이라도 있었다. 각양각색의 의자들을 훑어보던 로사는 고개를 들고 주위를 휘둘러봤다. 천장은 꽤 높았고 꼭대기 즈음에 작은 들창이 몇 개 있었다. 그러나 열린 창은 없었다. 왜 냄새가 빠지지 않는지 알고도 남을 듯했다.

로사는 다시 부엌으로 돌아왔다. 그런데 식당으로 나갈 때는 네옵스 혼자뿐이던 부엌에 어느새 할을 비롯해 일곱 명이나 되는 대원들이 몰려와 로사를 관찰하고 있었다. 다들 우연히 온 것처럼 이곳저곳에 서서 딴전을 피웠지만 로사가 보기에는 모두 똑같은 표정을 하고 있었다. 이 아가씨가 언제쯤 비명을 지를지 궁금해 죽겠다는 표정.

로사는 팔짱을 꼈다. 그러더니 말했다.

"고마워요."

할이 턱을 약간 내밀었다.

"고맙다고?"

"다들 절 도와주려고 오신 것 아닌가요?"

대원들이 피식 웃었다. 한 명이 말했다.

"청소라도 시킬 생각이라면 집어치워. 우리가 잔소리할 어머니가 없어서 이러고 지내는 건 아니니까."

로사는 즉시 코웃음을 쳤다.

"그럴 생각은 없는데요."

그러자 다른 대원이 말했다.

"그럼 여기서 그냥 요리를 해주겠다는 거야? 음…… 뭐 하라트 수프보다는 나을지도 모르지만."

그러자 맨 뒤에 서 있던 체구 큰 사내가 벌컥 화를 냈다.

"수프가 뭘! 네놈들이 말 오줌을 바짓가랑이에 묻히고 다니니까 그런 거 아니야!"

"네가 말 오줌으로 손을 씻어서 그런 건 아니고?"

"그게 아니라 실은 말이 요리하고 있었던 거 아니야?"

"그게 네놈 말이었냐?"

"어쩐지 그놈 발굽에서 익숙한 냄새가 나더라."

"그야 당연하지. 그놈이 수프를 싸잖아."

대원들이 헛소리를 주고받는 동안 로사는 한구석에서 부지깽이를 찾아냈다. 그걸로 화덕 밑을 긁어보니 뜬숯들과 삭정이들이 제법 나왔다. 이어 화덕 옆벽을 보니 고기 조각인지 녹인지 모를 것이 말라붙어 울퉁불퉁해진 냄비들이 걸려 있었다. 로사는 그중 하나를 떼어 표면을 만져보다가 대원 하나를 지목했다.

"단도 정도는 있죠?"

지목당한 대원은 조금 망설이다가 단도를 뽑아 건네줬다. 물론 그들은 각자 무기도 있었고, 그런 게 없다 한들 로사가 단도 하나 들었다고 제압 못할 실력들은 아니었다. 로사는 단도 끝으로 냄비 바닥을 일부 긁어냈다. 찌꺼기 속에서 멀쩡한 쇠가 드러나자 로사는 고개를 끄덕거리며 냄비를 조리대 옆에 내려놓고 단도를 쥔 채 말했다.

"다들 저것들 좀 밖으로 옮겨줘요."

칼을 쥐고 있으니 어쩐지 말에 무게가 실리는 느낌이었다. 로사가 가리킨 곳으로 눈들이 따라갔다. 장작 더미였다. 그나마 계속 쓰고 있어 아래쪽에 거미줄이 낀 것 말고는 멀쩡했다. 할이 물었다.

"저걸 왜?"

"요리해야죠."

"여기가 부엌이잖아."

로사가 한심해하는 눈빛으로 할을 쳐다봤다.
"여기가 무슨 부엌이에요? 말먹이도 못 만들게 생겼는데. 이런 데서 나온 걸 먹으면 말도 토한다고요."
한 대원이 킥킥 웃기 시작했다. 다른 대원이 능글맞은 표정으로 말했다.
"그래서 밖에 나가서 하겠다고? 그런데 그걸 왜 우리가 도와줘야 되는 거야? 식사 준비는 너 혼자 하기로 했다면서?"
"아, 그래요? 저하고 이 꼬마하고 둘이서 저걸 다 옮기려면 식사는 저녁때쯤 되어야 하시겠네요?"
할이 장작더미를 훑어보고 로사와 나나를 보더니 말했다.
"야, 그냥 옮겨줘. 미콘, 넌 위에서 몇 명 더 내려오라 그래."
대원 여섯이 달려들자 장작더미는 한두 번 만에 모두 앞뜰로 옮겨졌다. 그즈음 날이 밝기 시작해 안개도 조금 가셨다. 그 사이 로사는 냄비를 모두 끄집어내고 닭을 솥도 찾아놓았다. 마지막으로 들어온 두 대원에게 제단 뒤에 있던 물통 하나를 들고 나가게 한 뒤, 로사는 식칼을 집어 살폈다. 칼은 그나마 이곳의 사내들에게 익숙한 물건이라 그런지 꽤 잘 관리되어 있었다.
로사가 밖으로 나오니 이른 아침 어스름 안개 속에 장작더미가 질서 없이 흩어져 있고 대원들은 멀뚱멀뚱 흩어져 서 있었다. 로사는 아궁이에서 긁어낸 사정이를 안고 와서 한쪽에 내려놓으며 말했다.
"여기다가 모닥불을 지피세요. 남자가 여섯인데 어려운 일은 아니죠?"
"잠깐, 그걸 왜……."

할이 대꾸하려 했지만 로사는 못 들은 체하며 돌아서더니 말했다.

"전 가서 판자를 하나 찾아봐야겠어요. 도마가 너무 더러워서 여물도 못 썰게 생겼네요."

로사가 안으로 사라지고 나자 여섯 대원은 서로의 얼굴을 봤다. 여든 명이 먹을 음식을 여자 하나가 장만한다는데 모닥불 정도야 피워줄 수도 있지, 하는 생각을 서로의 얼굴에서 확인한 것까지는 좋았는데 그 다음이 문제였다. 할이 말했다.

"야, 모닥불 피울 줄 아는 사람."

"난 몰라."

"나도 몰라."

"다 못하냐? 어떡하지?"

델피나드는 대륙에서 가장 발달한 도시였다. 이곳에서 태어나 자란 젊은이들은 이른바 '도시 촌놈'이라 모닥불은 물론이고 짐승을 사냥할 줄도, 야영을 할 줄도 모르는 경우가 태반이었다. 델피나드에서는 노숙하려고 천막을 치느니 그냥 적당한 공공건물에 들어가서 자면 되었다. 온갖 종류의 짐승들은 들판이 아니라 깔끔하게 손질되어 푸주에 걸려 있었다. 심지어 불씨도 돈만 주면 팔았다. 나름 거친 일을 하는 순찰대원들이었지만 상당수는 델피나드 밖으로 나가본 적도 없었다. 그건 그만큼 델피나드 안에 모든 서비스가 다 있다는 뜻이기도 했다.

다행히 한 명이 말했다.

"예전에 해보긴 했는데 기억이 잘 안 난다. 좀 도와줘봐."

테리는 서부 타넨의 농촌 출신이었는데 열 몇 살에 빚쟁이에게 쫓겨 온 가족이 델피나드로 도망 왔다고 했다. 테리가 엎드려서 삭정이를 쌓기 시작하자 나머지는 쭈그리고 빙 둘러앉아 심각하게 들여다봤다. 테리는 산 모양을 만들려 했는데 한참 쌓다가 잘못 건드려 무너지자 대원들의 탄식과 잔소리가 쏟아졌다. 그렇게 쓸데없는 짓에 집중하고 있는데 갑자기 요란한 소리가 들렸다. 뭔가 무거운 물건을 내동댕이치는 듯한 소리였다.

할이 고개를 들더니 하라트를 불렀다.

"야, 안에 가봐. 뭐 하는 거냐?"

하라트가 부엌으로 달려가 보니 부엌 입구로 나오던 로사가 반색을 했다.

"잘 왔어요. 이것 좀 같이 들고 나가세요."

로사가 막 끌고 나오던 것은 조금 전까지 화덕 위에 걸려 있던 가마솥이었다. 거의 비어 있긴 했지만 가마솥만으로도 보통 무게가 아니었을 텐데 어떻게 내렸나 싶어 하라트의 눈이 둥그레졌다. 하지만 뒤를 보니 어디서 데려왔는지 또 다른 대원 한 명이 어깨가 쑤신다는 표정으로 걸어 나왔다. 오닐이었다. 하라트는 오닐과 같이 가마솥을 들고 나가면서 물었다.

"넌 이걸 왜 갑자기 내렸냐?"

"내려달라잖아."

"그러니까, 왜 불려왔냐고."

"웬 여자애가 부르기에 얘는 누군가 하고 따라갔는데 저 아가씨가 요것만 좀 내려달라고 하더라고."

두 대원은 자기들이 군말 없이 솥을 내어가고 있다는 생각은 미처 하지 못한 채 앞뜰 한쪽에 솥을 놓았다. 곧장 로사가 뒤따라와서 말했다.

"안에 든 것 좀 버려주실래요? 혹시 드시고 싶다면 드셔도 되지만요."

그들은 가마솥 안을 한번 들여다보고 그대로 엎어서 남은 수프를 버렸다. 그러자 로사가 빈 물통을 하라트에게 건네주었다.

"물 좀 떠다가 헹궈주세요. 냄새가 나서 그래요. 설거지할 필요는 없고 그냥 헹구기만 하면 돼요."

그 정도야 하라트가 열흘에 한 번쯤은 하던 일이었다. 하라트가 솥을 막 다 헹궜을 무렵 테리도 삭정이를 다 쌓는 데 성공했다. 미콘이 올라가 깨운 대원들도 뭔 일인가 싶어 하나 둘 모여들었다. 네옵스가 화덕에서 불씨를 떠왔다. 어느새 열다섯 명으로 불어난 모닥불 점화단이 이러쿵저러쿵 토론을 벌이는 가운데 테리가 삭정이 위에 불씨를 얹더니 후후 불기 시작했다. 하지만 불은 연기만 피우다가 꺼져버렸다.

"어휴, 저 멍청이."

"할 줄은 아는 거야?"

"불씨가 너무 작아서 그렇잖아."

"삭정이를 잘못 쌓았어. 밑이 더 넓어야 돼."

"아니야. 내가 아까 그랬잖아. 불쏘시개가 더 있어야 된다고. 나무껍질 같은 거."

"바람이 불어서 그렇다니까."

테리가 짜증을 내며 말했다.

"아, 그래. 개자식들아. 너희가 해보든가."

웅성웅성 논쟁을 벌이고 있는데 등 뒤에서 로사의 목소리가 들렸다.

"불은 피웠어요?"

그렇지 않았기 때문에 대원들은 책임을 피하려고 우르르 비켜났다. 로사는 한 손에는 삽, 다른 손에는 빗자루를 들고 있었다. 로사는 연기 냄새만 풍기다가 꺼진 삭정이를 내려다보더니 둘러선 대원들의 얼굴을 쭉 둘러봤다. 로사가 아무 말도 하지 않았는데도 어쩐지 무안해진 할이 변명했다.

"불이 붙기에는 날씨가 안 좋잖아."

"그래요?"

"불쏘시개도 너무 적고."

로사는 대꾸 없이 삽을 할에게 건네주었다. 빗자루는 테리에게 건네주었다. 그리고 자유로워진 두 손을 허리에 얹더니 말했다.

"여러분에겐 너무 어려운 일이었네요. 자, 그럼 제가 마법을 보여드릴게요. 모닥불 피우는 마법."

그만 가려던 대원들이 마법이라는 말에 걸음을 멈추고 로사를 바라봤다. 로사는 테리에게 말했다.

"수고하셨어요. 이제 빗자루로 여기 예쁘게 쌓인 삭정이를 이쪽으로 쓸어서 치워주세요. 그런 다음 요 정도까지 깨끗이 쓸어내세요. 바닥에 흙만 남도록."

테리가 예술적으로 쌓아놓은 삭정이를 복잡한 표정으로 바라보다가 쓸어내기 시작하자 로사는 할에게 손짓했다.

"요 자리에 구덩이를 파세요. 별로 깊을 필요는 없고, 요 정도면 돼요. 크기는 이 정도."

어렵지 않게 주위가 정리되고 반 뼘 깊이에 한 걸음 너비쯤 되는 구덩이가 만들어졌다. 로사는 네옵스를 불렀다.

"할한테 삽 받아서 불씨를 새로 떠오세요. 그리고 나머지 분들은 돌멩이를 좀 주워오세요. 대충 이만한 걸로. 그리고 오는 길에 장작도 하나씩 들고 오세요."

딱히 어려운 지시는 없었다. 몇 명은 이탈했지만 나머지는 슬슬 걸어가 돌과 장작을 주워왔다. 그 사이 로사는 삭정이를 구덩이 가운데 대충 붓고 주머니에서 나무껍질을 한 줌 꺼내 던져 넣더니 가져온 장작들을 그 주위에 사각으로 교차시켜 쌓아올리게 했다. 만들고 나니 마치 장작으로 된 탑 속에 삭정이가 들어앉은 모양새였다. 돌멩이는 장작 주위에 빙 둘러놓았다. 그즈음 네옵스가 불씨를 가져오자 불씨도 그 안에 넣었다.

"이제 기다리세요. 괜히 건드리거나 불거나 하지 마시고요. 그냥 내버려두세요."

그런 다음 로사는 가버렸다. 대원들은 고개를 갸웃거리며 서로 얼굴을 봤다.

"별거 없어 보이네."

"이걸로 붙을까?"

"글쎄다."

잠시 후, 모닥불 점화단은 신이 나서 박수를 치며 껑충거리고 있었다. 내려와서 끼어드는 대원들도 늘어났다. 잠에서 깬 이웃들이 뭔가 싶어 창문을 열고 내다봤다가 당황해서 입이 딱 벌어졌다. 한번 붙기 시작한 불꽃은 점차 솟구쳐 키를 넘길 정도로 커졌고 대원들은 아침부터 캠프파이어라도 하는 기분으로 노래까지 불러가며 낄낄댔다. 평범한 이웃이 이런 짓을 했다면 미쳤느냐고 고함을 쳤겠지만 상대가 상대이니만큼 불평은 들려오지 않았다. 동네 아이들도 슬그머니 나와 대원들 틈에 끼어 춤을 추고 장난을 쳤다.

그때 오크통 거리 쪽에서 대여섯 명의 사내들이 짐을 짊어지고 나타났다. 앞장선 아샤벨은 아이처럼 겅중대며 걷고 있다가 모닥불을 발견하고는 공처럼 튀어 올라 달려왔다. 대원들을 헤치고 가까이 간 아샤벨이 외쳤다.

"우와! 이게 뭐야?"

"모닥불이라는 거다, 촌놈아. 처음 보지?"

아샤벨은 갑자기 고개를 숙이며 웃음을 참았다. 그의 그런 기색을 알아챈 대원은 없었다. 이윽고 고개를 든 아샤벨은 근처에 선 대원들의 어깨를 툭툭 쳐서 뒤를 돌아보게 했다.

"형들, 놀고 있을 때가 아냐. 저거 보이지? 대장님이 받아다 놓으랬어."

대원들이 돌아보니 짐꾼들도 그 사이 매 광장에 도착해 두리번대고 있었다. 그들이 가져온 짐은 땅바닥에 부려놓을 만한 종류가 아니었다. 손질된 생닭 스무 마리와 버터, 빵 덩어리, 감자 한 자루, 양파와 당근, 허브 묶음……까지는 그나마 나은데 살아 있는 닭 스무 마리가 대나무 광주리에 갇혀 푸드덕대고 있었다. 그때 로사가 양팔에 판자를 하나씩 끼고 나왔다가 그 모양을 보았다. 아샤벨도 로사를 발견했다. 그는 무슨 언질을 들었는지 싱글싱글 웃으며 로사에게 다가갔다.

"닭 마흔 마리랬지? 새벽같이 사오려니 생닭이 모자라더라고. 어쨌든 잡아버리면 다 똑같잖아?"

로사는 아샤벨을 본체만체하고 짐꾼들 쪽으로 걸어갔다. 아샤벨은 조금 약이 올랐는지 뒤따라가며 말했다.

"근데 말이야, 사오라는 건 다 사왔는데 저걸 혼자서 다 한다고 했다면서? 그리고 저 모닥불 말인데, 저기다가 무슨 요리를 해?"

로사는 여전히 돌아보지 않고 가면서 말했다.

"넌 여기 출신은 아닌가보구나."

로사는 짐꾼들에게 가더니 미리 생각해두기라도 한 것처럼 짐 놓을 자리를 척척 지정했다. 가져온 판자는 바닥에 놓고, 하라트를 불렀다.

"저기 닭들 보이죠? 화덕에 물 좀 끓여서 내오세요, 털 뽑게."

하라트는 닭 깃털이 풀풀 날리는 닭 광주리를 흘끔 보더니 아샤벨에게 소리쳤다.

"야, 인마! 저걸 언제 다 잡아서 털을 뽑냐!"

"아, 난 몰라. 사오래서 사온 것뿐이잖아. 닭이 없는데 어떻게 해? 닭털 많이 생기면 펜이나 만들까?"

아샤벨은 너스레를 떨었지만 내심 켕기지 않는 건 아니었다. 하라트는 안으로 들어가고 아샤벨은 로사와 눈이 마주쳤다. 로사가 말했다.

"너, 이리 와서 저 감자들 좀 깎아놔."

"어? 내가 왜?"

"네가 일을 늘려놔서 아침 굶게 생겼잖아. 싫으면 네가 닭을 잡든가."

"에이, 엄살 부리네. 까짓것 칼로 한 마리씩 대가리를 뎅겅하면 되지. 뭐 어려워?"

"그런 식으로 해봐라. 온 앞뜰에 대가리 없는 닭들이 뛰어다니는 걸 보고 싶으면."

아샤벨이 입술을 불쑥 내밀며 닭들을 쳐다보다가 다시 감자 자루를 보자 로사가 덧붙였다.

"얼굴이 꾀바른 걸 보니 너 혼자 할 것 같진 않구나. 저기 노는 애들도 널렸네."

로사는 돌아서서 물통에서 물을 한 바가지 퍼내 다른 채소를 씻기 시작했다. 아샤벨은 로사의 뒷모습을 보다가 갑자기 감자 자루를 번쩍 집어 들고 모닥불 가로 달려갔다.

"형들! 우리 여기다가 감자 구워 먹자. 근데 좀 깎아봐."

캠프파이어를 하다 보면 뭔가 구워 먹고 싶어지는 법이었다. 대원들은 금세 동조해서 감자를 깎기 시작했다. 칼은 각자의 허리춤에 얼마든지 있었다. 사실 모닥불에 감자를 구워 먹자면 깎을 필요가 없었지만 어차피 모닥불도 처음 피워봤는데 아는 게 있을 리 없었다. 그러고 있는데 나나가 어디선가 나타나 그들 곁에 빈 통을 놓고 갔다. 그러자 다들 깎은 감자를 그 통에 던져 넣기 시작했다.

로사는 채소와 생닭을 씻어놓은 뒤 큰 그릇을 가져다가 빵을 조각조각 찢어놓았다. 그 위에 버터를 넣어 버무린 후, 잘게 썬 양파와 로즈메리와 파슬리를 뿌려 꼭꼭 뭉쳤다. 그걸 생닭 뱃속에 채우고, 바늘과 실로 꽁무니를 꿰매서 닭아 놓은 물통에 넣었다. 꽤 복잡한 과정이었지만 어찌나 손놀림이 빠른지 큰 물통에 생닭 스무 마리가 쌓이기까지 십여 분 정도밖에 안 걸렸다. 그때 하라트가 끓인 물을 담은 물통을 가지고 왔다. 로사는 펄펄 끓는 물에 찬물을 좀 부어 식혀놓고는 닭들이 든 광주리 앞으로 갔다. 하라트가 로사를 흘끔 보더니 물었다.

"직접 하려고?"

로사가 하라트를 돌아봤다.

"닭 잘 잡아요?"

"잡기야 잡지. 닭 잡는 데 잘 잡는 건 또 뭐야?"

"그럼 그 옆에서 기다려요."

로사는 칼을 가져다가 도마 대신 쓰려고 가져온 판자 위에 놨다. 그리고 닭 한 마리의 꽁무니에서 굵은 닭털을 하나 뽑아 쥐더니 광주리 틈으로 나온 닭 한 마리의 머리를 움켜쥐고 벼슬 사이 한 곳을 찔렀다. 하라트가 어이없어하며 물었다.

"뭘 하는 거야? 닭 머리 긁어줘?"

하라트가 말을 맺기도 전에 닭이 축 늘어졌다. 로사는 닭털을 도로 뽑더니 다른 닭의 머리를 찔렀다. 그런 식으로 연달아 다섯 마리의 닭들이 눈 깜짝할 사이에, 그것도 조용히 숨이 끊어졌다. 로사는 광주리 주둥이를 벌려 닭들을 꺼내더니 도마에서 머리를 잘라 피를 뽑고 더운 물이 든 물통에 던져 넣었다. 다음 과정은 일사천리였다. 다시 닭들을 잡고, 그 사이 하라트는 물통에서 닭을 꺼내 털을 뽑기 시작했다. 하지만 절반도 뽑기 전에 로사는 닭을 전부 잡았다. 쓴 도구라고는 닭털 한 가닥뿐이었다.

이어 로사도 털을 뽑기 시작했는데 하라트가 세 마리 정도를 뽑는 동안 나머지를 다 뽑아버리고, 내장을 빼내고, 속을 채워 넣어 꿰매는 것까지 마쳤다. 하라트는 흘끔거리면서 허, 이런, 하고 감탄사만 내뱉다가 결국 넋을 놓고 로사가 하는 양을 지켜봤다. 로사는 하라트가 만지던 닭까지 마무리하고 일어나더니 아까 씻어놓은 가마솥을 가리켰다.

"여기 집게 받으시고요, 이걸로 저기 모닥불 주위에 놔둔 돌멩이들을 절반만 가마솥에 집어넣으세요."

하라트는 이미 로사가 뭘 하라고 하든 그대로 할 준비가 되어 있었다. 그는 솥에 돌은 왜 넣느냐고 반문하지도 않고 즉각 일어나 가마솥을 질질 끌고 모닥불 앞으로 갔다. 그 사이 모닥불은 슬슬 화력이 떨어졌다. 대원들은 감자를 다 깎아놓았는데 그제야 이걸 어떻게 굽느냐고 옥신각신 하는 중이었다. 아샤벨이 대책을 마련하려고 로사를 쳐다보자 로사는 말없이 감자가 든 통을 손가락질했다. 아샤벨은 잽싸게 통을 낚아채어 들고 로사에게 달려갔다. 대원들이 깜짝 놀라며 소리쳤다.

"야! 인마, 너 뭐 해?"

로사는 감자를 받아 대충 조각내더니 미리 닦아둔 냄비 바닥에 깔고 그 위에 닭을 꽉 채워 넣었다. 냄비 하나에 일고여덟 마리씩, 냄비 다섯 개가 채워졌다. 로사는 가죽 조각을 가져다가 냄비에 둘러 꽉 묶은 후 감자 탈취범을 쫓아온 대원들에게 하나씩 안겨서 모닥불 앞으로 가져가도록 했다.

그쯤 되자 뭔가 되어 가나보다 싶어진 대원들이 모닥불 주위로 몰려들었다. 로사는 하라트에게 집게를 돌려받아 모닥불을 헤치고 뜬숯을 모조리 찾아내어 꺼내놓은 뒤 장작을 새로 넣었는데 이번에는 방사형으로 놓았다. 그러고는 그 위에 가마솥을 얹게 했다. 미리 넣어놓은 돌멩이 덕택에 가마솥은 꽤 데워져 있었다. 꺼내 놓은 뜬숯을 가마솥 안에 넣고, 그 위에 냄비들을 얹고, 남겨둔 돌멩이로 냄비 사이를 채운 뒤 뜬숯 몇 개는 냄비 위에 얹었다. 마지막으로 가마솥 뚜껑을 덮되 약간 틈을 남겼다.

어느새 로사가 시키는 대로 척척 움직여 이 모든 일을 해낸 대원들은 대단한 것을 먹게 되려나 싶어 기대에 찬 표정들이었다. 로사가 한숨을 내쉬고는 말했다.

"이제 기다려요."

"얼마나?"

"글쎄, 한두 시간쯤?"

"뭐?"

기다리다가 굶어 죽겠다는 불평이 쏟아졌지만 로사는 들은 체도 않고 가버렸다. 그때 하라트가 손을 내저으며 말했다.

"이 걸신들린 놈들 같으니. 무슨 불평이 이리 많아? 고개 들고 해를 봐라. 저 아가씨가 너희 여든 명이 먹을 음식을 준비하는 데 한 시간 정도밖에 안 걸렸어. 네놈들은 누가 애써서 끓여놓으면 말 오줌이 어쩌고 떠들 줄이나 알지? 이게 얼마나 엄청난 일인지 알지도 못하는 놈들이."

물론 그들은 몰랐다. 대원들이 얼굴을 마주보며 피식거리고 있자 하라트가 화가 나서 소리쳤다.

"저 아가씨가 닭 스무 마리를 잡고 털 뽑아서 속까지 채워 넣는 손놀림이…… 마치 우리 대장님이 그림자 사냥 들어갈 때 같았다고!"

그러자 바로 반응이 왔다.

"어휴, 이 자식이 돌았나."

"말이 되는 비유를 해라!"

"어디 갖다 댈 데가 없어서 대장님을 갖다 대냐? 이 닭대가리 같은 놈아!"

하라트는 굴하지 않고 허공에 '죽여버린다'라는 의미의 ﾁ(에샤)를 그려 보이고 도망쳤다. 몇 명은 그를 뒤쫓아갔고, 나머지는 가마솥을 기웃거리며 코를 킁킁대거나, 괜히 장작을 더 가져와서 모닥불을 들쑤시거나, 미뤘던 세수라도 하러 안으로 들어갔다. 모닥불 근처에 서 있던 아샤벨은 문득 주위를 둘러봤다. 어마어마한 식재료를 사왔던 장본인으로서 너부러진 광주리며 자루, 감자껍질, 닭털 따위만 남은 풍경을 보니 하라트의 말이 점차 그럴듯하게 느껴지기 시작했다. 그는 즉시 로사에게 뛰어가서 말했다.

"누나, 앞으로도 우리랑 살면서 이런 거 매일 해주면 안 되나?"

아샤벨로서는 꽤 친근감을 표시한 '누나'라는 호칭까지 들먹여봤지만 로사는 얘가 돌았나 하는 눈빛으로 흘끗 쳐다보고는 하던 일을 계속했다. 닭이 구워지면 뿌릴 양념을 준비하는 중이었다. 하지만 아샤벨도 쉽게 포기하지 않았다.

"누나는 요리사야? 어디서 일해? 돈 많이 받아? 우리도 돈 좀 있거든?"

아샤벨이 진지한 제안을 하는 동안 하라트와 나머지들은 각자 닭 대가리를 주워들고 내던져서 머리를 맞추거나 하며 그들 주위를 맴돌고 있었다. 하던 일을 마친 로사는 추격전을 잠시 감상하고 있다가 말했다.

"너 같으면 이런 꼴을 매일 보고 싶겠니?"

"아, 뭐…… 그렇진 않지만, 매일 이렇진 않다고. 믿어줘."

두 시간까지는 걸리지 않았다. 실은 반 시간쯤 전부터 모닥불 점화단은 물론이고 준비할 때는 얼씬도 않던 대원들까지 모조리 내려와 가마솥 주위를 어슬렁거리고 있었다. 몇몇은 딴전을 피웠지만 로사가 다 됐다고, 가마솥 열라고 할 때만 기다리고 있다는 것은 누가 보아도 뻔했다. 무엇보다 냄새가 기가 막혔기 때문에 동네 아이들까지 한 조각 얻어먹을 수 없나 기대하며 기웃거렸다. 아샤벨은 왠지 의기양양해져서 아이들을 데리고 이쪽에 줄을 세웠다가 저쪽에 모이게 했다가 하며 우쭐거렸다. 아샤벨은 평소에도 근방 아이들을 곧잘 데리고 노는 편이긴 했다.

로사는 한가롭게 광장 한구석에 앉아 햇볕을 쪼이고 있었다. 대원들과 대화를 나누지도 않았고, 뒷정리를 하겠다고 수선을 떨지도 않았다.

매의 집의 아침식사

다만 표정이 묘하게 날카로웠다. 나나는 혼자 이곳저곳을 돌아다녔는데 호기심 어린 대원들이 말을 걸어와도 역시 대꾸 한마디 없었다.

수많은 사람들이 일 없이 흩어져 서서 눈치만 보고 있는 기묘한 상태가 반 시간이나 계속된 끝에 드디어 로사가 일어나 가마솥 쪽으로 갔다. 모든 눈이 저절로 로사를 따라 갔다. 로사는 뚜껑을 반쯤 열어 뜬숯이 얼마나 탔는지 확인해보더니 부지깽이를 들고 모닥불을 흩트려놓았다. 그리고 말했다.

"접시 하나씩 들고 오세요."

말이 떨어지기가 무섭게 광장에 섰던 사람들이 썰물처럼 집으로 들어갔다가 다시 가마솥 앞으로 들이닥쳤다. 로사는 긴 집게로 냄비를 꺼내고, 그을린 가죽 조각을 잘라냈다. 냄비가 열리자 다들 얼굴에 화색이 돌았다. 하라트가 중얼거렸다.

"우와, 저 딱 맞게 익은 것 봐라."

두 명에 한 마리씩, 노릇노릇하게 구워진 닭에 냄비에서 나온 육수를 넣어 즉석에서 섞은 양념을 부어 나눠주었다. 거기에 닭기름으로 근사하게 익은 감자가 곁들여졌다. 자리를 비운 대원들이 몇 명 있다 보니 아이들에게 나눠줄 고기도 있었다. 여든 명에 달하는 대원들이 매 광장을 가득 메우고 똑같은 요리를 정신없이 먹어대는 동안 대화는 한마디도 오가지 않았다. 나름 장관이다 보니 구경꾼도 모여들었다. 여기가 그림자 매의 집 앞이 아니었더라면 거지들도 몰려오고 남았을 냄새였다.

그런데 근방 주민도 거지도 아닌, 비교적 잘 차려입은 자들 몇몇도 거리 어귀에서 어슬렁거렸다. 평소라면 대원들이 경계했을 테지만 이 날만은 다른 구경꾼들이 많아 그들의 존재는 크게 눈에 띄지 않았다.

속을 듬뿍 채워 구운 닭요리와 감자는 순식간에 사라졌다. 대원들이 막 국물까지 핥아먹고 있을 때 오크통 거리 쪽에서 두 남자가 나타났다. 하지만 그들이 매 광장에 도착할 때까지 아무도 신경을 쓰지 않았다. 이윽고 빈 가마솥을 들여다본 진이 말했다.

"뭐야, 내가 먹을 건 없는 거야?"

그제야 대원들이 화들짝 놀라서 달려왔다. 먹을 걸 버리고 온 건 아니고, 깨끗이 다 핥아먹은 사람들만 접시를 놓고 왔다. 나머지는 닭 뼈 따위가 얹힌 접시를 든 채여서 진은 웃음을 참으며 말했다.

"아, 그래서 먹던 뼈라도 나눠주려고 가져왔냐? 역시 내 동생들이네."

대원들도 키득거리면서 말했다.

"죄송합니다. 아침을 굶다가 먹을 걸 봤더니 눈이 뒤집어졌지 말입니다."

"그런데 이거 엄청 맛있었어요."

"끝내주더라고요."

"어휴, 진짜. 저 처음으로 사람으로 태어난 보람을 느꼈잖아요. 소나 말로 태어났으면 이런 맛을 어떻게 알아?"

팔짱을 낀 채 듣고 있던 진이 부하들을 노려봤다.

"그랬어? 그런데 이 자식들아, 싹 다 먹고 나서 그런 소릴 하는 저의가 뭐냐?"

"그야…… 놀리려는 거죠!"

아샤벨이 그렇게 외치더니 재빨리 도망쳤다. 진이 눈으로 따라가니 아샤벨은 로사 앞으로 달려가서 두 손을 쳐들고 찬양하는 시늉을 하며 펄쩍펄쩍 뛰었다. 로사는 양지바른 벽에 기대어 서 있다가 그 꼴을 보고 눈살을 찌푸렸다.

"오오, 여신님. 저희가 계속 사람으로 살도록 저희 곁에 남아주세요. 우와아, 여신님. 믿사옵니다."

"너 저리 안 가?"

"여신님, 우리 대장님한테도 은총 좀 내려주세요. 닭을 못 드셔서 저렇게 해쓱하시잖아요. 매도 닭을 먹어야 살죠. 안 그래요?"

대원들 몇몇도 아샤벨이 하는 짓이 재미있어 보였는지 슬금슬금 몰려가 만세를 부르고 절하는 시늉을 하기도 하고, 부엌을 관장하는 헤레아 여신의 찬양 춤을 흉내 내며 빙글빙글 돌기도 했다. 가장 열성적인 신도는 하라트였다. 흑야에게 식사를 챙겨주고 돌아온 타양이 그 꼴을 보고 진에게 말했다.

"죽은 줄 알았던 어머니라도 돌아온 분위기군."

"자네도 봤다시피 어머니와는 거리가 먼 성미인데."

"글쎄, 그건 알 수 없네. 동생을 돌보는 걸 보게나."

"그나저나 저 가마솥이랑 장작더미 내온 것하며, 벌써 다 손질해서 해먹은 것하며, 혼자서 다 할 순 없었을 텐데. 저 녀석들한테 어떻게 일을 시켰지?"

진도 한때는 신참 순찰대원이었던 때가 있었다. 기존의 우두머리를 밀어내고 대원들을 완전히 휘어잡아 이 집을 '그림자 매의 집'으로 만들기까지는 두 달 가까이 걸렸다. 그것도 무척 빠른 변화였다고들 했다. 그런데 로사는 비록 대원들을 자기 부하로 만든 건 아니지만 고작 두세 시간 만에, 딱 자신에게 필요한 만큼 일을 시켰다. 걸린 시간도 시간이지만 진은 이 사나운 녀석들이 누군지도 모르는 여자의 말을 들었다는 사실을 도대체 믿기가 힘들었다.

타양이 대답했다.

"세상에는 다양한 재능이 있기 마련 아니겠나. 사람의 마음을 움직이는 재능이라는 것도 분명히 있네. 대초원에서는 그런 여자들이 주로 주술사가 되지."

새벽녘, 로벤의 집을 떠났던 네 사람은 시장에 이르러 갈라졌다. 로사와 나나는 먼저 매의 집으로 가고, 진과 타양은 시장 근처에 살고 있는 부하의 집을 찾아가 문을 두들겼다. 아직 시장이 열릴 시각이 아니었지만, 시장을 한 시간쯤 일찍 열게 할 힘 정도는 있는 그들이었다. 평소처럼 운하 뒷집에 갔던 아샤벨은 바텐더에게 진이 남겨둔 쪽지를 받고 급히 뛰어나와 문제의 부하의 집으로 갔고, 사야 할 식료품의 목록을 건네받아 장을 봤다. 그 사이 진과 타양은 로사에 대해 약간의 조사를 했다.

아침이 밝은 뒤 진과 타양은 매의 집에 어떤 풍경이 펼쳐져 있을지 궁금해서 가벼운 논쟁을 했지만 결론은 나지 않았다. 둘 다 그곳의 부엌이 어떤 꼴인지 잘 알고 있었다. 그런 곳에서 무슨 근사한 요리가 가능할지 상상이 가지 않았거니와 추리력을 발휘하기에도 자질이 부족했다. 진은 부엌일에 관심을 가질 기회가 없는 곳에서 자라났고, 타양은 아주 단순한 조리만 거치면, 아니 실은 별 조리를 거치지 않아도 뭐든 먹었다. 결국 둘은 뭔가 만들어 먹기만 했다면, 상태야 어떻든 대단한 일이라는 점에 의견 일치를 보고 돌아온 참이었다. 진이 중얼거렸다.

"조금 일찍 왔어야 했나."

그때 누군가가 진의 칼집을 툭툭 쳤다. 내려다보니 나나였다. 나나는 손에 감자 두 개를 쥐고 왔는데 진과 타양에게 하나씩 나눠주었다. 냄비에 넣었던 감자와는 달리 껍질을 벗기지 않고 구운 감자였다. 진과 타양이 로사 쪽을 보자 로사가 여전히 부흥회를 벌이는 대원들을 향해 파리 쫓듯 팔을 내저으며 걸어오더니 말했다.

"잔불로 익혔지만 미리 좋은 놈으로 골라놨으니 괜찮을 거예요."

둘은 미심쩍은 표정으로 감자를 까서 한 입 먹어봤는데 감자가 쫀득하다는 느낌이 들 정도로 혀에 착 붙는데다 훈연한 듯한 향도 그럴싸했다. 둘은 감자를 먹으며 서로의 얼굴을 보다가 피식 웃고 말았다. 진이 로사를 돌아보며 솔직하게 선언했다.

"아, 이거 진짜로 졌는데. 정말 맛있네."

로사는 냉담하게 어깨를 으쓱했다.

"우리가 언제 내기를 했어요?"

진이 고개를 저었다.

"그야 아니지만, 당신 금화를 돌려주고 싶어졌을 정도야. 물론 당신이 받진 않겠지만."

"그럼 이걸로 우리 셈은 끝난 거죠?"

로사가 말하는 태도를 보니 로벤의 집에서 그랬듯 곧 가버릴 기세였다. 진이 대답했다.

"끝났지. 그런데 이제 어디로 갈 거지?"

"당신한테 보고할 필요는 없을 것 같은데."

"어딜 가든 먹고 자긴 해야지. 안 그런가?"

"그야 내가 알아서 할 일이니까."

"어제 델피나드에 들어왔잖아. 도로 나갈 셈은 아닐 거고. 친척이나 아는 사람도 없다고 했고. 그런데 당신, 지금 돈도 거의 없거든?"

"그것도 당신이 걱정해줄 필요는 없고."

대화를 하는 동안 뭔가 위화감이 들었지만 처음에는 바로 깨닫지 못했다. 진은 말을 이었다.

"걱정은 아니고 제안을 하려고. 방을 빌려줄까 해서 말이야. 값은 하룻밤에 1피온. 물론 독방이지. 청소나 시트갈이 같은 건 없고, 식사는 직접 해먹으면 무료. 어때?"

1피온은 손수레에서 석류 한 개 사먹으려 해도 열 개는 내야 하는 구리돈으로 돈이랄 수도 없었다. 하지만 '식사는 직접 해먹으면'이라는 말 속에 교묘한 제안이 숨겨져 있었다. 로사도 물론 알아차렸다. 둘의 눈이 잠시 마주쳤다. 이어 로사는 동쪽으로 이어지는 돛매듭 거리를 휙 돌아봤다. 그곳에서 어슬렁대던 그림자는 사라진 뒤였다.

현실적으로 보자면 진이 한 지적은 모두 옳았다. 로사는 돈이 없었고, 몸을 의탁할 친척도 없었다. 하지만 그게 정체 모를 호의와 무슨 상관인가? 애매한 호의만큼 제멋대로 변하는 것도 없었다. 그건 변해서 무엇이든 될 수 있었다. 그러므로 로사는 그 다음 부분을 생각했다. 진은 왜 이런 제안을 할까? 그 점에 대한 답이 나오지 않으면 로사는 어떤 제안에도 응하는 성미가 아니었다.

그러나 이번에는 답이 분명해 보였다. 로사는 말했다.

"방부터 보고 결정할까?"

진이 앞장서기도 전에 로사는 먼저 매의 집으로 걸어갔다. 진은 둘의 대화를 엿들으려고 딱 세 걸음씩만 떨어져 서 있던 부하들에게 눈을 부라려 보이고는 몇 명을 불렀다.

"오닐, 레다누스. 먼저 뛰어가서 이불 먼지라도 털어놔."

부하들이 로사를 앞질러 뛰어간 후 진은 천천히 그 뒤를 따라갔다. 그러다가 문득 위화감의 정체를 알아챘다. 로사는 조금 전부터, 정확히는 진이 셈이 끝났음을 인정한 순간부터 반말을 쓰기 시작했다.

ᚷᚨᛒᚨᛏᚺᛟᚷ

도서관에서 사라진 책들

도서관은 델피나드의 중심에 있었다.

정식 명칭은 윈 크시엘라 테르 팔라딤 레미디엘 아엔 베오라 에세 니오노르, 즉 '위대한 시대들의 유산을 수호하는 도서관'이었지만 개관 기념식 정도나 되지 않고는 아무도 부르지 않는 이름이었고, 평소에는 왕으로부터 외국인에 이르기까지 누구나 그냥 도서관이라고 불렀다. 물론 도서관이 델피나드에만 있지는 않았다. 하지만 델피나드 도서관의 위용은 온 대륙의 도서관을 모조리 취미용 개인 서재로 격하시키기에 부족함이 없었다.

도서관은 지상 9층, 지하 3층으로 알려져 있었다. 지하에 한 층이 더 있다는 소문이 파다했지만 들어가 봤다는 자는 없었다. 그리고 이 규모만으로도 대륙에서 가장 높은 건물이었다. 하나의 건물로는 가장 많은 사람들이 드나드는 곳이기도 했다. 아침 여덟 시가 되면 도서관 앞 광장에는 까마득히 긴 줄이 생겨났다. 입관 심사를 하는 서기관은 일곱 명밖에 없고, 빨리 들어가서 한 시간이라도 더 공부하고 싶은 사람은 수천 명씩 몰려드니 날마다 북새통일 수밖에 없었다.

아침에 나와서 줄을 서는 사람들은 물가가 비싼 델피나드에서 하루치 여관비라도 아끼고 싶은 단기 유학생들이었다. 델피나드 시민들은 느긋하게 점심을 먹은 후 줄이 거의 없는 세 시 무렵에 와서 두어 시간쯤 책을 읽다가 돌아갔다. 도서관이 닫히는 시각은 오후 여덟 시였지만 여섯 시쯤에는 독서보다 저녁 식사가 중요해지는 까닭이었다. 열람자들을 모두 내보내고 육중한 철문이 내려지고 나면 아침까지는 누구도 드나들 수 없었다.

진은 델피나드 경력 이 년 차답게 오후 세 시 반에 도서관 앞에 섰다. 앞에는 열 명밖에 없었다. 그들 뒤에 가 서면서 진은 괜히 어깨를 한 번 으쓱한 뒤 로사를 돌아봤다.

"어때, 서두를 필요 없다고 했잖아."

"토박이를 따라다니는 보람이 있긴 하네."

로사는 처음 왔던 날과는 달리 탁 트인 광장과 도서관의 풍경을 구경하느라 조금 건성으로 대답했지만 진의 입가에는 미소가 생겨났다. 이어 진은 고개를 저었다.

"나도 델피나드 출신은 아냐. 실은 당신과 마찬가지 신세지."

"뭐가 마찬가지야?"

"아까 당신 주머니에 넣은 그것 얘기야."

로사는 주머니를 뒤져 '그것'을 꺼내는 대신 말했다.

"한두 번 해먹은 솜씨가 아니었군."

"그래서 마음에 안 들어?"

"아니. 난 첫 실험 대상이 되는 모험은 싫어."

"지금도 모험이지. 그 옷만 해도 그렇고."

로사는 무표정하게 코만 찡그렸다. 오늘 로사는 계절에 어울리는 얇은 면 셔츠와 발목이 드러나는 파란 바지를 입고 샌들을 신었다. 다시 말해, 여전히 남자처럼 입고 있었다. 그나마 그것도 진의 충고를 듣고 마지못해 아침에 나가서 사 입은 옷이었다. 모직 망토와 가죽을 덧댄 바지에 닳아빠진 장화를 신은 것보다는 나았지만 여자 옷을 입었더라면 훨씬 눈에 덜 띄었을 것이다.

평범하게 차려 입어야 의심을 피하기 좋다는 것을 로사도 모르지 않았다. 하지만 하필이면 그날 들어갔던 가게 안의 여자 옷이라고는 화려한 무늬가 있거나, 레이스가 달렸거나, 허리를 꼭 조이고 가슴이 깊게 파인 종류뿐이었다. 로사가 지금 입은 옷을 골라 들고 돌아오자 진은 웃음을 참느라 한동안 고개를 숙이고 있었다.

"여자 옷은 너무 비쌌다니까."

"그래서 견습 선원 같은 옷을 사왔군. 서기관님들이 엊그제 입항한 아가씨 선원으로 봐주는지 보자고."

머리를 깔끔하게 올려 묶었더니 확실히 그렇게 보이기는 했다. 하지만 그 편이 더 어색한지 로사는 자꾸 앞머리를 쓸어 올리고 있었다.

진의 차례가 돌아왔을 즈음 뒤에는 다시 십여 명이 서 있었다. 진은 로사에게 행운을 비는 의미의 '大(찬드)' 모양을 손으로 만들어 보인 후

세 번째 입관심사실로 들어갔다. 입관심사실은 일곱 군데였는데 일행이라 해도 한 명씩 들어가야 했다.

진이 들어서자 서기관이 움찔했다. 서기관은 진의 얼굴을 알고 있었다. 그럴 수밖에 없는 것이 그와 진은 적어도 닷새에 한 번씩은 만나는 사이였다.

"또 왔군."

익숙한 얼굴이어도 절차는 밟아야 했다. 관례대로 무기를 먼저 맡겼다. 진은 특별히 값진 검을 지니지 않아서 아무렇지도 않게 허리띠 채로 풀어 넘겼으나 서기관은 긴장된 표정으로 받아들었다. 진이 갑자기 돌변해서 검을 뽑아 자기 머리를 잘라버릴 것만 같은 기분을 반 년 넘게 봐도 떨칠 수가 없는 모양이었다. 델피나드 관리들의 관점으로는 폭력조직의 순찰대장이 도서관에 책을 보러 온다고 생각하기는 어렵고, 분명히 다른 이유가 있는데 그게 뭔지 아직 모를 뿐이었다.

이어 진이 체류허가증을 보이자 서기관이 두툼한 방문자 명부를 한 페이지 넘겨서 밀어주었다. 진은 펜을 집어 이름을 썼다. 진의 필체는 필사가들처럼 유려했는데 서기관도 이것만은 볼 때마다 감탄했다. 사실 글씨를 자주 써본 사람이 아니고는 이런 필체를 가질 수 없었지만 서기관은 선입견에 사로잡혀 있어서 거기까지는 생각하지 않았다. 마지막으로 서기관이 내민 상아패, 즉 출입증을 낚아채며 진은 한 손을 가볍게 세워 보였다.

"또 뵙죠."

"……그러세."

서기관을 뒤로 하고 안쪽 입구로 들어갔다. 세 번 꺾어지는 복도가 나타났다. 진은 첫 번째 모퉁이에서 로사를 기다렸다. 진이 먼저 들어가더라도 로사는 상관하지 않을 테지만, 그리고 특별히 기다려야 할 이유도 없었지만 오늘만은 기다리는 것도 괜찮을 듯했다.

이제부터 로사는 처음으로 도서관을 보게 될 것이다. 그건 누구에게나 특별한 경험이었다. 세상 어디에서 무엇을 하다가 왔든, 늙은이든 젊은이든, 오랫동안 꿈속에서 도서관을 그려 온 학자이든, 고향에 돌아가 써먹을 얘깃거리나 마련하러 온 장사꾼이든, 저 복도가 세 번 꺾어지고 난 뒤에는 누구나 잠시 숨을 멈추게 되어 있었다. 하던 말도, 걸음도 멈추게 되어 있었다. 물론 진도 그랬었다. 그리고 오랫동안 뇌리에 남았다. 로사에게도 일생 한 번 오는 순간일 텐데 함께 할 기회를 놓치기가 어쩐지 아쉬웠다.

저만치에서 로사가 나타났다. 특유의 딱딱한 표정도 예상대로였다. 자주 보다 보니 그런 얼굴에서도 슬슬 감정이 읽혔다. '왜 기다리고 있지? 뭐가 잘못됐나?'

의심도 풀어줄 겸 진은 싱긋 웃으며 물었다.

"어땠어?"

"메어의 깃발 호에서 막 내린 견습선원 로사 에븐리 양한테 선물로 메모지도 한 장 주던데."

로사는 양피지 조각을 꺼내 들었다. 뒷면에는 도서관 이용법이 적혀 있었다. 새 체류허가증이 잘 먹혔다는 의미였다. 오늘 아침에 라슨네 가게에서 만들어온, 잉크도 아직 따끈따끈한 가짜였지만, 양피지 아래로 상아패가 달랑거렸다. 진은 양피지를 슬쩍 빼앗아 두 번 접어 자기 주머니에 꽂고는 손바닥을 펴 보였다.

"가볼까요, 에브리 양."

둘은 복도로 접어들었다. 복도라고는 하지만 실은 높고 두터운 성벽 속에 뚫린 좁다란 굴에 가까웠다. 천장은 높은 데다 창이라고는 천장 언저리에 몇 개 있을 뿐이라 안은 어둑어둑했다. 띄엄띄엄 램프가 달려 있긴 했지만 그 또한 손을 뻗어 잡을 수 없을 정도로 높았다. 어쩌면 방화를 대비해서 불기를 멀리하는지도 모른다.

로사는 램프를 올려다보다가 벽 중간에 연속해서 새겨진 글자들을 발견했다. 가까이 가보니 이름들이었다. 누구라는 설명은 없었다. 도서관에서 공부한 유명인들? 사서들? 아니면 기부금을 낸 사람들?

로사가 보기에 도서관 입구의 형태는 요새와 비슷했다. 과거에 도서관은 몇 번인가 전쟁에 휘말린 적이 있었는데 이렇게 생긴 입구가 크게 도움이 되었다고 들었다. 로사의 고향 성도 이와 비슷한 구조였다. 걷고 있자니 문득 고향에 돌아간 기분이 들었다.

진은 조금 떨어져서 걸으며 로사가 왔다 갔다 하며 복도를 구경하는 모습을 지켜보았다. 자주 드나들며 늘 지나치는 풍경에는 관심을 잃은 지 오래였는데 로사에게는 통로에 불과한 곳조차 흥미로운 듯했다. 무뚝뚝하고 차갑던 로사도 지금만은 신기한 장난감을 본 어린애나 다름없어 보였다. 그 모습을 보고 있으니 자꾸만 미소가 떠올랐다.

복도가 끝나고 탁 트인 실내 광장, 살타미 홀이 나타났다. 세로로 쌓아올린 채색 창 수백 개에서 햇빛이 쏟아졌다. 진이 멈춰 서고, 로사도 섰다.

두 사람이 선 자리의 바닥에는 세 개의 원이 그려져 있었다. 도서관이 세 주인, 즉 여왕과 학자와 책을 섬긴다는 의미였다. 도서관의 학생들은 그 원을 '알현실'이라고 부르며 곧잘 약속 장소로 삼았다. 살타미홀이 옛 여왕의 이름을 땄기 때문이기도 했지만 실은 도서관 자체를 알현한다는 의미에 가까웠다.

알현실에 서면 벽을 바른 수만 개의 무늬 타일, 백여 개의 흰 기둥들, 마흔 명은 나란히 올라갈 너비의 중앙 계단, 그 뒤로 작은 용오름처럼 솟은 나선 계단 스물다섯 개, 우주의 모습을 그린 바닥을 밟고 오가는 온갖 복장의 종족들이 한눈에 들어왔다. 처음 도서관에 들어와 이 자리에서 우뚝 서지 않는 사람은 아무도 없다고 했다. 누군가는 감격해서 눈물을 흘리기도 하고, 엎드려 감사 기도를 올리기도 하고, 때로는 압도된 나머지 심장마비를 일으키기도 한다는 그 자리에서 진은 잠시 심호흡을 했다.

반년이나 드나들고 있으니 새삼스럽게 감동해서는 아니었다. 수많은 사람들이 감격해마지않는 부분, 도서관의 압도적인 위용에서는 이제 아무런 기쁨도, 아름다움도 느껴지지 않았다. 그렇다고 심드렁해진 것도 아니었다. 오히려 그게 무슨 뜻인지 진짜로 알기 때문에 아름다움만을 보지는 못하게 되었다는 쪽이 정확했다.

오늘 도서관을 잠깐 구경하고 고향으로 돌아가려는 사람이라면 반시간만 머물러도 죽을 때까지 떠들 거리를 얻어갈 것이다. 그 사람은 자신이 본 근사함이 어떤 의미인지 이해할 기회가 없었기 때문에, 오히려 훼손되지 않는 감상을 유지할 수 있는지도 모른다. 하지만 진은 이미 그럴 수 없었다. 바다를 처음 보고 감탄하는 사람과 그 바다를 헤엄쳐 건너가는 사람의 감상이 같을 수 없는 것처럼.

로사는 어떨까?

옆을 돌아본 진은 조금 놀랐다. 평소처럼 태연함을 가장하고 있을 줄 알았는데 로사는 두 손으로 얼굴을 감싼 채 고개를 숙이고 있었다. 목이 가늘게 떨리며 맥박 치는 것이 보였다. 진은 말을 걸까 말까 생각하다가 결국 물었다.

"지금 우는 거야?"

로사가 고개를 들었다. 눈가가 빨갰지만 눈물 자국은 없었다. 그런 눈으로 진을 휙 돌아보더니 되물었다.

"왜? 울면 안 돼?"

"안 될 거야 없지만 왜 우는데? 감격했어?"

"그걸 꼭 설명해야 해? 당신이야말로 그런 건 왜 묻는데?"

로사의 눈빛이 토라진 살쾡이 같아서 진은 쓴웃음을 지었다.

"그냥 놀려본 거야. 일 년이나 걸려서 마침내 왔으니 감격할 수도 있지. 기분을 들켜서 화가 나셨어?"

로사는 대꾸 없이 고개를 휙 돌리더니 다시 눈을 감으며 중얼거렸다.

"네베여, 감사합니다."

로사가 걷기 시작하자 진도 따라 걸으며 물었다.

"네베는 무슨 신이지? 처음 들어보는데."

"북쪽 산골짜기 시골 동네에서 믿는 신이지. 여기서는 아무 쓸모가 없으니까 아무도 안 믿겠지만."

"그 신은 뭘 다스리는데?"

"겨울."

"여기에도 겨울은 있는데."

로사가 진을 흘끗 보더니 코웃음을 쳤다.

"전혀 다른 겨울이거든?"

둘은 계단을 올라갔다. 진은 3층에, 로사는 4층에 볼일이 있었다. 2층 계단참에서 진이 말했다.

"그럼 내일 만신전에 가봐. 만신전에는 전 대륙의 신들이 다 있다고 하니까 네베의 신상도 아마 있겠지."

로사는 의외로 무신경하게 대꾸했다.

"신상은 봐서 뭘 하는데?"

"아까 네베를 찾았잖아. 감사 의식을 드리고 싶었던 것 아닌가?"

"아니. 아까 한 인사 정도면 충분해. 내가 여기까지 오는 동안 얼마나 고생을 많이 했는데. 네베가 해준 게 뭐가 있다고."

"그럼 감사하다는 소린 뭔데?"

"아직까지 살려둔 건 고맙다는 거지. 어쨌든 죽지는 않았으니 말이야."

"그건 비난인가? 아니면 긍정적 세계관?"

"네베의 백성다운 세계관. 네베의 백성이라면 익숙해져야지. 네베께서 내려주시는 유일한 은총이거든. 살려두는 것."

두 사람이 3층에 이르렀을 때였다. 4층에서 내려오던 노인이 막 모퉁이를 돌더니 두 사람을 보고 멈춰 섰다. 주름이 가득했지만 새하얀 얼굴에 백발이 성성했고, 등이 구부러져 지팡이를 짚었지만 여전히 키가 큰 노인이었다. 노인은 두 사람을 보더니 빙그레 웃었다.

"응, 또 왔군. 젊은이와 도서관은 참 잘 맞는 짝이지."

로사는 진을, 진은 로사를 쳐다봤다. 둘 다 상대와 아는 사람이라고 생각했는데 서로의 의아한 표정만 발견했을 뿐이었다. 둘은 다시 노인을 보았다. 진이 물었다.

"누구신지요?"

"누구면 어떤가."

"저희를 아십니까?"

"알면 또 어떤가."

안다는 것인지 모른다는 것인지 이해가 되지 않았다. 진은 어깨를 움츠렸다가 그냥 가볍게 인사만 하고 지나치려 했다. 그때 로사가 불쑥 말했다.

"그럼 늙은이와 도서관은 잘 안 맞는 짝인가요?"

노인이 다시 웃었다. 진은 뭔가 긴 얘기가 시작될 예감이 들어 관자놀이를 문지르고 있었다.

"잘 맞지 않으면 또 어떤가? 그대들 두 사람이 잘 어울리는 짝이 아니면 또 어떤가?"

"짝은 무슨 짝이에요. 저희는 엊그제 처음 만난 사이거든요?"

"이틀 만에 짝이 되면 또 어떤가?"

"왜 자꾸 짝 타령이에요? 할아버지는 뚜쟁이예요?"

"온 세상의 인연을 잇고 엮고 하는 것이 뚜쟁이라면, 그런 소리를 들은들 또 어떤가?"

옆에서 듣고 있던 진은 슬슬 웃음이 났다. 로사가 무뚝뚝하다고만 생각했는데 처음 만난 노인과 의외로 쉽게 주거니 받거니 하는 모습을 보니 로사에게 할아버지가 있었을 것 같다는 생각이 들어서였다.

"그럼 다른 사람들이나 많이 엮어주세요. 전 바빠서 그런데 엮일 시간이 없어요."

"허허허. 젊은이가 짝짓기를 할 시간이 없다니 델피나드에 말세가 왔는가? 짝짓기는 젊은이의 가장 귀중한 사명이거늘. 잘 어울리지 않더라도 짝이 되면 또 어떤가? 도서관과 늙은이가 잘 맞지 않더라도 이 안을 끝없이 헤매면 또 어떤가?"

그러더니 노인은 두 사람을 지나쳐 3층으로 내려갔다. 진은 어이가 없어 아래를 내려다보다가 말했다.

"저 노인, 겉보기보다 걸음걸이는 똑바른데."

진의 말 대로였다. 노인은 순식간에 계단을 다 내려가 이미 보이지 않았다. 지팡이는 그저 장식품이 아니었나 싶을 정도였다. 로사가 말했다.

"얼굴만 봐선 백 살은 된 것 같던데."

"아는 사람 아니지?"

"몰라."

"아는 사람도 아닌데 무슨 얘길 그렇게 길게 하는 거야?"

"그냥."

로사는 어깨를 으쓱하고 말았다. 실은 옛 친구가 떠올라서라는 말은 굳이 하지 않았다. 그 친구 때문에 델피나드까지 왔다는 이야기도 하지 않았다. 대신 주위를 휘둘러보더니 말했다.
"여기가 3층이네. 난 4층 갈게. 그럼."
로사는 언제 다시 만나자는 말도 없이 손만 흔들어주고 올라가버렸다. 진은 잠깐 서 있다가 '익숙해져야지'라는 말을 되새기고는 피식 웃어버렸다. 그도 네베의 백성들처럼 익숙해지는 수밖에 없는 듯했다.

3층의 시민 열람실은 일반인들이 도서관의 책을 만져볼 수 있는 유일한 장소였다. 다만 이곳의 책은 모두 필사가들이 베껴놓은 복사본이었다. 원본은 다른 층의 서고에 따로 보관되어 있었다. 복사본이 없는 유일본도 마찬가지였다. 그런 책들을 보려면 도서관에서 정식 인가를 받은 학파에 소속된 '학예생'이 되어야 했다.
진은 시민 열람실로 들어섰다. 열람실 안에는 백 개의 테이블과 팔백 개의 의자가 있었지만 빈자리는 거의 없었다. 좌우에는 주제별로 나눠진 복사본 서고들이 각각 이름표를 달고 늘어서 있었다. 처음 이 풍경을 보았을 때는 저 거대한 지식 속에 자신이 찾는 것도 분명히 있으려니 싶어 가슴이 뛰었다. 그러나 지금은 그때와 조금 다른 감상이었다. 저 속에 찾는 것이 있다 해도, 찾지 못한다면 무슨 소용인가?
진이 찾으려는 주제는 좁고 구체적인 것이었다. 그런데 그와 관련된 책만 수천 권이었다. 모든 책을 읽을 필요는 없었지만 어떤 책은 가벼운 언급뿐인데도 중요한 열쇠를 담고 있기도 했기에 결국 무시해도 되는 책이란 없었다.

'사서의 왕'으로 불리는 학예 사서장 티레노스가 십수 년 전에 도서관의 자료 목록을 일괄 정리하긴 했지만 주제별 세목은 아직 완전하지 않았다. 그간 진은 각종 종교의 신학서들과 각지의 전설 채록본들, 옛 시가들, 고대사 연구서들, 예언서들, 환상을 자주 보았다던 마법사들의 저서, 그리고 옛 그림을 베껴 모은 책들을 주로 살펴보았다. 그 외에도 이상향이나 세계 창조, 종말 등을 다룬 책이라면 일단 펼쳐보았다. 그러나 얻은 자료는 미미했고 새로 살펴봐야 할 듯한 책의 목록만 계속 늘어났다. 이쯤 되니 도서관의 규모가 다행스럽기보다 점차 숨을 옥죄어오는 기분이었다.

어쩌면 그리 좁은 주제가 아니었을지도 모른다. 일 년 반 전, 고향을 떠나오던 때를 되씹어보자 오랜만에 꿈속의 풍경이 떠올랐다.

삼 년 전, 우연히 낯선 종족의 제사술을 마시고 사흘 동안 잠들어 깨어나지 못했던 적이 있었다. 그때 진은 신비로운 꿈을 꾸었고, 문을 보았다. 처음 보는 식물들이 빼곡히 뒤엉킨, 마치 태초부터 존재해온 듯한 문이었다. 문은 잠겨 있지 않았다. 살짝 밀기만 하면 낙원이 모습을 드러낼 듯했으나 진은 문을 밀지 못했다. 준비가 되지 않은 것 같아서였다. 감히 그 완전함을 깨뜨릴 자신이 없다고 생각했다.

꿈에서 깨어난 후로 진은 그 문을 찾고 싶었다. 이 세상에 존재하는 곳이든, 전설에 나오는 곳이든, 무엇이든 알아내고자 했다. 삼 년이 흘렀지만 문 위에 드리워졌던 나뭇잎의 잎맥조차 여전히 생생했다. 왜 자신은 그런 꿈을 꾸었을까? 왜 사흘이나 잠들어 깨어나지 못했을까?

그건 예언이었을까? 계시였을까?

그걸 알아내고 싶어 델피나드까지 왔다. 도서관에 가면 비밀을 알 수 있으리라 생각했다. 비록 예상치 못한 사건에 휘말리는 바람에 상당한 시일이 흐른 뒤에야 도서관에 드나들 여유가 생겼지만, 안정을 찾은 후로는 이틀이나 사흘에 한 번씩 꾸준히 도서관에 와서 자료를 읽었다.

델피나드에 온 진이 천만뜻밖으로 뒷골목의 전설적 존재로 이름나게 된 것은, 말하자면 의도치 못한 사건일 뿐이었다. 장점도 있긴 했는데 '그림자 매'라는 이름의 위엄 덕택에 저절로 신분 세탁이 되어서 진은 본래의 이름을 숨길 수 있었다. 심지어 델피나드 총독이 발행하는 체류허가증에도 그는 출신지 불명의 '진 에버나이트'로 적혀 있었다.

시민 열람실 맨 끝까지 간 진은 제일 안쪽의 신학 서고로 들어갔다. 그러나 오래 머물지는 않았다. 책 한 권을 들고 나온 그는 사서 책상 앞으로 갔다.

"사서님."

책에 고개를 묻고 있던 사서 세틸라가 진을 보더니 미소를 지었다.

"또 왔네요."

입관 심사실의 서기관들과 마찬가지로 사서들도 진의 방문을 신기하게 여겼는데 서기관이 겁을 먹는다면 사서는 보통 호기심을 보였다. 사서들은 대단히 박식했고 절대적인 존경을 받았지만, 도서관에서 살다시피 하는 데다 평생토록 안전과 생계가 보장된 신분이다 보니 좀 안이하다고 할까, 세상 물정을 잘 모르는 면이 있었다. 그렇다 보니 때로는 편견에서 자유롭기도 했다. 사실 사서들은 칼을 든 깡패보다 얌전해 보이는 학생들을 더 경계했다. 그런 자들이야말로 책을 훔치거나 페이지를 찢어가는 원흉들이었다.

"네. 그런데 이 책 다음 권은 언제 돌아옵니까?"

진은 들고 있던 책을 건넸다. 세틸라가 표지를 보더니 종이 한 장 넘겨보지 않고 바로 말했다.

"『황혼 무렵의 환상』 하권은 장기 대출중이에요."

"『빛 속에서 태어난 자들』하고 『카마하의 사스투스가 불길 속의 요정들과 나눈 이야기들』은 반납됐습니까?"

"아뇨."

"『시장의 현자, 대화편』은요?"

"그것도 아직 안 돌아왔어요."

진은 약간 짜증이 나서 세틸라를 쏘아보았다. 뒷골목의 인간들은 진의 그런 눈빛을 겁냈지만 세틸라는 태연하게 미소를 머금고 진을 마주보고 있었다. 진이 말했다.

"오늘도 찾는 책마다 전부 장기 대출중인 것 같군요."

사실이었기에 세틸라는 계면쩍게 웃었다. 사서들은 일반 열람자들에게 친절한 편은 아니었다. 사서는 여왕이 임명했고, 급료는 총독이 주었으며, 상벌과 진급은 학예 사서장이 결정했다. 거기에 시민이 끼어들 틈은 없었다. 사서란 직업은 열람자들을 위해 있는 게 아니냐고 따지는 사람도 없었다. 사서들은 책을 위해 존재했기 때문이었다.

그런 것치고 세틸라는 진에게 상당히 친절한 편이었다. 반년이나 수시로 보아왔기 때문만은 아니었다. 시민들은 읽으려고 고른 책을 먼저 사서에게 보여주고 확인을 받아야 했기 때문에 세틸라는 자연히 진이 어떤 책을 읽는지 잘 알게 되었다. 흥미 위주의 책은 몇 권 없었고 상당수는 해당 학문의 전공자가 아니면 찾지 않는 수준 높은 것들이었다. 그래서 처음에는 만신전의 '머릿돌 학교'를 졸업하고 온 신학생인가 생각했었다. 그런데 다른 사서들과 대화를 나누다가 '신학생 치고 훤칠하고 사내다운 학생' 얘기를 꺼냈더니 한 명이 웃음을 터뜨리면서 되물었다. '너, 지금 그림자 매 얘기하는 거야?'

처음에는 믿을 수가 없었다. 세틸라가 들어온 대로라면 알모람의 손은 수백 건의 폭력 사건과 연루된 조직이었다. 그런 조직의 순찰대장이라면 몇 십 명 정도는 눈도 까딱 않고 죽여버리는 무시무시한 악당이어야 했다. 심지어 '그림자 매'라는 별칭으로 불릴 정도라면 얼마나 흉포한 자일까? 그렇게 생각한 세틸라는 다음 날 진이 다시 나타났을 때 전날처럼 자연스럽게 대할 수가 없었다. 그날 진은 하필이면 사서 책상 맞은편에 앉아서 책을 읽기 시작했는데, 한두 시간이 흐른 후 무심코 하품을 하던 둘은 눈이 딱 마주쳤다. 둘 다 하품을 멈췄고, 잠시 후 웃음이 터졌다.

그 후로도 진의 모습은 세틸라의 선입견과 무척 달랐다. 뒷골목의 유명인이 꽤 복잡한 주제를 다룬 책을 찾아 읽는 것만 해도 신기했는데 진은 점차 공용어뿐 아니라 북부 메어어, 남부 에페아어, 심지어 엘프어로 된 책까지 범위를 넓혀갔다. 엘프어로 된 책을 처음 들고 왔을 때 세틸라는 저도 모르게 되묻고 말았다.

"이걸 읽을 수 있어요?"

진은 바로 대답하는 대신 잠깐 생각했다. 그러더니 말했다.

"조금뿐이죠."

세틸라는 그걸 겸손으로 이해했지만 진은 사실 상대가 자신의 진짜 신분을 추측하려 들까봐 약간 긴장했다. 하지만 그 후로도 세틸라가 진에게 질문을 퍼붓거나 하는 일은 없었다. 다만 세틸라의 태도는 갈수록 부드러워져서 이제는 진을 바라볼 때면 거의 항상 미소를 머금고 있었다.

진은 들고 있던 『황혼 무렵의 환상』 상권을 가지고 돌아서려다가 다시 물었다.

"그런데 장기 대출은 권수 제한이나 반납 기일 같은 것도 없습니까?"

"왜요, 있지요."

"몇 권까지 빌려주는데요?"

"일반 열람자의 다섯 배 정도예요."

"기일도 꽤 긴가보죠?"

"네, 좀 길긴 해요."

"그래서 며칠인데요?"

세틸라는 다시 미안해하는 표정을 했다.

"죄송하지만, 그건 알려드릴 수가 없어요."

진은 왜냐고 되묻지 않았다. 왜인지는 뻔했다. 장기 대출이란 고위 귀족이나 왕족, 외국 사절, 고급 관리들을 위한 제도였고, 그들이 기한을 며칠 어긴다 한들 일일이 닦달해서 책을 받아오지는 않을 것이다.

그리고 악명 높은 '죽을 때까지 대출 금지' 처분을 내리지도 않을 것이다. 본래 평범한 시민들은 복사본조차 빌릴 권한이 없었다. 단지 읽고 가는 것만이 허락되었다. 적어도 학예생이 되어야 대출이 가능했는데 그래봤자 열흘짜리 단기 대출인 데다 기한을 하루라도 어기면 바로 '죽을 때까지 대출 금지'라는 철퇴가 떨어졌다.

반면 장기 대출자는 느긋하게 책을 읽고 아무 때나 가져올 특권이 있었다. 기한이 한 달인지, 일 년인지, 아니면 십 년인지 모르지만 그런 점을 일반 시민들에게 알려줘서 분노를 불러일으킬 필요는 없었다. 진은 본래 속한 계급 덕택에 그런 점을 쉽사리 이해했다. 물론 이해한다고 짜증이 덜어지는 것은 아니었다.

"그렇다 칩시다. 그럼 이렇게 장기 대출된 책이 이 서고에서 몇 권이나 되죠?"

"역시 죄송하지만, 그것도 알려드릴 수가 없네요."

"그런 책이 제가 읽고 있는 서고에서만 유난히 많은 건 아니겠죠?"

"글쎄요. 그건……."

"제가 반 년 전부터 장기 대출중이라는 대답을 듣고 아직껏 한 번도 보지 못한 책이 몇 권인지 아시나요?"

세틸라는 흘러내리는 안경을 추어올리며 잠시 생각하더니 빙그레 웃으며 말했다.

"마흔일곱 권이죠."

세틸라가 답을 알 줄은 몰랐기 때문에, 그리고 사실 몇 권인지 정확히 알고 물은 건 아니었기 때문에 진은 순간적으로 당황했다. 그리고 잠깐 생각해보았다. 이 상황에서 세틸라는 진에게 거짓말을 할 필요도 없었고, 둘러댈 필요도 없었고, 그렇다고 짓궂게 놀릴 이유도 없었다. 모르면 그냥 모른다고 하면 되는 일이었다. 그러니 마흔일곱 권은 사실일 가능성이 높았다. 세틸라가 왜 그걸 기억하고 있을까? 설마 지금까지 진이 읽은 책을 다 외우고 있어서?

소문으로만 들어왔던 사서들의 기억력을 직접 겪어보니 무척 당혹스러웠다. 그러자 이 여자 앞에서 엉뚱한 행동을 한 적은 없었는지 돌이켜봐야 할 필요가 느껴졌다. 물론 다 기억날 리 없었다.

"어떻게 그걸 기억하고 있죠?"

세틸라는 진을 올려다보며 고개를 좌우로 갸우뚱거렸다. 입가에는 여전히 웃음을 머금고 있었다. 수수께끼를 내는 사람의 웃음이었다.

"글쎄요, 한번 생각해보세요. 왜 기억하고 있을까요?"

상상도 가지 않았으므로 진은 즉각 고개를 흔들었다.

"모르겠는데요."

세틸라는 아쉬워하는 기색이었다. 그녀는 진이 이유를 생각하다가 엉뚱한 곳에서 이유를 찾아내고 좀 더 당황하기를 기대했던 것 같았다. 이를테면 당신한테 관심이 있어서라든가.

"미안해서 실마리를 드린 거예요."

진은 세틸라의 깊은 뜻은 알아채지 못했지만 실마리라는 말의 뜻은 곧 깨달았다. 학예생에게 빌려주는 책이 열 권이니 장기 대출자에게는 쉰 권까지 빌려줄 것이다. 장기 대출이라 해도 기한이 반년 이상일 가능성은 사실상 없었다. 도서관의 학파는 백여 곳이 넘었고 큰 곳은 소속된 학예생이 천 명에 달하기도 했다. 장기 대출이 가능한 신분도 델피나드 안에서 수백 명은 되었다. 이 많은 사람들이 책을 보려고 모여드는데 한 명이 쉰 권을 반년씩 집에 쌓아놓고 있어서야 얼마 안 가 서가의 몰골이 말이 아니게 될 것이다.

그러므로 장기 대출자 중에서도 아주 근사한 배경을 가진, 사서들도 함부로 독촉하기 어려운 소수만이 반년이나 책을 돌려주지 않고도 버틸 수가 있을 것이다. 현재 그렇게 돌아오지 않은 책의 숫자는 마흔일곱 권인데, 아무리 기억력 좋기로 유명한 사서들이라고 해도 매일 바뀌는 숫자라면 외우고 있을 리 없었다. 진이 오늘 이런 질문을 하리라고 미리 예상하고 외워뒀을 리도 없었다. 그러므로 이 숫자는 꽤 오랫동안 바뀌지 않았을 것이다. 어쩌면 반년 동안 바뀌지 않았을지도 모른다. 수효도 하필이면 대출 가능 권수인 쉰 권에 근접하는 마흔일곱 권이다. 그 책들은 하나같이 진이 찾았던 것들이었고, 따라서 서로 연결되는 주제를 다루고 있었다.

그렇다면 그자는 한 명이 아닐까?

그리고 그자는 진과 똑같은 관심사를 갖고 있는 게 아닐까?

거기까지 생각한 진의 미간에 힘이 들어갔다. 그자는 누구일까? 혹시 그자도 진과 같은 꿈을 꾸었을까?

세틸라가 이런 정보까지 모두 담아서 '마흔일곱 권'이라는 말을 했는지는 알 수 없었다. 진은 세틸라를 다시 봤다. 진의 눈빛이 날카로워져 있어서 세틸라는 움찔하며 눈을 동그랗게 떴다.

"사서들은 책을 무척 아껴서 미납된 책들이 많으면 집 나간 자식들처럼 신경이 쓰인다던데, 사실인가요?"

"아, 뭐……."

기세에 비해 점잖은 질문을 받자 세틸라는 의아한 기색이었지만 곧 쓴웃음을 지으며 말했다.

"비슷한 것 같네요. 자식이 없어서 정확하게는 모르겠지만."

"그렇다면 사서님은 마흔일곱 명이나 되는 자식들 때문에 걱정이 많으시겠군요."

"생각하기 시작하면 끝도 없어요. 되도록 생각을 안 해야죠."

"반납 요청 편지 같은 거라도 보내보시면 어떨까요?"

"보내기야 하죠. 별로 반응은 없지만."

장기 미납자에게 어떤 식으로 독촉을 하는지 몰라 넘겨짚었는데 생각보다 순순히 대답이 나왔다. '독촉을 어떻게 하느냐'라고 물었다면 분명히 '알려드릴 수 없다'고 대꾸했을 것이다. 진은 좌우를 흘끗 본 뒤 책상 위로 허리를 굽혔다. 얼굴이 가까워지자 세틸라는 조금 놀라다가 얼굴이 붉어졌다. 진이 목소리를 낮춰서 말했다.

"지금 한 통 써보세요. 이번엔 효과가 있을 테니까."

두 사람의 대화를 멀찍이서 지켜보는 자가 있었다. 그자는 본래 일찌감치 도서관 앞에서 기다리고 있다가 진이 나타나자 몇 명 간격을 두고 뒤따라 줄을 섰었다. 입관심사를 받고 안으로 들어간 후에는 일부러 다른 곳으로 갔다가 잠시 후에 3층 시민 열람실로 왔다. 어차피 학예생이 아닌 시민은 다른 곳으로 갔다가도 결국 이리로 오기 마련이었다.

사서와 얘기하고 있는 진을 발견하자 그자는 조금 떨어진 법학 서고에 들어가 책을 고르는 체하며 책꽂이 틈으로 진을 계속 살펴보았다. 그 정도 거리에서는 대화 내용이 들리지 않았지만 개의치 않았다.

잠시 후 진이 사서로부터 뭔가를 받아들고 열람실을 떠나자 그자는 1층이 내려다보이는 난간 앞으로 가서 진이 도서관을 나가는지 확인하고서야 돌아섰다. 진이 도서관 밖으로 나가자 오전부터 정문 앞 광장에 앉아 있던 자들 중 한 명이 일어나 진을 뒤쫓기 시작했다.

도서관 안에 남은 자는 4층으로 올라갔다. 4층에는 각지에서 발굴한 유물들을 시대별로 전시한 대 유물실, 그리고 역대 왕과 여왕들이 기증한 유물들을 나누어 전시한 소 유물실들이 있었다. 그중 '이드라폰 5세 유물실' 입구에서 그자는 또 다른 남자를 만나 뭔가를 보고했다. 보고를 받은 남자가 고개를 끄덕이더니 안으로 들어갔다.

이드라폰 5세 유물실 중앙에는 널찍한 평대가 놓여 있었다. 본래 의자로 쓰려고 만든 것은 아니었지만 그 자리에 와야 할 것이 자꾸 늦어지는 사이 관람객들의 피로를 덜어주는 용도로 유용하게 쓰이고 있었다. 지금도 평대에는 띄엄띄엄 사람들이 앉아 있었다. 그런 사람들 중에는 아까부터 남자가 지켜보던 사람도 있었다. 로사였다.

남자가 그림자 속에 숨어 있는 동안, 로사는 미동도 않고 앞을 바라보고 있었다. 정면에는 이드라폰 5세의 지팡이가 유리 진열함 속에 놓여 있었다. 지팡이의 머리는 황금이었고, 기둥에는 이프니쉬로 '은혜 내리는 자'라고 새겨졌으며, 손잡이에는 네 영토를 나타내는 적, 청,

황, 녹의 보석들이 아로새겨져 있었다. 하지만 로사는 그런 것을 보고 있지 않았다. 로사의 시선은 지팡이 머리를 장식한 커다란 흰 깃털에 박혀 있었다. 깃털의 크기는 지팡이의 절반 가까이 되었다.

저렇게 큰 새는 이 세상에 없었다. 비르기온의 『박물지』에도 나오지 않았다. 비르기온은 삼백 년 전에 생존했던 델피나드 최고의 박물학자였고, 『박물지』에는 전 대륙의 동식물이 망라되어 있다고 했지만 저런 새는 없었다. 로사는 잘 알고 있었다. 어린 시절에 한 장 한 장 외울 만큼 탐독했던 책이었으니까. 또한 로사는 너무나 잘 알고 있었다. 저 거대한 깃털이, 고작 꼬리 깃에 불과하다는 것도.

사람들이 스쳐 갔다. 이런저런 유물들을 곁눈으로 훑으며, 잡담을 하며 지나갔다. 그들 사이로 깃털이 가려졌다 나타났다 했다. 누군가가 곁에 앉았다가 다시 일어나 가버렸다. 로사는 전시품 중 하나가 된 것처럼 꼼짝도 않고 머물렀다. 해가 기울어지기 시작하자 창밖에서 붉은 빛이 비스듬히 들어와 유리 위로 미끄러졌다. 그러다가 받침대로 떨어지고, 로사의 발치를 비췄다. 사람들의 발길이 뜸해졌을 무렵 로사가 조용히 내뱉었다.

"그만 나와."

대답하는 사람은 없었다. 움직이는 것도 없었다.

"어서. 여기 있는 것 다 알아."

고요해진 유물실의 왼쪽 구석, 커튼이 쳐진 곳에서 기척이 있었다. 로사는 쳐다보지 않고 기다렸다. 그러다가 도로 조용해지자 로사가 다시 말했다.

"내가 결국 여기까지 왔어. 얼마나 힘들었는지, 넌 모르지? 내가 꿈에서 얼마나 자주 여길 봤는데. 어서 나와. 나하고 약속했잖아. 다른 사람은 몰라도 그 약속, 너는 지켜줘야 하잖아."

차디차던 목소리가 뒤로 갈수록 조금씩 떨렸다. 다시 기척이 났다. 이번에는 통로 쪽이었다. 대리석 바닥을 밟는 소리가 가까워졌다. 등 뒤에서 멈췄다. 로사는 돌아보았다.

"키프로사 데이어."

상대가 말했다. 마흔쯤 되어 보이는 남자였고, 부자들이나 걸치는 은란 팔리움(pallium) 차림이었다. 로사는 그자의 얼굴을 뚫어져라 보았다. 거의 일 분 동안, 시선으로 상대를 죽이기라도 할 것처럼 사납게 노려보았다. 상대는 처음에는 로사를 마주 내려다봤지만 시간이 흐르자 조금 당황하는 기색을 보였다. 그러자 로사의 눈이 가늘어졌다.

"넌 누구야?"

남자는 웃으려 했지만 입가가 약간 일그러졌다.

"안됐지만, 네가 애타게 나와 달라고 호소하던 작자는 아니지."

"나도 알아. 할 말 없어? 그럼 꺼져."

로사는 도로 몸을 돌렸다. 그러자 남자가 로사 앞으로 와 섰다.

"할 말이 없진 않지. 적어도 난 네가 누구인지 알고 있거든. 신경 쓰이지 않나?"

로사는 다시 고개를 들어 그자를 쏘아봤다. 입술이 떨리고 있었다.

"내 이름 따위, 도서관 입구에 정으로 쪼아났다고 해도 관심 없어. 난 너한테 분명히 꺼지라고 말했어. 내 인내심을 시험하지 마. 더 버티면 내 손으로 꺼지게 만들어주고 싶을지도 모르니까."

그제야 남자는 자연스럽게 웃음을 머금었다.

"그건 협박인가? 꽤 호기롭군. 그럴 만한 입장도 아닐 텐데. 설마 엊그제 만난 젊은 순찰대장의 호의를 믿는 건가? 그런 작자들은 변덕스럽지. 나라면 질 나쁜 사내들이 우글대는 그런 곳에 어리고 예쁜 동생을 데리고 들어가지는 않을 텐데. 그놈들이 언제 손을 뻗쳐올지 알게 뭔가?"

로사의 얼굴에서 분노가 사라지고 냉정함이 돌아왔다. 상대는 로사가 지난 이틀 동안 겪은 일을 모두 알고 있었다. 그리고 나나에 대해 또렷하게 표현했다. 아까는 중요한 일을 방해받은 분노 때문에 무시했지만 사실 상대가 로사의 진짜 이름을 말한 것도 간단한 일은 아니었다. 로사는 델피나드에 아는 사람이 한 명도 없었다. 엊그제부터 알게 된 진과 타양, 그리고 '매의 형제'들을 빼고는. 이자는 그들 중 누구도 아니었다. 그렇다면 로사가 만난 또 하나의 사람들, 즉 적일 수밖에 없었다. 로사가 오자마자 도서관에 들어가지 못하게 만들고, 거짓말로 꾀고, 나나를 납치했던 자들.

"그래? 그럼 니케포루스 장군인가 뭔가 하는 추잡한 호색한이 내 어리고 예쁜 동생을 노리는 건 괜찮고? 충고는 할 만한 사람이 해야지. 어린애를 납치하는 파렴치한들 주제에 어디다 대고 선생질이야? 뻔뻔스런 면상을 돌바닥에 갈아버릴까 보다."

상대는 눈에 띄게 당황했다. 이렇다 할 능력도, 기댈 곳도 없는 젊은 여자가 이렇게 기세등등하게 나올 줄은 예상하지 못했던 모양이었다. 로사는 심지어 일어나더니 남자와 마주섰다. 로사의 키는 작지 않아서 남자와 눈높이도 대강 맞았다.

"아까 할 말이 있다고 했지? 마침 잘 왔어. 나도 할 말이 있거든? 난 호안이란 놈이 내 동생을 납치해 사라졌을 때 그 개자식을 죽여버리기로 결정했는데, 그 자식 어딨어? 그 따위 머리가 텅 빈 떠버리한테 당하고서 참고 있을 내가 아니야. 사람을 잘못 봐도 이만저만 잘못 본 게 아니지. 빨리 말해봐!"

남자는 점차 기가 막힌 표정이 되어갔다. 그러다가 겨우 로사의 말을 끊으며 웃음을 터뜨렸다.

"허허, 뭘 믿고 이렇게 덤비지? 누가 누구에게 따지는 거야? 호안? 그딴 놈을 내가 알 게 뭐야? 주제넘게 나대다가 일이나 그르치는 그런 놈이 뭐, 뭘 어쨌다고? 넌 그따위 놈이나 걱정하고 있을 때가 아니야. 증명서를 위조한 것도 걸리면 즉각 추방감이고, 고작 뒷골목 순찰대장이나 믿고 까부는 꼴을 보니 그 집안 놈들은 예나 지금이나……."

남자는 문득 말을 멈췄다. 해선 안 될 말을 하고 말았음을 깨달은 듯했다. 로사는 팔짱을 끼고 고개를 삐딱하게 기울인 채 남자를 보고 있었다. 남자가 표정을 다잡고 다시 입을 열려 했지만 로사가 먼저 말했다.

"뭘 당황해? 난 네가 누구인지 전혀 안 궁금해. 난 이곳에서 아는 사람이 거의 없다 보니 구별도 단순하거든. 적이 아닌 사람, 그리고 적."

남자는 자기가 한 말을 수습할 궁리를 하느라 대꾸하지 않았다. 로사가 비웃었다.

"적이란 놈들은 뭔가를 탐내기 마련인데 내 주머니는 텅 비었으니, 내가 나 자신인 게 불만일 건 거의 뻔하지. 그래, 말해봐. 데이어 사람들한테 무슨 원한이 있는데? 하긴 네까짓 놈들이 원한이 있어 봤자지. 데이어 구경도 해본 적이 없을 네가 데이어를 아무리 미워해본들 내가 미워하는 것만 하겠어? 델피나드에는 눈이 안 와서 질투가 났니? 3박 4일 내린 눈 속에 확 파묻어버릴까 보다."

뜸하게 오가는 사람들이 두 사람을 흘끔거렸다. 남자는 화가 치밀었지만 도서관 안에서 말다툼 이상은 불가능했다. 혹시 몸싸움이라도 벌였다가는 둘 다 영영 출입금지였다. 이윽고 남자가 로사에게 얼굴을 가까이 대며 나직이 말했다.

"그래, 어차피 알게 된 이상 분명히 말해주지. 키프로사 데이어. 넌 우리에게 빚이 있어. 갚을 날짜가 이제 코앞이지. 몸을 정결히 하고 기다리라고. 네가 무슨 발버둥을 치든, 결국 우리 앞으로 오게 되어 있으니까. 아마 영광스러운 날이 될 거야."

로사의 눈썹이 치켜 올라갔다.

"아, 그래? 너희도 목욕재계하고 기다려. 한 번만 더 내 동생을 건드렸다가는 아주 영광스러운 날을 맞게 해줄 테니까, 이 변태 자식들아. 그나저나 너희 이름이나 좀 알자? 다음에 또 만나자며? 말해주지 않으면 색골 장군과 냄새나는 시궁쥐들이라고 부를까 하는데, 마음에 들어? 안 든다고? 그럼 빨리 말해."

남자는 한 걸음 물러났다. 눈 속에 분노가 엿보였지만, 흘끔대는 사람들이 점차 많아지고 있었다. 남자는 돌아서기 직전에 말했다.

도서관에서 사라진 책들

"싱은 너희를 갈기갈기 찢어 삼키고 일어날 것이다. 세상의 거름들아. 썩어 문드러져라. 너희 발밑에서 심연이 지켜보고 있다."

로사는 멀어져 가는 남자의 뒷모습을 바라보고 있었다. 그자가 발소리를 요란하게 내는 바람에 다른 곳에서 나는 기척은 듣지 못했다. 처음에 소리가 났던 곳, 커튼 너머에서 그림자가 어른거리다가 다시 고요해졌다.

ΧЯΖΛΤΉΟΖ

진이 찾는 자, 진을 찾는 자

진은 도서관에서 멀지 않은 어느 저택 앞에 서 있었다.

도심과 가까운 곳인지라 저택이긴 해도 장원은 아니었다. 잔뜩 멋을 부린 쇠살문 사이로 월계수와 레몬나무가 우거졌고 나무 사이로 하얀 돌을 깔아 길을 냈다. 길 끝에 살구색이 감도는 저택이 서 있었다. 왼쪽의 연못가에는 꽃이 진 수선화 줄기가 무성했다. 어느 모로 보나 고급 별장다운 분위기인지라 검정 셔츠에 각반 친 바지 차림인 진의 모습과는 어울리지 않았다. 아마포 키톤(kiton)을 차려 입고 포도주라도 한 병 들고 왔어야 했을 듯했다.

비록 포도주는 없었지만 진의 품속에는 세틸라가 써준 편지가 있었다. 진은 잠시 선 채로 자신에 대해 생각했다. 지금 자신은 미반납된 책을 찾으러 장기 대출자를 찾아온 점잖고, 딱히 기억에 남지 않는 인물이었다. 상대는 귀족이니 그에 걸맞은 예의를 보이는 편이 대화하기

편리할 것이다. 두려움을 불러일으킬 필요는 없다. 상대가 진을 알아본다면 몰라도.

정리가 되자 진은 문을 두드렸다.

"여기가 어디라고! 썩 물러가거라!"

멀찍이서 진의 차림새만 보고 하녀가 호통을 치며 달려나왔다. 하지만 가까이 오더니 움찔했다. 부잣집 하녀가 뒷골목의 전설을 알아봐서 그런 것은 아니었고, 보아하니 칼을 찬 데다 싸움 좀 하게 생겼다는 느낌이 들었던 모양이다. 하녀는 주위를 두리번댔지만 마침 정원에는 아무도 나와 있지 않았다.

하녀는 긴장한 반면 진은 왠지 다행스러웠다. 지금은 뒷골목의 전설 노릇을 하러 온 것이 아니었다. 그림자 매를 아는 자가 지금 같은 모습을 보는 것은 어쩐지 신경이 쓰였다.

"여기가 엔키슈 니무쉬 님의 집인가? 도서관의 세틸라 실비오스 사서님께서 전하고 싶은 것이 있다고 하셔서 대신 왔다."

"사서님이요?"

하녀의 눈이 동그래졌다. 델피나드 사람들에게 도서관 사서라는 이름에 담긴 권위는 만만치 않았다. 그들의 지혜나 권위에 대해 아무것도 모르더라도 여왕 폐하 직속이라는 점만 갖고도 특수요원쯤 되는 느낌을 받는 모양이었다. 그건 단지 도서관이 법령상 여왕의 소유로 되어 있기 때문일 뿐이었지만, 어쨌든 델피나드의 왕과 여왕은 죽으면 신으로 추존되는 존재들이었으므로 하녀의 생각 속에서는 사서도 신관이나 다를 바가 없었다.

진도 그런 점을 모르지 않았으므로 더 설명하는 대신 가볍게 덧붙였다.

"응, 사서님."

"저, 그, 그런 것을 제가 대신 받을 수는 없겠죠?"

"그렇지."

"잠시만요. 여기서 기다리세요."

태도가 한결 달라진 하녀가 저택을 향해 달려가 문 안쪽으로 사라졌다. 진이 기다릴 자세를 잡았을 때 연못가에서 한 여자가 불쑥 나타났다. 보아하니 처음부터 그곳에 있었던 모양인데 쪼그리고 앉아 있기라도 했던 듯했다. 왜 그랬지? 여자는 진을 향해 다가오더니 인사를 건넸다.

"안녕하세요."

가까이 와보니 의문은 풀렸다. 여자는 손에 흙덩이가 달린 구근을 들고 있었다. 그걸 파내고 있었든가 심으려 했든가 둘 중 하나였을 것이다. 하지만 어딜 봐도 정원을 가꾸는 하녀로는 보이지 않았다. 발목까지 오는 보랏빛 튜닉의 어깨에는 정교한 자수를 수놓았고, 망토에는 비취 브로치를, 머리에는 진주 구슬띠를 두른 여자가 하녀라면 이 저택에는 미의 여신 카이라도 살고 있어야 할 듯했다. 그런데 전혀 일리가 없는 말도 아닌 것이 여자는 크고 맑은 눈과 도톰한 뺨, 매끈한 목선, 동그란 어깨를 가진 미인이었다.

진은 일단 가볍게 궁정식 절을 해보였다. 그림자 매가 이런 절을 할 줄 안다는 것을 누군가는 상상도 하지 못하겠지만, 어쨌든 여자는 놀란 기색이 아니었다. 그 말은 그녀가 진이 누구인지 알아보지 못했다는 의미였다. 여자가 미소를 지었다.

"엔키슈 니무쉬 님을 찾아오셨다고 들었어요. 엿듣게 되어 실례했습니다만, 가까이 있다 보니 저절로 들려와서요. 전 에안나라고 합니다."

목소리도 상냥했다. 스스럼없는 태도를 보아하니 이 댁의 귀부인인가 하는 생각도 조금 흔들렸다. 엔키슈 니무쉬의 신분을 생각할 때, 니무쉬 가문의 귀부인이 흙투성이 손에 구근을 들고 평민과 아무렇지도 않게 대화하는 모습은 상상하기 어려웠다. 진이 무심코 구근에 시선을 주자 에안나가 웃었다.

"아참, 제 꼴이 우습지요? 구근을 캐낼 시기를 놓쳐서 곧 썩어버리게 생겼더라고요. 이왕 봤으니 그냥 둘 수가 없죠. 아참, 혹시 수선화 좋아하세요? 하나 드릴까요?"

에안나가 문살 사이로 손을 내밀더니 구근 하나를 진의 손에 쥐어 주었다. 미처 거절할 겨를도 없었다. 얼떨결에 구근을 받아든 채 다른 손으로는 편지를 꺼내자니 꼴이 우스꽝스러워서 쓴웃음이 나왔다. 하지만 에안나는 진지했다.

"보관하시려면 서늘한 곳에서 잘 말리시고요, 심으시려면 다음 달쯤에 심으세요. 그러면 내년 초쯤 꽃이 필 거예요. 얘들은 그리 까다롭지는 않지만 땅을 잘 골라야 해요. 마른 땅에서는 못 살거든요. 혹시 심는 법을 모르시면 그때 다시 오세요. 잘 알려드릴게요."

상대는 구근은커녕 양파 보관법은 알까 싶은 젊은 사내였지만 에안나는 진이 구근을 심으리라 믿어 의심치 않는 태도였다. 이런 사람 앞에서는 그냥 고개를 끄덕여주는 편이 나았다. 에안나는 마주 고개를 끄덕이더니 손가락 끝으로 구근을 톡톡 두드리며 인사를 했다.

"그럼 우리 아기, 가서 귀여움 많이 받으렴. 겨울 건강히 나고. 올해도 고생 많았어."

저렇게까지 말하는데 가다가 쓰레기더미에 던져버릴 성격은 못 되는지라 진은 조금 난감해졌다. 에안나는 그제야 구근에서 시선을 떼고 진의 얼굴을 보았다.

"그런데 전해주실 물건은 뭐죠?"

진은 편지를 건네준 뒤 입을 열었다.

"용건을 간단히 말하자면……."

진이 말을 맺기도 전에 에안나는 이미 편지를 뜯어 읽기 시작했다. 물론 첫 줄만 읽어도 뻔히 알고도 남을 내용이었다. 그런데도 에안나는 흥미롭게 계속 읽어나가더니 곧 폭소를 터뜨렸다.

"아하하…… 이거 정말이에요? 혹시 도서관에서 장난 편지를 보내는 행사가 있다거나 한 건 아니죠? 아, 물론 그럴 리가 없겠죠. 이게 어떻게 된 거지?"

반응이 너무 뜻밖이라 진은 미간을 찡그렸다.

"무슨 문제라도?"

"문제는 아니죠. 오히려 축하할 일이죠. 이런 어려운 책을 정말로 빌려서 읽고 있다면 말이에요. 부모님께서 얼마나 바라셨는데! 하지만 유감스럽게도 사실이 아닐 것 같네요. 서재에 쌓인 책도 건드리는 법이 없는 사람이 도서관에서 책을 마흔일곱 권이나 빌려서 그것도 연체 중이라니요. 저라면 그 책을 읽었다는 쪽보다 권투클럽에서 판돈 대신 저당 잡혔다는 쪽에 걸겠는데요."

에안나의 태도로 보아 농담이나 거짓말을 하는 것 같지는 않았다. 진은 갑자기 머리가 복잡해졌다.

"하지만 도서관 대출 기록에는 분명히 엔키슈 니무쉬 님의 이름으로 마흔일곱 권을 빌렸다고 나와 있습니다. 사서님도 기억하고 계시고요. 그렇다면 그 책들은 어디로 갔을까요?"

에안나가 고개를 끄덕였다.

"생각해보니 이것도 빚 받으러 다니는 것과 다를 바 없겠군요. 빚 같은 것을 질 사람이 아니라고 우겨댈 게 아니라 책의 행방을 따져봐야겠죠. 제가 예상을 해보자면, 누군가 책을 장기 대출하고 싶은 사람이 있어서 엔키슈 니무쉬라는 이름을 사칭한 것이 아닐까 싶네요. 이용하기에 아주 적절한 이름이기도 하고요."

"왜 그렇습니까?"

"들통 날 염려가 없으니까요! 열 살 이후로 도서관에 발을 들여놓은 적이 없거든요. 앞으로도 갈 일이 없을 거고. 불이라도 난다면 혹시 구경하러 가려나?"

진은 물론 엔키슈 니무쉬가 그런 사람일 줄은 전혀 몰랐다. 그나저나 에안나의 말대로라면 이 누구인지 모를 사기꾼은 무려 델피나드 총독의 셋째 아들의 이름을 사칭해서 책을 잔뜩 빌리더니 꿀꺽해버리고 잠적한 셈이니 이만저만 간이 큰 작자가 아니었다. 하지만 대출 절차가 이렇게 허술하니 추적할 단서는 없는 거나 마찬가지였다. 다만 책 마흔일곱 권을 글도 모르는 하인들이 노렸을 리는 없고 누구였든 먹물 든 자로 좁혀볼 수는 있었다. 진은 문득 의문이 들어서 물었다.

"도서관에서 책을 빌리려면 시민증이나 체류허가증을 가져가야 하는 줄 알았는데, 혹시 장기 대출자는 다른 겁니까?"

"아, 그건……."

에안나는 조금 미안한 듯이 웃었다.

"하인들이 대신 책을 빌리러 갈 때도 많고 하다 보니 좀 다르긴 하죠. 장기 대출자는, 음…… 여러 가지 방법이 있지만, 보통은 직인 반지가 찍힌 메모 정도만 가져가도 돼요."

역시 대우가 달랐다. 예상은 했지만 듣고 나니 더 짜증이 났다. 진이 그 책을 보려고 얼마나 오래 기다렸는데. 진의 입장을 제쳐놓고 생각하더라도 도서관에서 필사본 한 권을 만들려면 대단한 수고가 들고, 그렇게 만든 책을 보고 싶은 사람들이 도서관 앞에 줄을 서는 마당인데 누군가는 저렇게 쉽사리 빌려 아무 데나 처박아두다니. 심지어 장기 대출자뿐 아니라 저런 엉뚱한 간 큰 작자들한테까지 새어 나가는 책이 몇 권일까? 화가 치민 나머지 이런 짓을 막을 법을 만들어야겠다는 생각을 하다가 진은 정신을 차렸다. 참, 여긴 델피나드였지.

에안나도 생각에 잠긴 표정이었다. 그녀가 말했다.

"하지만 이런 짓을 하려면 적어도 책은 제때 반납할 것이지, 이 책도둑은 뭘 믿고 이렇게 버티는 걸까요? 들통이 나서 좋을 일은 전혀 없을 텐데. 혹시 죽어버렸나?"

"그럴지도 모르지만 적어도 보름 전에는 멀쩡히 걸어서 도서관에 갔던 것 같군요."

누가 죽었느냐 아니냐 하는 문제였지만 괘씸죄가 있다 보니 둘은 약간 의기투합해서 이죽거렸다. 에안나가 고개를 끄덕였다.

"그러네요. 그럼 그 사이에 잽싸게 죽어버리지 않았길 기원해야겠네요. 혹시 앞의 사람은 죽어버리고 새로운 사람이 다시 사칭하기 시작한 건 아니겠죠?"

"가능성이 없는 건 아니지만, 똑같은 사람의 이름으로 두 번이나……."

"그러고도 남죠. 도서관에 절대로 가지 않는 귀족이야말로 책 도둑들을 위해 준비된 인물이잖아요?"

거기까지 말한 에안나는 문득 생각났는지 대출된 책 제목들을 죽 훑어보고 다시 말했다.

"아니, 생각이 바뀌었어요. 한 사람인 것 같네요. 한 분야의 책만 집중적으로 빌렸어요. 신학 공부하는 학생인가? 그나저나 이거 연체료도 있겠죠?"

"네. 1천 8백 35알피온입니다."

진이 세금 징수원처럼 대꾸하자 에안나가 놀라는 시늉을 했다.

"우와! 생각보다 어마어마하네요? 권당 얼마인 거지? 아니지. 연체일수별로 다르겠군요. 영수증은 써주는 거겠죠? 도서관에 내는 건데 기부금 처리가 되나? 그런데 내가 왜 이런 걱정을 하고 있지. 책 도둑님께서 알아서 하실 일인데."

진주 구슬띠를 두른 아가씨의 입에서 세리들이나 할 법한 이야기가 쏟아져 나오니 꽤 신선했다. 이 아가씨는 역시 겉보기와 달리 귀족은 아닌 듯했다. 귀족 아가씨들이 이런 문제를 세세하게 생각해본 적이 있을 리가 없었다. 집게손가락 끝을 살짝 물고 생각하던 에안나가 고개를 갸웃거렸다.

"하긴 생각해보니까 시민들은 고액의 연체료라는 것을 낼 일이 없겠군요. 연체하는 순간 대출 금지니까. 그럼 이 연체료는 돈 있는 사람들만 내는 거니까 꽤 합리적이네요. 하지만 이번 건에서는 이 비싼 연체료 때문에 귀여운 책 도둑님을 위해서 우리가 귀찮은 일을 도맡아야 할 것 같네요."

진은 순간 이해하지 못해서 되물었다.

"귀찮은 일이라니, 무슨 뜻입니까?"

"우리가 책 도둑을 찾아내서 책을 대신 받아와야 할 것 같다는 말이에요."

물론 진은 그럴 생각이었다. 진에게 필요한 것은 연체료가 아니라 그 책들이었으니까. 그런데 에안나는 그 책들에 관심도 없을 텐데 왜 그러자는 걸까? 그리고 언제부터 '우리'가 된 거람? 어쨌든 진은 도서관 사서의 심부름꾼 역할에 충실하게 대답했다.

"그래야겠지만 그건 연체료 때문은 아닙니다. 도서관에 중요한 책들이기 때문이죠."

"전 연체료 때문이에요."

"도둑 대신 연체료를 내게 될까봐 엔키슈 니무쉬 씨가 직접 도둑의 행방을 수소문하시겠다는 말씀입니까?"

"아뇨! 큰일 날 말씀을. 엔키슈가 알면 절대로 안 돼요. 이런 얘기를 들으면 연체료 대신 도둑님을 붙잡아다가 검투장에 팔아버릴지도 모르거든요. 그런 사태는 막아야죠. 그러니 꼭 비밀을 지켜주셔야 해요. 아시겠죠?"

에안나의 관점은 진의 예상을 완전히 벗어났다. 진은 조금 놀라서 에안나의 얼굴을 보았다. 에안나는 손에 묻은 흙을 대충 털더니 옷 안 주머니에서 금화를 하나 꺼내 구근을 든 진의 손에 끼워주었다.

"지금 이것밖에 없어서 죄송해요. 나중에 더 드릴게요."

"이런 걸 왜 저한테 주시죠?"

"착수금이에요. 도둑님을 찾아서 책을 돌려받으세요. 엔키슈가 절대로 모르게 해주시고요. 혹시 책이 없어져서 배상을 해야 하면 그것도 저한테 얘기하세요."

책을 찾으러 온 사람에게 도리어 책을 찾아오면 상금을 주겠다고 하는 얘기를 듣고 있자니 말하는 사람의 머릿속이 어떻게 되어 있는지 상상하기가 어려웠다. 결국 진은 솔직하게 물었다.

"남의 이름을 사칭한 도둑을 위해서 왜 이런 일까지 하십니까?"

"도둑은 맞지만, 책을 읽고 싶어서 그런 거잖아요? 책을 훔쳐서 팔아먹으려 했다면 반년에 걸쳐서 한 권씩 한 권씩 빌려가진 않았겠죠. 빌려간 제목들을 봐도 뭔가 연구하는 중인 것 같고요. 그런 사람이니까 앞으로 뭔가 근사한 것을 써낼지도 모르지만, 검투장에서 영웅이 될 능력까지는 없지 않겠어요?"

진은 저도 모르게 탄성을 내뱉고 말았다. 동시에 이 아가씨의 정체가 궁금해졌다. 사람이 어떤 환경에서 어떻게 자라면 저런 생각을 갖게 될까?

"자비로우시군요. 좋습니다. 저도 그자에게 개인적인 원한이 있는 것은 아니니 아가씨의 말대로 먼저 잘 설득해보도록 하죠. 의외로 순순히 책과 연체료를 내놓을지도 모르는 일이고요."

개인적인 원한이 없다는 말은 사실이 아니었지만 에안나가 누구인지도 모르는 사람에게 베푼 호의를 본 이상 그 정도는 해줄 수 있다고 진은 결심했다. 에안나는 감사의 뜻으로 정중하게 절을 해보인 후 들고 있던 편지를 접더니 봉투에 넣어 돌려주었다. 진이 아예 여길 찾아온 적이 없는 것으로 하자는 의미일 것이다. 마음만 너그러운 것이 아니라 철저하기도 한 아가씨였다.

진은 물러나려다가 문득 물었다.

"그런데 이 집에 살고 계시니 혹시나 싶어 여쭤보겠습니다. 엔키슈니무쉬 님의 취향을 잘 알 법한 사람들 중에서 장기 대출이 가능한 신분은 아닌, 하지만 이런 책에 관심이 있을 법한 사람이 누구일지 예상이 가십니까?"

에안나가 빙그레 웃었다. 그 표정을 보아하니 에안나는 처음부터 어느 정도 예상을 하고 있었던 듯했다.

"음, 이런 부탁을 하는 입장이니 물론 도움을 드려야겠지요. 엔키슈는 권투클럽 다음으로 연극 구경을 좋아한답니다."

진은 고개를 끄덕이고 절을 했다.

"알겠습니다. 오늘은 그만 돌아가보겠습니다. 오늘 좋은 말씀, 감사합니다."

"아뇨. 친절한 분이셔서 제가 더 다행이에요. 평안이 깃들길."

"아가씨께도 평안이 깃들길."

진이 저택 앞을 떠나 모퉁이를 돌아갔을 무렵이었다. 저택 입구에서부터 달음질쳐 온 하녀가 에안나 앞에 이르러 숨을 몰아쉬며 말했다.

"아, 아가씨! 지금, 지금, 누구하고, 얘기하셨어요? 설마, 그……."

"엔키슈 오빠 찾던 사람? 도서관에서 온 사람이었는데?"

"그래요! 사서님이 어쩌고, 번드르르한 거짓말을…… 아가씨, 괜찮으시죠? 별일은 없으시죠?"

에안나는 의아한 표정으로 두 손을 벌려 보였다.

"내가 뭘? 뭐가 잘못됐어?"

"그 남자가 무례한 짓을 했다거나, 뭔가를 빼앗았다거나, 아가씨를 협박했다거나……."

"무슨 소리를 하는 거야? 아주 예의바른 분이었는데."

하녀는 믿지 못하는 표정이었다. 그제야 다른 하인들도 달려와 에안나를 둘러쌌다. 그중 하나가 말했다.

"겁쟁이 같은 정원사 놈이 멀거니 보고만 있는 바람에 얘기를 듣자마자 달려오는 데도 이렇게 늦었습니다요. 저희의 불찰입니다. 이런 일이 있을 줄은 생각도 못하고……."

"아가씨께서 별고 없으셔서 천만다행입니다."

에안나가 얼굴을 찡그렸다.

"애들아, 그 사람이 누구인데 그래?"

"그림자 매라고 못 들어보셨습니까?"

"그림자 매? 아까 그 사람이?"

에안나가 눈을 동그랗게 뜨더니 골목 쪽을 바라봤다. 그러나 진은 이미 모퉁이를 돌아간 뒤였다. 에안나는 물론 그림자 매의 소문을 들은 적이 있었다. 조금 전에 대화한 세련된 예법을 갖춘 남자와는 도무지 겹쳐볼 수 없는 소문이었지만. 에안나가 놀란 얼굴로 양 뺨을 감싸 쥐며 시선을 내리깔자 그 모습을 본 하인들이 머뭇거리다가 말했다.

"호, 혹시 무슨 일이 있었다면, 저, 저희가…… 쫓아갈까요?"

"너희 얼굴에 죽고 싶지 않다고 쓰여 있네 뭐."

하인들이 머쓱하게 머리를 긁적이자 에안나가 그제야 빙그레 웃었다.

"그런데 쫓아가도 별일은 없을 것 같아. 아참, 구근을 돌려줄지도 모르겠네."

진은 저택에서 멀어질수록 빠르게 걷기 시작했다. 다시 변하기 위해서. 정중하고 상식적인 신사에서 칼자루에 손을 얹는 것만으로도 문제를 해결하는 존재로.

변화는 익숙했다. 진은 어려서부터 수없이 변했다. 갓 태어나 백단향 물에 목욕하고 붉은 비단에 싸였던 그가 곧 옥수수 밭에서 맨발로 뛰어다니며 놀았고, 그러다가 빈민가의 비가 새는 쪽방에서 이틀에 한 끼를 겨우 먹으며 견디다가, 몇 년 뒤 다시 은그릇과 상아 젓가락으로 식사하는 법을 배워야 했다. 변화는 진의 삶 자체였다.

그러다 보니 자신 속에서 수많은 모습이 충돌한다는 것을 진도 알고 있었다. 아직까지는 필요할 때 필요한 모습을 꺼내 썼지만 언젠가 그러지 못할 때가 올지도 몰랐다. 그의 내면에는 수많은 뇌관이 숨어 있었다.

하지만 지금은 자신이 누구인지 분명했다. 진은 무두질 거리로 접어들어 걷다가 어느 상점으로 들어갔다. 가죽가방과 허리띠, 신발 등을 파는 좁고 기다란 가게였다. 주인은 진을 보더니 벌떡 일어섰다. 가게 주인이라고 보기에는 키도 훤칠하고 체격도 단단한 사내였다. 가게가 좁아서 키가 큰 두 사람이 마주서자 앞뒤로 지나갈 틈도 없었다.

진은 오른손만 들어 보였지만 주인은 절도 있게 경례를 붙였다. 진이 말했다.

"엔키슈 니무쉬. 델피나드 총독 각하의 셋째 아들. 권투클럽과 극장을 주로 드나드는데 극장 쪽에서 만나는 사람들을 조사해봐. 똑똑하고 책을 좋아하긴 하지만 겁 없고 무책임한 작자일 거야."

에안나가 금화를 주긴 했지만 진이 반드시 책 도둑을 찾아내리라고 생각하지는 않았을 것이다. 그건 달리 보면 입막음이기도 했다. 누군지도 모를 뻔뻔스러운 책 도둑이 검투장으로 끌려가는 일을 막기 위한. 하지만 진은 그 도둑놈이 전혀 귀엽지도 않았고 반드시 붙잡아야 할 이유도 있었다. 다만 예의를 갖추는 차원에서 그놈을 찾아내면 에안나에게 인사하러 보낼 생각 정도는 있었다. 물론 에안나가 원한다면.

주인이 대답했다.

"네, 부관님. 이틀 안에 결과를 알려드리겠습니다."

진은 고개를 끄덕이고 곁에 걸린 새장 속의 노란 앵무새를 들여다 봤다. 찬장에서 조 이삭을 한 줄기 꺼내서 들이밀었다가 뺐다가 하며 잠시 놀리다가 곧 안에 넣어주었다. 진은 본래 동물을 좋아했다. 흑야에 대한 짝사랑을 버리지 못하는 것도 그래서일지 모른다. 조 이삭을 열심히 쪼아 먹는 새를 지켜보며 진이 말했다.

"타이본은 공부 좀 하나?"

"영 안 합니다. 아무래도 검투장에나 보내야 할 것 같습니다."

"검투장 같은 소린 하지도 마. 차라리 군대에 입대시키고 말지."

"그건 제가 싫습니다. 군대라면 진절머리가 나니까요."

"그런 주제에 잘도 경례를 붙이는군."

"부관님만 보면 버릇이 되어서 어쩔 수가 없군요."

대답을 하며 주인은 가게 구석으로 가서 귀중품을 넣어두는 궤짝을 열쇠로 따더니 낡은 봉투를 꺼내와 탁자 위에 놓았다. 진이 내려다봤다.

"그건 뭐야?"

"열어보십시오."

봉투에서는 손바닥만 한 책이 나왔다. 녹색 표지는 해지다 못해 바스러졌고 엄지손가락이 닿는 책장 모서리는 누군가가 한 입 씹어 먹은 것처럼 닳은 책이었다. 제목도 이미 알아볼 수 없었다. 진은 아무 곳이나 펼쳐 읽어보려 했다. 그러다가 여백에 누군가가 써놓은 글귀를 발견했다.

사라. 이 글귀를 보면 내일 저녁 일곱 시에 늘 만나던 곳으로 나와 줘. 벤.

"이게 뭐지? 사라? 설마…… 사라 이즈람인가?"
책을 쥐고 있던 진의 손이 떨렸다. 주인도 긴장한 얼굴이었다.
"보시다시피 잉크가 오래됐습니다. 최근의 기록은 아니죠."
"그럼 이게 그 시절의 기록이란 말이야?"
"가능성은 충분합니다. 이 책 안에는 비슷한 기록이 한두 개가 아닙니다. 아마 당시에 편지 대신 이 책으로 연락을 주고받았던 모양입니다."
"이 책이 어디서 났지?"
"사라 이즈람의 행방을 찾았습니다."
진이 눈을 크게 떴다.
"그게 정말이야?"
고개를 끄덕거리는 주인의 얼굴에서 숨길 수 없는 기쁨이 배어나왔다.
"네. 오래전에 델피나드를 떠나 카마하에서 살아왔다고 합니다. 그래서 지금까지 못 찾았던 겁니다. 지금은 어느 농장에서 소작을 부치며 지내고 있더군요. 자말리크가 오늘 아침에 전갈을 보내왔습니다. 직접 만나서 증거로 이 책을 받았다고 합니다."
진은 잠시 눈을 감았다. 입술이 꽉 다물려 있었다. 진이 무슨 생각을 하는지 아는 주인의 얼굴에도 어설프나마 미소가 떠올랐다. 주인은 본디 잘 웃지 않는 사람이었다.

"한본."

진이 눈을 뜨고 주인, 아니 한본을 보았다. 한본이 고개를 끄덕였다.

"말씀하십시오."

"모두 수고 많았다. 지금 당장이라도 카마하로 출발하고 싶지만 일단 일을 벌려놨으니 엔키슈 니무쉬 건은 해결하고 가야겠지."

"알겠습니다."

"그럼 아샤벨을 통해서 연락 줘."

진은 벌떡 일어섰다. 델피나드로 올 때 정했던 두 목표가 한꺼번에 가까워지려 하고 있었다. 마음이 급해졌다. 당장이라도 뭔가 하지 않고는 견딜 수 없을 정도로 근질근질했다.

진이 가게에서 나왔을 때 맞은편 가죽 재단 집 기둥 옆에서 누군가가 그를 빤히 바라보고 있었다. 시선을 눈치챈 진은 미간을 찌푸렸지만 생각해보니 전에도 몇 번 봤던 사내였다. 평소에는 작업용 옷에 커다란 가죽 앞치마를 두르고 있었는데 오늘은 멀끔한 튜닉 차림이라 알아보지 못했던 것뿐이었다. 하지만 오늘은 복장만 다른 것이 아니라 눈빛도 어쩐지 심상치 않았다.

진은 몇 걸음 걸어갔다. 그자는 시선을 돌렸지만 곁눈으로 진을 훔쳐보는 것이 느껴졌다. 그자 앞에 이르러 진은 일부러 홱 돌아보았다. 그러자 그자가 눈에 띄게 움찔했다.

"할 말 있나?"

그자가 급히 고개를 흔들었다. 진은 고개를 돌리려다가 다시 그자를 보았다. 그제야 처음 느꼈던 수상한 기분의 정체를 깨달았다. 분명 예전에 이쪽 거리에서 본 적이 있는 자였고 그래서 눈에 익은 얼굴이라고만 생각했다. 하지만 그것뿐이라면 그 정도로 인상이 뚜렷했을 리가 없었다. 이유는 오늘 낮에 있었다. 하루에 두 번 만났기 때문이었던 것이다. 어디서? 도서관 앞에서.

"우리 구면인 것 같군?"

진이 한마디 더 하자 그자는 도망갈 태세를 취했다. 하지만 그런 기색을 놓칠 진이 아니었다. 성큼 다가가 퇴로를 막으며 왼손으로 짧은 단도를 뽑았다. 진은 검 종류만은 왼손으로도 꽤 잘 다루는 편이었다. 양손잡이였던 스승으로부터 훈련을 받은 덕택이었다.

"왜 날 뒤따라왔지?"

"아, 아닙니다. 그런 적 없습니다."

"그래? 내가 누군지는 알아?"

사내는 긴장한 태도가 역력했다. 고개를 끄덕이는 목이 굳어져 있었다.

"아, 알죠."

"그럼 헛소리를 하면 어떻게 되는지도 알 텐데?"

남자는 대꾸하는 대신 주위를 둘러봤다. 그러더니 비명 같은 소리를 질렀다. 그와 동시에 좌우에서, 뒤에서 기척이 나타났다. 진은 즉시 사태를 깨닫고 오른손으로 칼을 뽑아들어 정면의 남자를 찔러갔다. 그자는 재빨리 가게 기둥 뒤로 숨었다. 진은 뒤쫓는 대신 돌아서서 그 순간 날아든 검을 정확히 막아냈다. 그리고 공격을 이어가는 대신 두 발짝 물러나 벽을 등졌다. 그를 포위한 적은 넷이었다. 진이 조롱하듯 말했다.

"넷이서? 대담한데?"

적들은 대꾸 없이 무기를 휘둘렀다. 진은 속검으로 네 자루의 검을 연달아 쳐내면서 적들의 공격 순서와 실력 차이를 파악하고, 가장 약한 자가 공격한 직후 재빨리 몰아쳐서 턱 아래를 그었다. 목이 선뜩해지자 당황한 그자는 저도 모르게 두 발짝 물러나 포위망을 깨뜨렸다. 다음 차례는 그자의 오른쪽에 선 자였다. 왼쪽에서 받쳐줘야 할 동료가 빠지는 바람에 움찔했던 그자는 진이 몰아치자 자연히 왼쪽으로 움직이려 했다. 진이 예측한 그대로였다. 동선 파악은 곧 우세를 뜻했다. 움직이자마자 왼팔을 뼈가 드러날 정도로 베인 그자의 입에서 비명이 터졌다. 진이 냉소했다.

"마지막 기회를 준다. 너희는 누구냐?"

팔을 자를 수도 있었던 상황에서 진이 봐줬음을 상대도 알고 있었다. 아직 두 명은 부상 없이 멀쩡했지만 넷일 때도 당했는데 고작 둘로 그림자 매의 상대가 될 리 없었다. 게다가 어느새 구경꾼이 하나 둘 몰려들기 시작해서 이대로 더 버티다가는 도망칠 길도 막힐 지경이었다. 적들의 기색을 눈치챈 진은 칼로 허공을 한차례 그어 날카로운 소리를 냈다. 이른바 최후통첩이었다. 한 명이 입을 열었다.

"당신이 그림자 매의 이름에 어울릴 정도로 강하긴 하지만, 진짜와 비교할 바는 아니야."

진이 피식 웃었다.

"아, 그래? 그럼 난 가짜란 말인가?"

"어차피 당신은 이름을 빌린 것뿐 아닌가? 진짜 그림자 매는 삼십 년 전에 사라졌잖아? 지금쯤은 늙은 퇴물이 되어 옷깃 속의 이나 잡고 있겠지만."

진은 옛 그림자 매가 어떤 자일지 깊이 생각해본 적이 없었다. 그냥 수십 년, 또는 수백 년 동안 델피나드 뒷골목의 칼잡이들끼리 주거니 받거니 하며 전해온 별명이겠거니 생각했을 뿐이었다. 그런 별명을 가졌던 자가 한 명도 아니었다. 진이 델피나드에 오기 직전만 해도 한 명의 그림자 매가 죽었다고 했다. 진은 마침 적절한 때에 뒷골목에 나타나 그 이름을 물려받은 것뿐이었다. 진이 들은 바로는 그들 대부분은 실력은 좋되 비열한 악당들이었다. 그들 중에 원조가 있다거나 하는 생각은 해보지 못했다. 혹 있다 한들, 최근의 그림자 매와 딱히 다른 인간일 것 같지는 않았다.

"너희가 삼십 년 전의 누군가를 진짜로 여기든 말든, 난 딱히 반대하고 싶은 생각은 없어. 그자가 누구든 나하고는 상관없으니까. 내가 알고 싶은 건 너희의 정체야. 말하기 싫어? 그럼 스스로 알아내는 수밖에."

진은 말을 맺기 전에 이미 움직였다. 가장 왼쪽에 선 자를 향해 두 걸음 내닫으며 검을 쳐내고, 동시에 어깨를 찍듯이 베었다. 동맥이 터져 피가 솟구쳤다. 구경꾼들이 비명을 질렀다. 이어 그자 뒤에 있던 기둥 뒤로 미끄러지듯 돌며 그 뒤에 숨어 있던 자의 멱살을 잡아 바닥에 내던지고 등을 발로 밟았다. 처음 진을 미행했던 사내였다.

상속자들

진은 등을 밟은 사내의 목 뒤를 칼로 겨누고 나머지들을 봤다. 진이 선 자리는 가게 입구여서 무두질 거리 쪽으로 나가려면 그 앞을 지나가지 않을 수 없었다. 이제 부상이 없는 적은 조금 전에 진짜 운운하는 말을 했던 자 하나뿐이었다. 진이 말했다.

"대답하지 않으면 이자의 목을 벤다. 하나, 둘."

정말로 목을 벨 생각은 없었다. 만약 그런 사태가 왔다면 슬쩍 도망치도록 한 뒤 부상을 입혀 쓰러뜨렸을 것이다. 하지만 그림자 매의 입에서 그런 말이 나오는 효과는 확실했다.

"장군님의 장원을 먼저 어지럽힌 건 그대들이었어. 장군님께서 그런 모욕을 참을 이유는 없다. 오늘은 우리가 졌지만 곧 장군님께서 합당한 대가를 치르게 하실 것이다."

니케포루스 장군의 부하들이었던 모양이었다. 그때 나나를 구하느라 장원에 침입했던 사건으로 화가 나서 보복을 하려 했단 말인가? 그런 것치고는 적의 숫자가 좀 적다 싶었지만 진은 깊이 생각하지 않고 즉각 대꾸했다.

"니케포루스 장군? 아, 그때 여자아이를 납치했던?"

상대의 얼굴이 일그러지더니 외쳤다.

"장군님께서는 결코 그런 일을 하시지 않는다!"

"그래? 그럼 그때 내가 구해서 데리고 나왔던 예쁘장한 여자애는 누구였을까? 열두 살쯤 되어 보이던데."

구경꾼들이 많았으므로 소문은 금방 퍼질 것이 뻔했다. 노예 상인이나 폭력 조직이 그랬다면 흔해빠진 사건이겠지만 영예로운 전쟁 영웅인 니케포루스 장군이 여자애를 납치했다는 이야기는 추문거리가 되고도 남았다. 그자는 점점 얼굴이 시뻘게졌다.
"헛소리를 지껄이지 마라! 장군님께서는……."
"고작 그런 소릴 하고 싶어서 날 쫓아왔어? 그런 애긴 그냥 과자라도 사들고 찾아와서 오해가 있었습니다만, 저번에 구조해 가신 그 여자애는 사실 엉뚱한 놈들이 납치해서 하필 장군님의 저택에 가둬둔 것뿐이었습니다, 그러면 되잖아? 그럼 과자도 먹고 좋았을걸."
구경꾼들 사이로 낄낄거림이 퍼져 나갔다. 이제 무슨 말을 해도 이 자리에서 상황이 뒤집힐 가능성은 없었다. 구경꾼이란 승리한 자의 편인 것이다. 그자는 불타는 눈으로 진을 노려보았다.
"이 대가를 반드시 치르게 해주겠다. 각오해라."
"내 목을 따겠다고? 줄부터 서. 백한 번째쯤 되면 차례가 올 거야."
"그때가 되면 당신은……."
그자의 입가가 일그러지며 떨렸다. 조금 이상했다. 진이 장군을 모욕했다고는 하지만 나나를 납치한 사건은 사실이었으므로 공개된 것이 불쾌할지는 몰라도 저렇게 진짜 분노를 내보일 만한 일은 아니었다.
"그림자 매의 이름을 저주하게 될 것이다."
그런 위협쯤은 패배한 자들의 단골 대사였기에 진은 그리 신경 쓰지 않았다. 이제 정말로 목을 따버릴 것이 아니라면 보내줘야 할 시각이었다. 진은 사내를 밟았던 발을 떼고 엉덩이를 걷어찼다. 사내는 넘어질 듯 거리로 뛰어나갔다. 그와 동시에 나머지 넷은 가게 뒤쪽으로 빠져나갔다. 뒷문이 있는 모양이었다. 진은 칼을 꽂으며 어깨를 으쓱

상속자들
188

했다.

"졌다는 걸 인정하는 건 좋은 자세지."

니케포루스 장군의 장원에 어둠이 내렸다. 달이 지평선에 걸렸다. 저택 지하에서 누군가가 램프를 들고 올라와 동쪽 탑 2층으로 갔다. 붉은 빛이 계단참의 창 너머로 흔들리다가 사라졌다. 안토니아는 탑 밖에 서서 그 빛을 바라보고 있었다. 빛이 사라지자 그녀는 잠시 눈을 감았다.

달이 한 뼘 정도 떠오른 후, 2층에서 다시 빛이 나타났다. 빛은 계단을 돌아 내려가 지하로 사라졌다. 그러고도 달이 반 뼘 더 떠오를 때까지 생각에 잠겨 있던 안토니아는 마침내 결심하고 탑으로 들어갔다.

2층에는 장군의 서재가 있었다. 최근 장군은 주로 서재에 머물렀다. 몇 달 전만 해도 곧잘 옛 전우들을 불러 밤참 연회를 열기도 하고 예인의 연주를 청해 들으며 시간을 보내기도 하던 살롱으로는 이제 가지 않았다. 널찍한 서재에는 책보다 옛 물건들이 많았다. 값진 유물보다 주로 장군의 개인적 추억을 담은 물건들이었다. 그곳에 머문다는 것은 장군이 옛 생각에 젖어 있다는 뜻이었다.

니케포루스 장군은 이제 마흔여섯 살이었다. 육체는 쇠하기 시작했지만 전쟁 지휘관으로는 아직 최전성기였다. 하지만 요즘에는 장군이 나설 만한 전쟁이 없었다. 바야흐로 평화로운 시대였다. 델피나드 총독부는 주위 영지에 작은 분란이 생기더라도 용병을 동원해 해결하는 데 익숙해져서 정규군을 잘 편성하지 않게 되었다. 정규군을 한번 출군시키려면 시민들을 군역에 소집해야 했다. 물가 상승의 여파로 델피나드 시민의 몸값은 갈수록 비싸진 반면 오랜 평화 덕택에 군 경험이 없는 시민은 점점 늘어나고 있었다. 그런 시민을 불러 시간을 들여 훈련을 시키느니 차라리 돈을 조금 더 주고 다른 나라의 용병을 사는 편이 보급에 신경을 쓰지 않아도 되는 등 여러 모로 편리한 방식이었다. 가끔은 물가 차이 때문에 그 편이 더 싸게 먹히는 경우도 있었다.

물론 시민들도 그쪽을 환영했다. 어디선가 문제가 발생했을 때 누군가가 군대를 편성하는 것이 어떻겠느냐고 하면 의원들은 하나같이 반대했다. 자기 구역에서 인기를 잃고 싶지 않기 때문이었다. 그 결과 니케포루스 장군은 십 년 가까이 전쟁에 나가지 못했다.

옛 전우들은 일찌감치 관료가 되거나 의원직에 진출하는 등 변신을 꾀했지만 니케포루스는 그런 일에 관심이 없었다. 그의 관심사는 전투와 승리뿐이었다. 젊어서는 일대일 전투에, 나이가 들고는 대규모 전투와 전쟁에 심취해서 물러선 적도, 패배한 적도 없었던 그였다. 그런 장군에게 지금의 평화는 고문이나 다름없었다.

실은 장군이 한 번도 패하지 않았던 것은 아니었다. 수십 년 동안 그건 그리 의미 있는 사실이 아니었다. 고작 열여덟 살이었던 때의 패배였고, 그 후로 수없이 승리했으니까. 하지만 최근 들어 그날의 패배는 장군에게 가장 중요한 문제로 변했다.

"장군님. 안토니아입니다. 들어가도 되겠습니까?"

"들어와."

서재로 들어가 보니 니케포루스 장군은 양탄자 위에서 검술 자세를 잡고 있었다. 손에는 평소 쓰지 않던 낯선 칼을 쥐고 있었다. 장군이 동작을 멈추고 안토니아를 돌아봤다. 한참 움직였는지 얼굴이 상기되어 있었다. 장군이 먼저 입을 열었다.

"보고는 들었나? 마테오가 몇 놈 데리고 가서 젊은 그림자 매를 만나고 왔더군."

안토니아는 구겨진 양탄자를 내려다보았다. 그리고 대답했다.

"부상이 큰 모양이더군요."

"음, 과연 예상대로야. 제대로 봤어. 이렇게, 이렇게 했단 말이지."

장군은 짧은 검을 휘둘러 테이블 위에 놓인 유리 조각품과 보조 테이블 위의 불 켜진 램프를 차례로 겨냥했다. 아슬아슬하게 가까이 갔지만 건드리기 직전에 멈췄다. 위험천만한 유희였다. 하지만 안토니아는 장군의 실력을 알고 있었으므로 놀라지 않았다. 그렇다고 우려가 사라지는 것은 아니었다.

장군이 말했다.

"흠, 이보다는 빨랐겠지. 나도 이제는 늙어서."

"섣부른 행동이었습니다. 처벌이 필요합니다."

"나도 알아. 일부러 덤비려 했다기보다 뒤를 밟다가 들킨 게지. 실력이 떨어지니 별다른 도리가 있었겠나."

아무렇지도 않은 말투였다. 장군은 부하들이 다친 것보다도, 그들이 저지른 실수보다도, 그들이 겪고 온 그림자 매의 검술에 더 관심이 있어 보였다. 아니, 관심 정도가 아니라 열중하고 있었다. 안토니아는 숨을 깊이 들이쉬었다.

"장군님. 외람되지만 드리고 싶은 말씀이 있습니다."

"해봐."

니케포루스 장군은 검을 꽂았다. 안토니아는 그 검조차도 거슬렸다. 장군은 본래 대검을 썼는데 지금 쥔 것은 그보다 짧고 날렵한 검이었다. 마치 그림자 매가 쓰는 검처럼.

"장군님께서는 지금까지 빛나는 승리를 수없이 거두셨습니다. 델피나드 역사에서 장군님보다 더 큰 승리를 거둔 사람은 헤르마토스 1세 폐하밖에 없을 겁니다. 장군님의 이름은 헤르마토스 1세가 그랬듯 앞으로 수백 년은 델피나드에 남을 겁니다."

헤르마토스 1세는 델피나드를 세운 왕이었다. 그 후로 델피나드는 웬만해서는 큰 전쟁에 휘말리지 않고 능란한 외교로 독립을 지켜왔다. 그랬기에 역사상 훌륭한 전쟁 지휘관이 몇 명 없었던 것도 사실이었다.

"그래서?"

장군의 목소리에는 별 열의가 없었지만 안토니아는 말을 이었다.

"지금 델피나드는 평화롭고 번영하고 있습니다. 장군님 같은 분이 지켜낸 덕택이죠. 모든 귀족들과 시민들이 장군님을 칭송하고 우러러봅니다. 장군님께서 앞으로 단 한 번의 승리도 더 거두지 않는다 해도 그들이나 그들의 후손들은 장군님을 잊어버리지 않습니다. 국왕 폐하와 여왕 폐하, 그리고 총독 각하도……."

"그런 얘긴 그만 됐어. 본론을 말해봐."

수없이 들어온 비슷비슷한 찬양은 장군의 마음을 움직이지 못했다.

안토니아도 알고 있었다. 안토니아는 자신이 하려는 이야기를 생각하며 두 손을 움켜쥐었다. 긴장되었지만 해야만 했다. 자신이 니케포루스 장군의 충성스러운 부하라면.

"이제 그만 은퇴하셔도 됩니다."

"뭐?"

의자에 앉았던 장군이 고개를 들어 안토니아를 쏘아봤다. 안토니아는 한 발짝 앞으로 나섰다.

"장군님을 더 빛낼 수 있는 영광 같은 건 없습니다. 지금으로도 충분합니다. 더 이상 영예로울 수 없는 자리에 계십니다. 왜 그런 영예로움과 어울리지 않는, 작고 무의미한 승리 하나를 가지려 하십니까?"

장군의 이마에 핏줄이 섰다. 안토니아는 눈을 질끈 감았다. 장군은 침착한 성미였으나 최근에는 노성이 잦았다. 아니, 본래는 침착한 성미가 아니었을지도 모른다. 그랬다면 열여덟 살 나이에 그런 무모한 싸움을 벌이지는 않았을 테니까. 그 패배를 겪고서야 장군은 이후 전쟁터에서 이름난 얼음 같은 침착함을 발휘하기 시작했다.

"안토니아. 그래, 넌 꽤 괜찮은 녀석이지."

안토니아는 당황해서 도로 눈을 떴다. 장군은 어느새 침착한 얼굴로 돌아가 있었다. 장군은 칼집에 꽂은 칼을 매만지면서 말을 이었다.

"네가 무슨 말을 하고 싶은지는 내가 더 잘 안다. 하지만 난 지루해. 이대로는 살아 있다는 것을 느낄 수가 없어. 칼집에 꽂혀 벽에 장식된 칼 따위에 무슨 의미가 있겠느냐?"

"누구나 우러러봅니다. 그 칼 속에 영광스러운 과거가 담겨 있음을 아니까요."

"과거는 과거야. 지금 난 죽어가고 있어. 하루하루가 무의미하니까. 의자에 묶인 채로 느릿느릿한 음악을 계속 듣는 기분이야. 이럴 줄 알았으면 예데카에서 페레 놈들을 한 묶음 정도 살려두는 건데. 가끔 약탈도 하러 오라고."

"장군님! 그게 무슨……."

"소용없는 노력이야. 그만둬. 나더러 은퇴하라고? 언젠가는 하겠지. 하지만 아직은 그럴 만큼 완벽하게 살아오지 못했어."

"그건 젊은 날의 사소한 사건이었습니다. 아무도 기억하지 못합니다."

"아무도 기억 못한다고? 내가 기억해. 그걸 만회해야 진정한 은퇴도 가능한 거야. 지금 그런 기회가 왔어. 아마도 마지막 기회가."

안토니아는 차마 말할 수가 없었다. 상대는 젊고 장군님은 늙으셨다고. 그건 만회가 아니라 끝일지도 모른다고. 안토니아도 장군의 기분을 모르지는 않았다. 승리가 계속되던 시절에는 젊은 날 단 한 번의 패배 정도는 가볍게 느껴졌을 것이다. 그러나 평화에 익사할 지경이 된 지금 장군이 집착할 문제가 달리 무엇이 있겠는가? 하필이면 이 순간 장군의 눈앞에 나타난 그자가 원망스러웠지만 이제 와서 어찌하겠는가? 그저 이렇게 말할 수밖에 없었다.

"그 싸움은 아무런 영광도 가져다주지 않을 겁니다."

"영광을 얻으려는 게 아니고 오점을 지우려고 하는 거야. 너라면 아무리 크고 깨끗하다 한들 점이 찍힌 진주 따위를 사겠나? 그런 건 아무 가치도 없어."

장군은 다시 칼을 뽑아들고는 칼날을 찬찬이 들여다보았다.
"그때 내가 진 건 어리고 경험이 부족했기 때문이다. 서른 살, 아니 스물다섯 살의 나였다 해도 그런 술수에 지지는 않았을 거다. 이제는 내 쪽이 더 늙어버렸지만 내가 처음에 졌기 때문에 안게 된 불리함이니 불평할 순 없겠지. 아니, 오히려 공평한 셈이야."

안토니아는 고개를 숙였다. 예상은 했지만 결국 해내지 못했다. 장군은 설득되지 않을 것이다. 장군이 패하고 나면 그 뒤에는 어떤 끔찍한 일이 벌어질까? 탑 지하에 웅크린 죄수는 그 순간만을 기다리고 있을 것이다.

칼날을 손끝으로 쓰다듬던 니케포루스 장군이 빙그레 웃으며 중얼거렸다. 섬멸을 앞둔 적군을 바라보고 있던 때처럼 흥분한 목소리였다.

"난 그놈이 필요해. 그림자 매. 그놈의 목이."

ΧΟΙΡΟΣΦΑΞ

책 도둑의 한가로운 오후

도서관에서 두 블록 떨어진 향낭 광장 주변에는 꽃가게와 카페가 많았다. 카페들은 커피와 차, 오렌지 주스, 장미향이 감도는 과자들을 팔았다. 그런 곳들 중 '파란 공작새'는 특별한 인기가 있었다. 골목 안쪽이라는 불리한 위치에 자리한 데다 실내가 가장 화려하거나 음식이 최고로 맛있거나 손꼽힐 만큼 친절한 카페는 아니었지만, 그 모두를 상쇄하고도 남는 세 가지 장점이 있었다. 저렴한 커피, 미인으로 이름난 여급, 그리고 외상.

첫 번째 이유 때문에 오며가며 들르는 사람이 많았고, 두 번째 이유 때문에 장시간 눌러 앉는 사람이 많았으며, 세 번째 이유 때문에 특히 예술가들이 몰려들었다. 파란 공작새의 주인인 라비니아 벨은 가난한 예술가들의 외상에 관대한 데다 종종 밀린 외상값을 작품으로 갚게 해주는 보기 드문 아량의 소유자였다. 비록 무명이라 해도 작품이 자기 눈에 들기만 하면 외상값이 얼마였든 따지지 않고 깨끗이 지워주었다.

그렇게 들어온 작품들의 대부분은 라비니아의 빌라 어딘가에서 삭아갔지만 드물게 몇 가지는 수백 배의 이익을 가져다주기도 했다. 그런 뒷이야기가 카페의 인기를 더욱 부추겼다. 파란 공작새의 벽은 언젠가 인정받을 예정인 그림들이 다닥다닥 붙은 채 어깨경쟁을 벌이고 있어서 누군가는 '연중무휴로 에세니온 전(展)이 열리는 곳'이라고 평하기도 했다. 에세니온 전은 한 해에 한 번 여왕이 주최하는 미술 경연이었다.

오후 세 시경, 파란 공작새의 야외 테이블은 꽉 찼고 볕이 덜 들어 상대적으로 어두컴컴한 안쪽 자리는 절반 정도 남아 있었다. 빈 테이블 너머, 제일 구석진 모서리 테이블에 한 남자가 앉아 있었다.

남자는 혼자였다. 아니, 테이블에 그득한 책과 종이, 잉크병과 함께였다. 옆에는 진한 커피가 식어가고 있었다. 이미 석 잔째였기 때문에 남자는 커피를 내버려두고 옆에 놓인 아몬드 과자를 연달아 집어 와작와작 씹었다. 그러더니 곧 오만상을 찌푸리고는 흐트러진 머리카락 속에 손가락을 쑤셔 넣으며 한탄했다.

"인생은 씁쓸한데 이렇게 달콤한 과자 따위가 존재하다니. 아, 모순 때문에 일을 할 수가 없다."

그러자 맞은편에서 누군가가 대꾸했다.

"설탕 몇 숟갈 탄다고 바닷물이 단물 되겠나."

남자가 고개를 쳐들자 빈 테이블 사이에 앉은 남자가 보였다. 아직 주문 전인지 테이블 위는 말끔했다. 다른 일행도 보이지 않았다. 사실 그자의 주변은 기묘할 정도로 비어 있었다. 하지만 다들 볕 잘 드는 야외 테이블에 앉을 시각이라 구석에 앉았던 남자는 별생각 없이 고개를 끄덕거렸다.

"그래. 세상은 그 짠물조차 말라붙은 소금 사막이지. 난 그런 곳에서 헤엄치려고 팔다리를 버둥대고 있고. 가끔은 근사하게 뛰어오르기도 하지만 다시 떨어져서 보면 여전히 소금밭이란 말이야. 대차게 바닥을 들이받아 대가리만 따끔거리는 신세지."

"그러다가 잘 절여지면 누군가가 저녁 식탁에 올리겠지."

"맞았어. 어리고 연약한 소녀가 달콤한 낙원의 과일 대신 짜디짠 생선을 칼과 포크로 갈라서 씹어 삼킨다네. 그런 아이들이 자라서 세상을 가득 채우니까 온 세상이 쓰고 짠 거야. 비극이지."

"그래서 우리의 피와 눈물에 소금이 흐르는 게 아닌가."

구석에 앉았던 남자가 눈을 약간 크게 떴다.

"오, 당신 시 좀 쓰겠는데? 난 루크라고 하는데, 당신은 이름이 뭐지?"

"진."

그 이름을 듣는 순간 뭔가 깨달았어야 했지만 루크는 조금 전에 나누던 이야기에 빠져들어 허공을 바라보며 운을 세느라 그러지 못했다. 그러다가 잘 안 됐는지 짜증스럽게 테이블을 탁탁 두드리며 진을 봤다.

"시를 써봤나? 아니, 그래 보이지 않는데. 하긴 뭔가 써보겠다고 어두컴컴한 응달에 틀어박혀 머리카락을 쥐어뜯고 있는 놈보다 시장에서 밧줄 짜는 늙은이나 밤새 남의 집 지붕을 두드리고 다니는 야경꾼

책 도둑의 한가로운 오후

이 더 나은 시인인 경우는 흔해빠졌지. 그러니 나 같은 놈이 존재할 이유는 뭐람. 나도 나가서 참치잡이 배나 탈까보다."

"그것도 좋은 생각이지. 당신 주머니에 1천 8백 35알피온이 없다면."

루크는 영문도 모르고 킬킬 웃었다.

"1천 알피온 따위가 있으면 내가 온갖 자료를 산더미처럼 모아둔 내 방에 돌아가지도 못하고 여기 웅숭그리고 앉아 커피와 과자로 끼니를 때우고 있겠어? 아, 말하다보니 허기지네. 계피하고 생강을 듬뿍 넣은 양고기 스튜나 한 그릇 먹었으면."

"왜 못 가? 빚이라도 졌나?"

"빚? 아, 뭐 그것도 빚이긴 빚이지. 돈 빚이 아니고 글 빚이지만. 배불뚝이 레오니스한테 선금을 받아둬서 말이야. 몸값 저렴한 노예랄까. 앞으로 80장은 더 써야 하는데 그래봤자 고작 6백 알피온 받는다고. 레오니스 놈은 그걸 쥐고 나가서 6천 세라피온도 더 벌 텐데."

두툼한 세라피온 금화 하나의 가치는 알피온 동전의 육십 배나 되었다. 연극 한 편을 무대에 올리면 흥행사의 손에 그 정도나 되는 돈이 떨어지는 줄은 진도 모르고 있었다. 진의 구역에는 극장이 없었던 까닭이었다. 하지만 배불뚝이 레오니스의 이름은 진도 잘 알고 있었다.

레오니스는 델피나드 대극장의 감독관 출신이었는데 연극뿐 아니라 음악회, 서커스, 심지어 돈을 내고 들어오는 무도회까지 성공시킨 흥행의 귀재였다. 사람들은 그가 손을 대면 뭐든 황금으로 변한다고들 했다. 사람을 시켜 운영하는 도박장이 두 군데에 식당도 하나 갖고 있고, 대극장에도 지분이 있어서 당연히 어마어마한 부자였지만 한가롭게 쉬는 법이 없었다. 대극장 옆에 있는 레오니스의 작은 사무실은 8인용 식탁보다 더 큰 책상과 그 위에 쌓인 대본들, 반쯤 먹다가 열흘씩 잊어버린 간식들, 홧김에 부러뜨린 펜대와 엉터리 대본을 써오는 작가에게 내던지기 위한 슬리퍼, 그리고 머리를 감싸 쥐고 불평하는 레오니스 자신 때문에 늘 꽉 차 있었다.

"그럼 6백 알피온짜리를 앞으로 세 편 정도 써야겠군. 시간은 사흘 주지."

루크는 그제야 뭔가를 느꼈는지 진의 얼굴을 빤히 보았다. 루크의 한쪽 입가가 올라가자 광대뼈가 도드라지며 시니컬하면서도 짓궂은 얼굴이 되었다.

"레오니스가 보냈나? 원고 뒷부분 내놓으라고?"

"아니."

"그럼 샨인가? 장당 5알피온 쳐주면 당장 간다고 전해. 앞부분은 이미 레오니스한테 줬지만 어차피 짜깁기한 쓰레기니까 새로 쓰면 돼."

"아닌데."

루크의 눈에 힘이 들어갔다. 그는 다시 한 번 진을 살펴보았다. 특히 테이블 위에 놓인 손을 자세히 보았다. 그러다가 갑자기 눈이 어마어마하게 커지더니 벌떡 일어나며 외쳤다.

"넌 지난번에 밤늦게 모퉁이 술집에서 덩치 큰 친구랑 무슨 술인가 마시다가 뒷자리에 앉은 나하고도 얘기했던 그 친구지? 그때 돈이 필요하다고 하더니 결국 나한테 온 거야? 에이, 그때 진작 말하지. 그땐 내 주머니에 1백 알피온은 있었는데. 하지만 그 후로 내가 집을 나와서 이렇게……."

그렇게 말하며 루크는 진에게 다가오려 했는데 둘의 테이블 사이에 제멋대로 놓인 의자들이 거치적거렸다. 그러나 진은 루크가 세 걸음도 내딛기 전에 그의 의도를 알아보았다. 루크는 진 근처로 오는 체하다가 테이블을 밀어 길을 막아 놓고 재빨리 달아나려 했다.

진은 일어나는 것과 동시에 의자를 집어 루크가 도망치려는 쪽으로 내던졌다. 이어 테이블을 짚고 몸을 날려 넘으면서 루크의 뒷덜미를 움켜잡아 다른 테이블 위에 처박았다. 그나마 에안나의 부탁이 생각나서 막판에 힘을 살짝 뺐다. 하지만 테이블 위에 고꾸라진 루크는 죽어가는 시늉을 하며 테이블에 뺨을 비벼댔다.

"아이쿠, 아이고야, 내 근사한 광대뼈가. 턱에 금이 가서 땅콩도 못 씹게 되면 누가 내 입에 죽을 흘려 넣어주면서 팔다리가 썩어 잘라낼 때까지 돌봐준다지."

"그건 또 무슨 헛소리야."

이 작자의 말에 진지하게 귀를 기울여 봤자 헷갈릴 일만 생길 듯했다. 조금 전에는 언뜻 혹할 뻔하기도 했다. 하지만 생각해보니 모호한 말뿐이었다. 지난번에, 밤늦게, 모퉁이 술집, 덩치 큰 친구, 모두 명확한 대상 없이 제멋대로 상상하도록 만들기에 딱 좋았다.

"헛소리라니. 예언이지. 내 시는 영감에 차 있다고. 요정들이 귓가에 미래를 불어넣어 주는 기분을 알아? 술 취한 것 같다고? 하지만 진실이야. 난 커피밖에 안 마셨거든. 아니르의 딸들이 내 입을 빌려 비밀을 지껄이는 동안 나는 단지 달빛에 홀려 화관을 쓰고 춤추는 어린 사제라네."

"떠들어대는 걸 보니 턱은 멀쩡한 것 같군."

진은 루크를 도로 일으켜 바닥에 무릎을 꿇리고 허벅지 위에 한쪽 발을 올려놓았다. 야외 테이블에 앉았던 손님들은 처음 진이 던진 의자가 날아갈 때 우르르 일어나 카페 밖에 인간 바리케이드를 쳤다가, 이제는 다시 우르르 돌아와 둘 사이에 무슨 일이 벌어지는지 긴장해서 지켜보고 있었다. 그런데 장본인인 루크만은 도무지 긴장감이 없었다.

"하지만 지금은 영감이고 예언이고 다 날아가고 그저 불운한 종이 위에 당나귀처럼 꾸역꾸역 발자국을 찍고 있는 신세라네. 아니르의 딸들이 내게 화가 날 법도 하지. 아아, 그들은 이제 내 귀에 비밀을 재깔거리고 싶지 않은 거야. 그러니 시구는커녕 시시껄렁한 대사도 안 나오지. 난 목소리를 잃었어. 아무리 해도 나오지를 않아. 쓰기 싫어서 이러는 게 절대로 아니란 말이야. 물론 게을러서도 아니지. 저 테이블 위를 봐. 위장도 약한 내가 커피를 세 잔이나 마시고 이도 아픈데 과자를 먹어가며…… 하여간 이것 봐, 내 말 알아듣겠어?"

루크가 고개를 불쑥 쳐들기에 진도 그를 보았다. 그냥 보기만 했을 뿐인데 루크는 즉각 고개를 움츠리며 말했다.

"알아들으시겠느냐고요."

"아니, 전혀 모르겠어. 궁금하지도 않고. 난 네 원고가 어떻게 되어가든 아무 관심이 없거든."

"레오니스가 보내서 온 게 정말 아니란 말이야…… 말이에요?"

"응. 내 용건은 책이야. 너 『황혼 무렵의 환상』 하권 알아?"

이번에는 루크의 표정이 볼만했다. 어디선가 큰돈을 받고 자기를 족치러 온 게 틀림없는 무시무시한 뒷골목의 전설이 자기를 무릎 꿇려 놓고는 한다는 말이 뭐 어쩌고 하권이 어디 있느냐고? 여기가 도서관 출납계도 아니고……라고 생각하던 루크는 그제야 상황을 일부나마 파악했다. 무시무시한 뒷골목의 전설을 고용해서 루크에게 보낸 사람이 도서관 사서였단 말인가?

그러나저러나 일단은 발뺌을 해봐야 했다.

"저기, 저는 그런 책은 한 번도 본 적이……."

"물론 네가 아니고 엔키슈 니무쉬 님이 빌렸지. 그런데 그분은 책 읽기를 아주 싫어해서 자기 서재에 쌓인 책도 건드리지 않는다더군. 그건 너도 알고, 나도 알고, 레오니스도 아는 일이잖아. 그렇지?"

빠져나갈 구멍이 없었다. 루크가 자료가 없어서 글을 못 쓰겠다고 우는 소리를 늘어놓는 바람에 레오니스가 어느 귀족의 직인 찍힌 종이 한 묶음을 구해다 준 것이 시작이었다. 흥행만 된다면 자기 속옷이라도 벗어 전시하고도 남을 레오니스다운 행동이었다. 하지만 그런다고 안 써지는 글이 갑자기 써질 리는 만무했다. 루크의 대본이 진도가 나가지 않는 이유는 자료가 부족하거나 아니르의 딸들이 벙어리가 되어서가 아니었다. 쓰기 싫은 내용을 억지로 쓰고 있기 때문이었다.

"정말 책 반납받으러 오셨어요?"

"응. 그 책, 어디 뒀어?"

"저, 그건……."

루크는 잠깐 생각하는 것 같더니 어깨로 자기가 앉아 있던 테이블

쪽을 꿈틀꿈틀 가리켰다.
"제가 지금 찾아드리면 안 될까요?"
"그러든가."
루크는 일어나 테이블 쪽으로 가더니 잔뜩 쌓인 책들 중에서 한 권을 골라 진에게 내밀었다. 검정 가죽 표지에 제목도 박혀 있지 않았는데 무엇보다 진이 이미 읽은 '상권'과는 전혀 다른 장정이었다. 진이 미심쩍은 얼굴로 책을 받아들고 표지를 펼치자 루크는 재빨리 주위를 두리번거렸다. 저쪽에 적절한 테이블 틈새와 구경꾼 사이로 벌어진 길이 보였다. 막 그리로 미끄러져 가려고 했을 때 진이 책을 접더니 루크의 뒤통수를 한 대 때렸다.
"지금 날 놀려? 이건 장님 사서장 헤르잔의 회고록이잖아!"
루크는 도망가려던 것도 잊고 눈이 둥그레져서 진을 돌아봤다.
"당신 엘프어도 읽을 줄 알아요?"
"너만 읽으란 법 있어?"
진은 짜증이 나서 책을 이 시인 나부랭이의 입에 처넣어줄까 하다가 책이 훼손될까봐 참기로 했다. 반면 루크는 진이 엘프어를 읽을 줄 안다는 사실에 큰 충격을 받아 도망치는 것도 잊고 횡설수설하기 시작했다.
"오, 여신이시여. 엘프어를 읽는 순찰대장이라니, 그건 말하는 호랑이 같은 건가요? 이제 나 같은 놈의 존재 가치는 어디서 찾지? 시는 정말로 야경꾼이나 순찰대장한테 넘겨야 하는 건가? 아니면 이분이 엘프인가? 얼굴을 보니 아닌 것 같은데. 아니면 엘프어는 별로 어렵지 않은 언어였나? 그럼 난 왜 그걸 배우는 데 삼 년씩이나 걸렸담? 그리고 왜 아직도 명사 5군 완전 불규칙 격변화가 헷갈리지? 뒷골목에서 돈푼이나 뜯어내면서도 배울 수 있는 걸…….”

듣자듣자 하니 끝이 없어서 진은 루크의 뒤통수를 한 대 더 갈긴 다음에 말했다.

"너 지금 내가 왜 이렇게 상냥하게 대해주는지 궁금하지는 않아?”

"네?”

루크는 순식간에 움츠러들었다. 너무 변화가 빨라서 웃음이 나올 지경이었다.

"네놈의 대가리를 날려버리면 내가 직접 책을 찾아야 되니까 그렇지. 네놈의 나쁜 손버릇 때문에 내가 얼마나 골치를 앓았는지 알아? 연체를 반년이나 하다니 제정신이야? 『카마하의 사스투스가 불길 속의 요정들과 나눈 이야기들』로 스튜라도 끓여 먹었냐?”

루크는 눈에 힘을 주며 생각하더니 말했다.

"카마하의 사스투스? 식탁 다리 밑에 괸 책인가?”

진은 한 번 더 책으로 때리려 했지만 이번에는 루크가 재빨리 피했다. 진은 책을 테이블 위에 던지고 말했다.

"아, 그래. 낙장이라도 있어봐라. 1천 8백 35알피온에 더해서 책값까지 물어내야 할걸.”

그제야 처음에 나왔던 1천 알피온 어쩌고 하는 얘기를 떠올린 루크의 얼굴이 사색이 되었다.

"아, 그 돈…… 잠깐, 그럼 그 돈이 설마…… 연체료?”

"그럼 연체료지, 자선기금이겠어?"

루크가 멍하니 입을 벌리고 있자 진이 테이블 다리를 툭툭 찼다.

"도합 마흔일곱 권인데 그 정도면 아주 양호하지. 책은 집에 있나? 앞장 서."

"지금은 집에 못 가는데요."

"네 사정에는 관심 없다고 아까 말한 것 같은데?"

"진짜, 안 되는데요. 조금만 기다려주시면 안 될까요?"

"집에서 용이라도 똬리 틀고 기다려? 한 번만 더 토를 달면 손가락 하나 자르고 시작한다. 새끼손가락 하나쯤 없어도 책 찾는 데는 무리가 없겠지?"

루크는 입을 다물고 테이블로 돌아가 짐을 챙기기 시작했다. 짐을 다 챙기고 나자 진은 아몬드 과자를 하나 집어 입에 넣으면서 말했다.

"그리고 아까부터 자꾸 도망치려고 하는데 네가 도망쳐봤자 내가 조금 귀찮기만 하지 결과는 똑같거든. 으, 그런데 이거 진짜로 달잖아."

얌전해진 루크가 책과 원고 뭉치를 싸안고 입구 쪽으로 가자 구경하던 손님들이 비켜나면서 한마디씩 던졌다.

"루크, 드디어 집에 가나? 이게 며칠만이야?"

"커피 값은 외상이라고 내가 잘 말해놓을게."

"걱정 마. 자네가 못 돌아오면 예우 차원에서 라비니아가 외상값 정도는 지워줄 거야."

"혹시 살아 돌아오면 내가 근사하게 한잔 사지. '에메랄드 터번'에서. 어때?"

말하는 것만 들어서는 친구들인지 악당들인지 모를 지경이었지만 파란 공작새 카페를 드나드는 예술가들의 전형적인 말투가 그랬다. 화가인 에단이 루크를 얼싸안는 시늉을 하더니 말했다.

"우리의 긴 우정도 이게 마지막인가? 라비니아한테 저 자리에 명판 하나 놓으라고 해야겠군. 루키우스 퀸토가 '메어의 왕'을 쓴 자리. 좋지?"

뒤따라가던 진은 한쪽 눈썹을 올렸다. '메어의 왕'이라면 진도 봤을 정도로 한때 델피나드를 휩쓸었던 연극이었다. 하지만 레오니스가 제작한 줄로만 알았지 극작가가 누구인지는 전혀 모르고 있었다. 루크는 친구들이 떠들든 말든 대꾸 없이 걸어갔다. 그러나 입구를 나서서 거리로 접어들기 직전, 갑자기 뒤를 돌아보더니 술을 산다던 친구를 손가락질하며 외쳤다.

"케네스, 에메랄드 터번이다? 나중에 딴소리 하면 네놈의 피들(fiddle)에 담배빵을 놔버릴 테니까 그런 줄 알아!"

그 바람에 잔뜩 안고 있던 책과 종이가 좌우로 흘러내려서 친구들이 이리저리 쫓아다니며 주워왔다. 이어 루크는 그 많은 책을 가까스로 곡예라도 하듯 한 손으로 지탱하더니 다른 한 손으로는 모자를 벗어 들었다.

"그럼 여러분! 루키우스 퀸토는 죽음의 신과 담판을 지으러 갑니다! 모두의 목에 평안이 있기를! 델피나드여, 시인은 위대한 도서관을 위해 죽어갔노라고 전하라!"

루크는 멋지게 인사를 하려 했기 때문에 또 책들이 굴러떨어지고 친구들이 주워 없는 소동이 벌어졌다. 하지만 나머지 사람들은 개의치 않고 박수갈채를 보냈다. 루크가 모자를 휘휘 저으며 거리로 나가자 진은 천천히 뒤따라가며 생각했다. 이 대책 없는 시인은 정신이 약간 나간 것 같긴 하지만 어쩐지 재미있는 놈 같다고.

 진이 책 도둑 루크를 앞세워 수정 가도를 헤치고 나아가던 시각, 로사는 도서관에 있었다. 오늘은 4층이 아니고 1층이었다. 사흘 내내 4층에서 머물렀지만 별다른 소득이 없었기 때문에 오늘은 1층이라도 구경할 작정이었다.
 1층은 도서관에서 가장 떠들썩한 장소였다. 다른 층이 책을 읽거나 전시품을 조용히 관람하는 분위기라면 1층은 학교와 시장을 섞어놓은 듯했다. 처음 로사가 진을 따라 도서관에 왔을 때 섰던 '알현실'에서 바라보이는 1층 홀 좌우에는 입구가 없는, 정확히는 벽이 세 면뿐인 방들이 수없이 늘어서 있었다. 홀과 방을 구별하기 위해 각 방 앞마다 기둥이 두 개씩 서 있을 뿐이었다.
 각각의 방은 대략 스무 명이 들어가면 알맞을 크기였는데 어떤 곳에는 고작 두세 명밖에 없었고, 어떤 곳에는 백여 명 가까이 몰려들어 방 안은 물론 홀 바깥쪽까지 진을 치고 있었다. 이런 방들을 강의실이라고 불렀다. 강의실을 빌리려면 도서관의 인가를 거쳐 학파를 개설해야 했다. 하지만 눈앞의 풍경을 보면 알 수 있듯 같은 학파라고 해도 인기나 규모에는 큰 차이가 있었다.
 로사는 홀을 걸으며 강의실들을 천천히 구경했다. 선생들은 각각 다른 것을 가르쳤고 가르치는 방식도 천태만상이었다. 정석적으로 책을 들고 또박또박 이야기하는 선생에서부터 가부좌를 틀고 명상하는 선생, 바닥에 온갖 도형을 그리고 있는 선생, 학생들이 말을 붙이든 말든 자기가 읽는 책에 빠진 선생, 숙제를 시켜놓고 자기는 누워서 코를 고는 선생, 앞뒤 방의 수업을 방해할 정도로 웅변을 펼치는 선생, 학생들 둘을 일으켜 세워 변론 대결을 벌이게 하는 선생, 그림을 그리거나 악기를 연주하거나 자수를 놓는 선생, 두루마리를 잔뜩 쌓아놓고 문법을 논하는 선생, 괴이한 동작만 봐선 차력사가 아닌가 싶은 선생까지, 그야말로 학문의 시장이라 할 법했다.

이들 속에서는 고상한 것과 우스꽝스러운 것이 구분되지 않았고, 더듬거리는 것과 유창한 것이 나란히 있었으며, 먼저 온 것과 나중 온 것이 차별되지 않았다. 저렇게 보여도 숨겨진 우열이 있을지도 모르지만 차별이 심한 다른 땅에서 온 사람은 놀라고 당황하고 압도될 수밖에 없는 풍경이었다. 그렇듯 각인각색인 선생들의 공통점이라고는 모두 한쪽 팔에 파란 띠를 맸다는 것뿐이었다.

홀의 중심부에 이르도록 수십 개의 강의실을 구경한 로사는 어느 강의실 앞에서 멈춰 섰다. 강의실들은 모두 열려 있어서 지나가다가 청강하기에 좋은 구조였다. 대신 강의실 안에 들어가도 소음을 피할 수 없다는 단점이 있었다.

"……마법 주문은 대부분이 이프니쉬이니 배우지 않고는 넘어갈 도리가 없습니다. 이프니쉬는 고대 종족 이프나의 언어로 알려져 있지만 사실 이프나에 대한 기록은 그리 많지 않아서 그들이 지금 쓰이는 것과 같은 완성된 이프니쉬를 사용했는지는 논란의 여지가 있습니다. 그렇거나 말거나 이프나의 역사는 고전학 강의에 가서 들으시고, 우리 학파는 이프니쉬를 이 년 안에 완벽히 배우는 것을 목표로 합니다. 이 년이라니, 그 안에는 도저히 불가능하다고 생각하시겠지만 그렇지 않습니다. 저의 스승님께서 창안한 독창적인 공부법에 의하면 여러분은 절대로 암기를 할 필요가 없고…….”

듣고 있던 로사는 저도 모르게 혹할 뻔했지만 가만히 생각해보니 저건 초급 이프니쉬 강의였다. 자신은 그걸 듣고 있을 수준이 아니었다. 그런 식으로 중간 중간 들려오는 강의들 중 그럴 듯해 보이는 것은 많았고 수업료도 싸서 로사처럼 뭔가를 배우고 싶어도 선생은커녕 책을 구하는 데도 반년씩 걸리는 산간벽지에서 온 사람에게는 황홀경이 따로 없었다. 도서관에서 먹고 자고 하며 강의실만 전전해도 행복하겠다는 생각에 잠겨 있을 때 누군가가 말을 걸어왔다.

"저 강의 듣지 마세요. 돈만 날려요."

로사가 쳐다보니 젊은 남자였다. 로사는 모르는 남자와 천연스레 이야기를 나누는 성미가 아닌지라 그냥 무시했지만 남자는 개의치 않고 말을 이었다.

"저번에 들어봤는데 이상한 교재나 사라고 하고, 그거 안 사면 수업을 못 듣는다더군요. 수업료를 다 냈는데 그게 말이 돼요? 사서들한테 고발하려다가 참았네. 이프니쉬도 어려워 죽겠는데 저런 사기꾼들까지 피해야 하니 공부도 쉬운 일이 아니죠."

로사는 여전히 대꾸하지 않았지만 그렇다고 자리를 피하지도 않았다. 사실 궁금한 것이 많아서 도서관에 대한 거라면 무슨 얘기든 흥미로웠다. 따지고 보면 로사도 시골뜨기였다. 남자는 도서관의 인기 강의와 학파에 대해 한참 떠들어대더니 갑자기 로사가 지나쳐 온 쪽을 손가락질하며 말했다.

"이프니쉬는 헤로자가 잘 가르치더군요. 교재도 되게 좋고요. 한번 들어보면 바로 알 거예요. 괜히 십 년간 1위가 아니죠. 아참, 특히 글씨를 진짜 잘 써요. 이프니쉬 같은 폼 나는 걸 배웠으면 글씨도 근사하게 써야 어디 가서 자랑도 하고 그러죠. 안 그래요?"

호객꾼이었다. 도서관에는 정말 별놈이 다 있었다. 로사가 다시 걷기 시작하자 호객꾼은 몇 걸음 더 따라왔지만 로사가 제대로 한번 쏘아보자 다른 사람에게 가버렸다. 저런 자들은 도서관에 처음 온 어수룩한 시골뜨기들을 귀신같이 알아보는 재주가 있었다. 그리고 말해봤자 소용없을 것 같은 사람도 귀신같이 알아봤다.

그럼에도 불구하고 로사는 얕잡아 보인 것 같다는 생각에 기분이 상해서 얼굴이 붉어졌다. 그런 기분으로 걷느라 인기 있는 강의 하나가 막 끝나 쏟아져 나오는 학생들 틈으로 걸어 들어갔으면서도 깨닫지 못하고 있었다. 마치 급류를 거슬러 올라가려는 물고기처럼 무익하게 제자리걸음을 하고 있을 때 누군가가 귓가에 속삭였다.

"그 꼴이 뭐야. 아가씨가 됐으니 예쁘게 하고 올 줄 알았더니. 예나 지금이나 산발한 사내애 꼴이네."

로사는 몸을 홱 돌렸다. 사람들이 물결처럼 스쳐 갔다. 저 많은 사람들 중 누가 속삭였는지 분별할 길이 없었다. 하지만 분명히 느껴졌었다. 이 따뜻한 도서관의 공기 속에서 약한 찬바람이 일어나는 것을. 로사가 너무나 잘 아는, 옅은 냄새와 함께.

로사는 우뚝 선 채로 멀어져가는 사람들을 바라보고 있다가 갑자기 소리쳤다.

"너였지?"

수많은 사람들이 돌아봤다. 수십 개의 눈이 로사를 보고 말하고 있었다. 저 여자는 뭐야, 왜 소리를 지르지, 미친 것 아니야, 예절을 모르면 입이나 다물고 있을 것이지.

로사는 시선 따위에 개의치 않았다. 붉어졌던 얼굴은 창백해졌다. 사람들은 곧 고개를 돌렸지만 로사는 급히 뒤따라갔다. 그러면서 다시 소리쳤다.

"어디 있어? 어디로 갔어? 돌아와! 왜 숨는 거야!"

로사의 목소리가 너무 커서 수업 중이던 강의실의 학생들마저 내다봤다. 로사는 이제 뛰다시피 했다. 하지만 사람들이 어느새 뿔뿔이 흩어져버려 누구를 쫓아가야 할지도 불분명했다. 로사는 도로 멈춰 섰다. 어느새 주위에는 다시 처음처럼 드문드문 사람들이 지나가고 있었다. 그중 누구도 돌아보지 않았다.

"어서 나오지 못해?"

마지막 외침은 홀 천장을 쩌렁쩌렁 울렸다. 그쯤 되자 경비병들이 달려왔다. 소란을 일으킨 사람을 끌어내는 것이 그들의 역할이었지만 정작 로사의 모습을 보자 멈칫거리며 서로 눈치를 봤다. 자기가 손대긴 싫고, 누가 대신해줬으면 하는 기색이었다.

로사는 눈을 감고 서 있었다. 울고 있었다.

시인 루크의 집은 구시가지의 석류나무 거리에 있었다. 가난한 유학생들이 많이 사는 거리였는데 근방의 집들은 방을 여러 개로 쪼개어 되도록 많은 학생에게 세를 주고 가끔은 식사도 제공하곤 했다. 그렇게 버는 수입이 꽤 짭짤했기 때문에 '칼십자'라는 상당히 큰 조직이 차지하고 있는 구역이기도 했다.

진이 델피나드 구석구석을 잘 알긴 해도 다른 조직이 지배하는 지역의 뒷골목까지는 잘 가지 않았다. 오해라도 생기면 쓸데없이 곤란해지기 때문이었다. 싸워도 문제였고, 어울려도 문제였다. 진은 '알모람의 손'에 속한 순찰대의 대장이었지만 순찰대장들이란 실력이 좋을수록 다른 조직의 유혹이 많았다.

조직들은 델피나드 총독부의 눈을 의식해서 직접 손을 더럽히지 않고 운영할 수 있는 순찰대 형태를 선호했고, 진처럼 개인적 명성이 높은 순찰대장은 어느 조직이나 탐을 냈다. 그런 명성이 조직에 도움을 주기도 했지만, 무엇보다 휘하의 대원들이 한꺼번에 옮겨가는 경우가 많기 때문이었다. 진의 부하들만 해도 '매의 형제'라는 이름에 대단한 자부심이 있어서 알모람의 손보다는 진의 부하라는 정체성이 훨씬 강했다. 진이 혹시라도 다른 조직으로 옮긴다면 대부분 따라갈 가능성이 높았다.

그러니 진이 혹시라도 다른 조직 사람들과 어울리기라도 했다가는 소문이 쫙 퍼질 것이 뻔했다. 일부러라도 소문을 낼 것이다. 진은 그런 사태가 귀찮았다. 순찰대장으로 평생을 살아갈 것도 아닌데 조직을 옮겨서 원망을 사거나 할 생각도 없었다. 그러니 타 조직과는 공식적인 다툼이나 중재 자리 말고는 마주치지 않는 것이 상책이었다.

석류나무 거리는 수레 한 대도 지나가기 힘든 좁은 골목들이 잎맥처럼 퍼져 있어 처음 와본 진에게는 흡사 미로 같았다. 루크는 익숙하게 골목을 누비면서 한시도 쉬지 않고 떠들어댔다. 반 시간 가까이 함께 걸어오는 동안 진은 석류나무 거리라는 이름의 유래, 주민의 숫자, 방값, 하숙집 식사의 수준, 쓰레기를 가져가는 시각, 이웃의 머리가 이상한 노인, 밤마다 싸우는 유학생 부부, 이 골목의 쓰레기통을 휩쓰는 고양이 조직의 우두머리인 '검정꼬리' 등등에 대해 본의 아니게 아주 잘 알게 되었다. 사실 별로 알고 싶지는 않았기 때문에 진은 점차 머리가 아파왔다.

"그런데요, 이 책들이 좀 무거운데 몇 권만 들어주시면 안 되나요? 발밑도 잘 안 보이고요."

"안 돼."

될 리가 없었다. 여기는 다른 조직의 구역이다. 여차하면 칼을 뽑아야 할지도 모르는데 손에 물건 따위를 들고 돌아다닐 순 없었다.

"아, 네. 어쩔 수 없죠. 싫으시다면야. 그런데 이쪽 거리에는 처음 오셨다고 했잖아요? 그래도 이쪽 구역을 차지한 조직은 아시죠?"

진은 하품을 하며 대꾸했다.

"아까 검정꼬리라며."

루크가 킬킬거렸다.

"아니 그건 고양이고요. 제 말씀은 사람 말이에요. 가난한 하숙생들이 낸 은화 끄트머리를 잘라가는 놈들요."

진은 한쪽 눈을 찌푸리며 루크를 봤다.

"지금 나한테 그걸 설명이라고 하는 거야?"

"아, 물론 당신도 그런 걸 뜯어내고…… 아니 정당하게 가져가고 계시겠지만 제 말은…… 그걸 가져가는 놈들, 아니 분들하고 아는 사이냐 그거죠. 말하자면 같은 업계에 계시잖아요? 업계 사람들끼리 친목회나 계는 안 하시나요? 계가 아니면 연말 송년회라든가, 조직 대항 가을 운동회라든가……."

뒤통수를 한 대 더 때리면 또 책이 떨어질 것 같아서 참기로 했다. 떨어진 책을 주워 올려줄 사람도 이제는 진밖에 없었다. 이 시인 놈은 윽박지르면 잠시 고분고분한 체하지만 실은 겁이 전혀 없어서 하고 싶은 말이 있으면 뱉지 않고는 못 견디는 모양이었다.

"하고 싶은 말이 뭐야? 빙빙 돌리지 말고 그냥 말해."

어느 어둑한 골목 앞에 멈춰 선 루크가 진을 돌아보더니 싱긋 웃었다.

"정말 그냥 해도 되는 거죠? 허락받은 겁니다?"

루크는 말하는 대신 골목 두 번째 집의 문을 툭 걷어찼다. 문은 열려 있었다. 여러 학생들이 드나드는 하숙집이라 열어두는 모양이었다. 루크는 안뜰로 들어가 1층 첫 번째 방으로 미끄러져 들어가더니 큰 소리로 외쳤다.

"오랜만입니다! 오늘도 먼지벌레들이 화목하게 모여 사는 제 방을 지켜주시느라 고생 많으십니다! 그런데 그거 아십니까? 먼지벌레가 사타구니에 붙으면 엄청 가렵거든요? 다들 괜찮으신지?"

 진은 벌써부터 일이 꼬인 것 같다고 생각하며 안뜰에 멈춰 섰다. 과연 루크는 방에서 금세 도로 뛰쳐나왔다. 이어 책 더미 같은 것이 무너지는 소리가 들리더니 두 사내가 뒤따라 뛰어나왔다.

 "이 생쥐 같은 놈이! 어딜 도망가!"

 루크는 안뜰에 선 진에게 달려가더니 광대 같은 미소를 지으며 눈을 깜빡거려 보였다. 뛰어나온 사내들은 진을 보고 움찔해서 멈춰 섰다. 얼굴에 당혹감이 번져갔다.

 "그, 그림자 매……."

 사내들은 이어 루크를 봤다. 이게 어떻게 된 일인지 다그치고 싶은 표정이었지만 루크는 진 옆에 바짝 붙어 딴전을 피우고 있었다.

 진은 무표정하게 팔짱을 낀 채 그들을 바라보고 있었다. 하지만 진도 내심 난감하기는 마찬가지였다. 상대는 칼십자의 정식 단원들이 틀림없었다. 드러낸 팔뚝에 새긴 십자 문신을 보면 알 수 있었다. 단순히 칼십자에 속한 순찰대원이라면 저런 문신을 새기지 않았다. 진의 몸에 아무런 문신이 없듯이.

 다른 조직의 일은 참견하지 않는 것이 조직들 간의 불문율이었다. 게다가 정식 단원이 와 있는 걸로 봐서 루크는 저들에게 꽤 중요한 존재였고, 그런 존재는 모르는 체하는 것이 제일 좋았다. 무엇보다 진처럼 유명한 순찰대장이 조직원들과 싸우면 칼십자와 알모람의 손, 두 조직 간의 싸움으로 번질 가능성이 컸다.

하지만 진은 순찰대장 노릇보다 더 중요한 볼일로 왔으므로 여기서 돌아설 수는 없었다. 그렇다고 책만 찾아서 조용히 가겠다고 하기도 곤란했다. 그렇게 했다가는 그림자 매가 칼십자 단원들이 무서워서 도망쳤다는 소문이 쫙 퍼질 것이 뻔했다. 그림자 매가 고작 책 나부랭이를 찾으러 왔다는 이야기를 누가 믿겠는가?

어느 쪽도 쉽사리 입을 열지 못하고 있을 때 루크가 말했다.

"서로 구면은 아니신가보군요. 아, 뭐 어쨌든 사정을 말씀드리자면 제가 약간의 사정이 있어서 저분들……."

루크는 한 손을 펴서 칼십자의 단원들을 가리켰다.

"그리고 이분한테……."

루크는 다른 손을 펴서 진을 가리켰다. 마치 이제부터 권투 경기를 벌일 선수들을 소개하는 흥행사 같은 자세였다.

"모두 빚을 졌는데, 아, 그게 당장 갚기에는 좀 큰 빚이고, 아니, 뭐 절대로 못 갚는다는 건 아니지만 시간이 걸리니까, 그리고 여러분은 인내심이 없을 테니까, 상황을 정확하게 설명드리자면, 제 머리는 하나뿐이어서 한 분만 잘라갈 수가 있거든요? 그렇다고 서로 아무 원한도 없는 여러분을 싸우게 할 수도 없고, 어느 분이든 제 빚을 대신 갚아주고 머리를 잘라갈 권리를 사가라고 할 수도 없고, 그래서 입장이 난처해졌는데 조금 전에 아주 근사한 해결책이 생각나서 말이죠. 들어보실래요?"

듣자니 기분이 수상쩍었다. 루크는 진을 끌어들여 저들의 손아귀를 빠져나가 보려는 것이 분명했는데 어떻게 하려는 것인지 정확한 계략만 모를 뿐이었다. 저 말을 막아야 할지 그냥 둬도 좋을지 판단하려는 순간 루크가 말을 이었다.

"전 오늘부터 매의 형제가 되기로 했습니다!"

칼십자 단원들의 눈이 튀어나올 것처럼 커졌다. 그리고 그건 진도 마찬가지였다. 진이 루크를 돌아보며 소리쳤다.

"갑자기 무슨 소리야!"

"아깐 하고 싶은 대로 하라면서요? 저도 힘들게 결심했단 말이에요!"

정확히는 '하고 싶은 말을 하라'고 했지만 루크는 교묘하게 아전인수로 바꾸어 항변했다. 진은 저도 모르게 오른손을 올리다가 멈췄다. 이건 뒤통수를 때리는 걸로 해결될 문제가 아니었다.

"아무나 들어오고 싶으면 들어오는 데인 줄 알아?"

"왜 이러세요? 순찰대는 원래 한 명이라도 더 늘어나면 좋은 거잖아요? 알모람의 손도 같은 생각일 거고……."

"순찰대가 시 쓰는 동호회인 줄 알아? 시는 카페 구석에 가서 써!"

갑자기 루크는 방으로 도로 들어갔다. 그러더니 책 십여 권을 껴안고 나왔다. 그중에는 진이 찾던 『황혼 무렵의 환상』 하권도 있었다. 루크는 책을 칼십자 단원들의 발밑에 쌓아놓으며 말했다.

"그럼 이분들이 제 책들을 모조리 저당 잡아도 상관없으시다는 거죠? 어차피 이제 제 것이라고 할 수도 없죠! 빚을 생각하면 전 무일푼, 아니 앞으로 벌 돈도 저당 잡힌 상태니까요. 가진 거라고는 앞으로 얼마든지 돈을 벌지도 모르는 빛나는 두뇌뿐이거든요? 단돈 6백 알피온을 지불하면 6천 세라피온을 벌어주니까 육백 배의 수입률! 그런데 가만히 생각하니 이 머리도 누가 잘라갈지 모르겠네."

루크는 떠들어대며 방 안의 책과 종이 뭉치를 계속 꺼내와서 앞뜰에 쌓았다. 별별 책이 다 보였다. 반년이나 찾던 책들이니 진의 눈에는 잘 보일 수밖에 없었다. 하지만 전부 다 있는지는 아직 모를 일이었다. 책을 웬만큼 갖다 쌓은 루크가 칼십자 단원들에게 말했다.

"자, 이거면 선금은 되겠죠?"

칼십자 단원 한 명이 말했다.

"무슨 소리야? 누가 너한테 선금을 내놓으래? 원고를 내놓으라니까?"

"그건 못 써요. 아니, 안 써요. 아니지, 안 써져요. 그따위 독창성은 손톱만큼도 없는 재탕 쓰레기는 쓴다는 것 자체가 고문이거든요? 이제 포기할 거니까 저번에 줬던 선금을 받아가려면 받아가시고, 싫으면 제 머리를 잘라가시든가 맘대로 하십쇼."

"아니, 이놈이 어디서 생떼거리야?"

칼십자 단원 하나가 칼을 뽑아들려고 했다. 지켜보고 있던 진은 한숨을 내쉬었지만 결국 끼어들 수밖에 없었다.

"이봐."

"아, 네. 말씀하시죠."

칼십자 단원들은 진의 부하는 아니었지만 그래도 적당히 예의를 갖추려 했다. 세상 일이 어떻게 굴러갈지 모르는데 뒷골목의 일인자에게 악감정을 사봤자 좋을 일은 전혀 없었다. 진이 말을 이었다.

"내가 저놈한테 아주 약간의 볼일이 있어."

진은 엄지손가락과 집게손가락을 벌려 아주 조금이라는 표시를 해 보였다. 단원들이 고개를 끄덕였다.

"그걸 지금 해결하고 싶어서 그러는데 말이야, 자네들이 같이 있으면 불편할 것 같군. 내가 아니고 자네들이."

단원들은 서로 얼굴을 봤다. 한 명이 말했다.

"아, 그래요."

"그래서 말인데, 잠시 없는 체해주지 않겠나? 낮잠이 들었다거나, 담배를 피우러 나갔다거나. 물론 진짜로 없어주면 더 좋고. 이 친구는 하루나 이틀 뒤쯤 돌려주지."

친절한 제안같이 들려도 실은 명령임을 조직원인 두 사람은 바로 알아들었다. 둘은 서로 눈짓을 해서 합의를 보더니 말했다.

"그럼 저희는 요 밖에서 담배 한 대 피우고 오겠습니다."

"두 대도 괜찮아."

그런데 나가려다가 한 명이 문득 돌아보더니 물었다.

"그런데 니케포루스 장군과 싸울 거라는 얘기가 사실인가요?"

"뭐?"

며칠 지난 일이어서 진은 그새 잊고 있었다. 그때 구경하던 사람들이 소문을 퍼뜨렸단 말인가?

"장군의 장원에 들어갔다면서요. 그래서 장군이 화가 나서 보복을 한다던데. 일대일로 싸우는 건가요?"

진은 어이가 없어서 피식 웃었다.

"무슨 소리야, 장군의 나이가 몇인데. 그런 소리는 듣지도 못했어.

습격하고 싶으면 알아서 하겠지."

"그렇군요. 요새 소문이 파다해서요. 무슨 일이 벌어지나 했죠. 몸 조심하세요."

두 사람이 천천히 걸어 나가자 진은 루크를 쏘아봤다. 루크는 빙그레 웃어 보였다.

"우와, 역시 그림자 매의 위엄은 대단한데요. 저 진드기 같던 놈들이 조용하게 몇 마디 하니까 싹 물러가네?"

집에 못 간다고 쩔쩔매던 때는 언제고, 가자마자 바로 진드기였다. 진은 낮게 한숨을 내쉬었다.

"네놈은…… 하여튼 골치 아픈 놈이야. 책 싸."

"이걸 다요?"

"아니. 여기 적힌 것만."

진은 품에서 세틸라한테서 받아온 편지를 꺼내 던졌다. 주워 들어 펼친 루크의 눈이 둥그레졌다.

"진짜로 사서님한테 의뢰를 받고 오셨네요? 우와, 사서들도 보통이 아닌데."

"시끄러워. 빨리 책이나 싸."

ΧΑΖΑΡΙΚΑ

최초의 그림자 매

로사가 돌아왔을 때 그림자 매의 집은 어수선했다. 대원들 십여 명이 매 광장을 어슬렁대며 수군거렸고, 1층에서도 십여 명의 대원들이 모여서 위층을 흘끔거리고 있었다. 2층 어디선가 소란스러운 소리가 들려왔다. 어느 방 안인 듯했다.

잠시 후 2층에서 문 하나가 벌컥 열리더니 진이 걸어 나왔다. 한 손에는 책이 들려 있었고 다른 손으로는 이마를 짚고 있었다. 진은 난간 아래를 내려다보더니 인상을 찡그렸다.

"거기 모여서들 뭘 하고 있어?"

진은 평소 꽤 너그러운 대장이었지만 가끔 까다로워질 때가 있었는데 그럴 때는 그냥 피하는 것이 상책이었다. 기분이 풀리고 나면 피했다고 나중에 물고 늘어지는 일도 없었다. 다만 말한 직후에 진은 로사를 발견했다. 진의 얼굴이 겨우 펴졌다.

"도서관 갔다 왔어?"

"응."

대원들이 흩어지는 가운데 진이 2층에서 내려왔다. 그때 진이 나온 방에서 또 한 명이 머리를 내밀더니 반색하며 소리쳤다.

"우와! 아가씨도 있네? 여기 생각보다 근사한데?"

루크였다. 얼굴에는 숯 검댕 같은 것을 여기저기 발랐고 머리는 일부러 헝클어뜨린 것처럼 엉망이었다. 하지만 꺼리는 기색도 없이 진을 뒤따라 1층으로 뛰어 내려왔다. 로사 앞에 선 루크는 근사하게 절을 해보이며 말했다.

"이름 없는 시인이 버려진 신전을 찾아왔다가 북방의 서릿발 같은 눈꽃을 뵙습니다."

진은 어처구니가 없어 루크를 노려봤다.

"그건 또 무슨 소리야?"

루크가 눈을 올려 떠 보였다.

"뭐, 딱 보니 북쪽 출신이시고, 아리따우시고……."

그때 네옵스가 지나가다가 고개를 들이밀고 말했다.

"그렇게 노골적으로 아부해도 전혀 안 통하거든?"

원래 루크는 이어서 '쌀쌀맞아 보이시고'라고 덧붙이려 했지만 슬쩍 삼키고 대꾸했다.

"그야 당신이 시인이 아니니까 그렇지."

"시인이고 시인 할아버지고 간에 하여튼 안 통해. 그런 분이 아니시라고. 우리 로사 아가씨는."

이번엔 진이 네옵스를 돌아봤다.

"언제부터 우리 로사 아가씨가 된 거야?"

"아, 뭐, 최소한의 생존책이죠. 말 오줌 수프는 그만 먹고 싶으니까?"

결국 로사까지 네옵스를 돌아봤다.

"말 오줌 수프를 먹기 싫으면 가서 화덕이나 청소해. 오늘 네가 당번이지?"

"나하고 카손이지. 카손이 오면 할 거야."

"카손이 안 오면 안 하고? 마음대로 하든가. 나도 쉬고 좋지."

네옵스는 고개를 숙이고 킥킥거리더니 결국 부엌 쪽으로 사라졌다. 진이 말했다.

"녀석들이 꽤 말을 잘 듣네."

"배가 고픈 것뿐이지."

루크가 다시 손을 비비며 말했다.

"아, 식사도 주시는가보군요? 전 예전부터 북부의 맛 좋은 음식을 동경해왔습니다. 이를테면 생선과 감자튀김이라든가, 양 내장에 오트밀을 넣어서……."

"어디서 맛없는 것만 듣고 왔어?"

로사는 돌아서서 가버렸다. 쌀쌀맞은 대접을 받았는데도 루크는 전혀 굴하지 않고 두 팔을 번쩍 들며 외쳤다.

"여기 정말 살기 좋네요! 그까짓 것보다는 훨씬 근사한 요리가 나온다 이거군요? 만세!"

진은 들고 있던 책으로 루크의 어깨를 탁탁 쳤다.

최초의 그림자 매

"헛소리하며 눌러앉을 생각은 버려. 여기가 여관인 줄 알아?"

"여관이라뇨? 이제부터 저의 두 번째 고향이 될 역사와 전통을 자랑하는 이 집에 제가 얼마나 큰 애정을 품고 있는데 그러세요?"

"고향은 무슨 놈의 고향이야? 딱 사흘만 있다가 꺼져. 알았어?"

진도 가버리자 루크는 혼자 킬킬거리며 웃다가 어느새 하나 둘 모여든 대원들을 둘러보며 소리쳤다.

"새 동료들이군! 새로운 환경에는 역시 새로운 친구지! 난 루키우스 퀸토인데 루크라고 부르면 되고, 이제부터 여기서 아주 오래 살 거니까 잘 지내보자고. 이렇게 꾸미니까 나도 좀 순찰대원 같은가? 그리고 내가 시를 좀 쓰거든? 맘에 드는 아가씨한테 연애편지를 보낼 일이 있으면 언제든지 말씀하셔. 내가 발가락으로 대충 쓴 시를 바쳤더니 플로라 셀수스가 나하고 저녁 식사를 했다니까? '메어의 왕'에서 여왕 역으로 출연한 플로라 알지?"

로사는 네옵스가 화덕을 쑤시고 있는 부엌을 슬쩍 살펴본 뒤 2층으로 올라갔다. 진과 타양이 함께 쓰는 방으로 들어가자 방 한가운데에서 예상대로 나나가 흑야의 품에 푹 묻히다시피 한 채 잠들어 있었다. 로사는 그 곁에 앉아서 얼굴로 흘러내린 나나의 머리카락을 쓸어 넘겨주었다.

최근 로사는 날마다 도서관에 가서 한나절을 보냈다. 찾을 것이 있어서였다. 나나도 데려가면 좋겠지만 유감스럽게도 어린아이는 출입 금지였다. 결국 두고 갈 수밖에 없었는데, 전에 도서관에서 만난 어떤 놈의 말대로 혈기왕성한 사내들이 우글거리는 이곳에서 나나가 안전한 것은 흑야 덕택이었다. 순찰대원들은 아직도 흑야를 두려워했다. 아니, 누구라도 집안에 맹수가 돌아다닌다면, 그리고 싸울 때는 종종 사나워지기까지 하는 맹수라면 겁을 낼 수밖에 없을 것이다.

반면 흑야는 처음부터 나나를 잘 따랐다. 나나를 따른다기보다 돌보는지도 모를 일이었다. 동물을 싫어하던 나나도 흑야만은 특별하게 사랑했다. 이들 둘을 같이 두면 누가 접근해도 걱정이 없었다. 다만 타양이 불편하게 되었는데 그는 요즘 시내로 외출할 때면 기꺼이 나나를 위해 흑야를 남겨두었다. 타양은 사내들이 많은 매의 집에 나나를 혼자 두는 문제에 있어 때로는 로사보다 더 신중했다.

물론 델피나드 같은 대도시에서 눈사자를 타고 다니려면 불편이 많기도 했다. 흑야는 마구간에 넣을 수도, 그렇다고 함께 집에 들어갈 수도 없는 존재였다. 그렇다고 잠시라도 혼자 두면 제 풀에 겁먹은 사람들이 기절하거나 달아나는 소동이 벌어졌다.

잠시 후, 방으로 돌아온 진은 로사와 나나의 모습을 보더니 조용히 문을 닫고 발소리를 낮춰 방을 가로질러 갔다. 침대에 앉아 장화를 벗고 검을 풀어놓은 후 어깨와 목을 풀었다. 로사가 낮게 말했다.

"불편하지. 곧 데려갈게. 조금만."

진은 대답 대신 미소를 지었다. 그리고 그대로 앉아 있었다. 고요해졌다. 멀리서 희미한 소음이 웅얼거렸다. 하지만 방 안에서는 두 사람과 소녀, 잠든 짐승까지 아무 소리도 내지 않았다. 진은 옛 생각을 떠올렸다.

오래전에 진은 어머니와 단둘이 살았다. 어머니는 아들을 위해서라면 무엇이든 하는 여자였다. 그때도, 그 후에도. 하지만 그때는 그런 어머니를 진도 자랑스러워했다. 그 시절 모자는 단칸방에서 서로만 바라보며 살았다. 그 좁디좁던 방에서 어머니는 아들에게 줄 밀가루 반죽을 밀었고, 찢어진 신발을 기웠고, 나무 검을 깎았다. 어린 진은 방구석에 앉아 그런 어머니를 지켜보다가 혼자 빙그레 웃으며 생각하곤 했다. 어머니는 너무나 아름답다고.

 방 안의 따뜻한 고요가 문득 그때를 연상시켰다. 거칠고 딱딱한 로사는 유연하던 어머니와는 달랐고, 솔직하게 객관적으로도 로사가 어머니만 한 미인은 아니었다. 하지만 나나를 지켜보는 로사의 시선을 보니 그때의 부드러운 기분이 자꾸 떠올랐다. 그리고 비슷한 점도 있었다. 로사는 어머니처럼 강인한 여자였다. 진은 나중에 어머니의 그 강인함을 견뎌내기 어려웠지만 로사의 강인함은 아직 진의 세계와 분리된 곳에서 홀로 빛나고 있었다.

 방이라는 개인적인 공간이 상상을 자꾸 부추기는지도 몰랐다. 진은 점점 더 로사를 자세히 보았다. 가다듬어지지 않은 머리를, 희지만 나약하지 않은 옆얼굴을, 좁고 가녀린 어깨를, 시니컬한 입술을, 그리고 무척 아름다운 눈을.

 그렇게 누군가를 자세히 본 것이 얼마나 오랜만인가 생각하다가 진은 한 소녀를 떠올렸다. 피바다 속에 떨어져 있던 인형이 눈앞을 스치는 순간 진은 눈을 감아버렸다. 마음이 차갑게 식었다. 잠시 숨을 멈추었을 때 로사가 말했다.

 "그래, 착하지. 일어나."

잠에서 깬 나나가 몸을 일으켜 로사에게 안겨왔다. 흑야도 일어나 기지개를 켰다. 진은 다시 눈을 뜨고 로사를 보았다. 로사가 나나를 데리고 일어서더니 빙그레 웃었다. 지금껏 한 번도 보여주지 않았던 자연스러운 미소였다. 조금 전까지 나나를 바라보고 있었기 때문인지도 모르지만, 어쨌든 처음이었다.

로사가 말했다.

"폐를 끼쳤네."

"아니."

"아까 그 사람은 누구야?"

"루크. 시인인데."

평소 같으면 더 길게 설명할 텐데 어쩐지 목이 메어 말이 잘 나오지 않았다. 로사는 곧 눈치를 챘다.

"목이 잠겼네."

"아, 음."

"차 끓여다 줄게."

로사가 밖으로 나갔다. 진은 멍하니 뒷모습을 보고 있다가 눈을 내리깔았다. 그런데 잠시 후 시선이 느껴져 고개를 들고 보니 나나가 자신을 빤히 보고 있었다.

"……."

대화는 오가지 않았지만 진은 나나가 자신에게 뭔가를 경고한다는 기분이 들었다. 나나는 곧 나가버렸다.

그날 저녁, 로사는 네 명의 당번들과 함께 양고기 파이와 으깬 감자, 삶은 병아리콩, 넙치 구이를 만들었다. 당번들은 아직 서툴렀지만 시키는 사람이 워낙 사람을 잘 부려서 실수는 거의 없었다.

요리는 저녁에만 만들었다. 조리를 시작하기 전에는 당번 두 명이 부엌을 청소했고, 끝난 뒤에 정리하는 당번도 네 명씩 돌아갔다. 로사가 아침 식사를 만들었던 첫날 저녁에 대대적으로 청소한 부엌은 아직 완벽하지는 않았지만 문짝도 달렸고 식당 뒤에는 환기창도 뚫렸다. 뒷문도 열어놓았더니 드디어 말 오줌 냄새도 빠졌다.

고작 며칠 사이에 일어난 변화였다. 진이나 타양도 신기해했지만 누구보다 대원들 본인이 가장 놀랐다. 사흘째가 됐을 때 몇 명은 솔직히 시인했다. 로사가 사람을 잘 다룬다고.

"은근히 쥐락펴락하잖아. 아양을 떨며 부탁하는 것도 아닌데 어쩐지 무시할 수가 없고, 딱히 어려운 일 같지 않은데 자기는 더 어려운 걸 하니까 이것쯤은 해줘야겠는데 싶고, 거의 다 되어가니까 바짝 해서 끝내야겠는데 싶고, 그러다 보면 어느새 다 되어 있지."

물론 끝난 뒤의 보상, 즉 맛있는 식사가 가장 큰 이유이긴 했다. 로사는 정말 요리를 잘했다. 특히 수많은 사람이 먹는 음식을 하면서도 간 한번 잘못 맞추는 법이 없었다. 그리고 며칠이 지난 지금은 요리뿐 아니라 로사가 거의 모든 집안일에 능하다는 것이 밝혀졌다. 경력 이십 년 차 하녀장 같다고 누군가가 말했는데 실은 본질을 꿰뚫은 말이기도 했다. 로사는 걷기 시작할 무렵부터 부엌과 바느질 방에서 살다시피 해왔다. 오히려 글은 열 살이 넘어서 배웠을 정도였다.

첫날 이후로 대원들은 심심하면 매 광장에 모닥불을 피웠다. 살림꾼인 하라트가 장작이 아깝다고 잔소리했지만 사실 그들은 금전적으로 꽤 여유 있는 순찰대였다. 그날도 모닥불이 지펴지자 접시를 들고 나와 잡담을 나누는 대원들이 많았는데 그런 자리는 루크를 위해 마련된 무대나 다름없었다.

"이 집 말이야, 생긴 게 좀 별나잖아? 원래 오래전에는 이게 신전이었다지. 한 오십 년쯤 전인가? 그런데 장사가 잘 안 됐던 모양이야. 이런 건물씩이나 세운 걸 보면 처음엔 기부금도 짭짤했던 모양인데 왜 그렇게 됐는지는 모르겠지만, 하여튼 마지막 남은 신관이 건물을 고작 금화 열 냥에 팔아넘기고 도망쳐버린 거야. 다음 예배 날에 신도들이 와보니 신전은 간판 내렸고 뜬금없는 조선공 조합이 들어와 있지 뭐겠어? 신도들이 항의를 해봤지만 사실 신전이란 게 신도의 것은 아니니까 소유권 주장을 할 수 있는 것도 아니고 뾰족한 대책은 없었지. 참는 수밖에. 그래도 한 명이 끈질기게 사흘에 한 번씩 예배를 보러왔다고 해. 조선공들이 예산 문제로 멱살 잡고 싸우고 있는데 척척 들어와서 저기, 1층 가운데 앉아서 예배를 보는 거야. 그래도 조선공들이 참아준 건 늙은이라서 그랬다나봐. 곧 죽을 테니 그때까지만 참자 싶었겠지. 그런데 그놈의 예배가 끝나는 데 삼 년이나 걸렸다는 거 아니야. 일 년간은 참아주다가 다음 해부터 꺼지라고 할 수도 없고, 아주 골치를 앓았다더라고. 조선공들은 그 노인이 회색 망토를 두르고 온다고 해서 회색 생쥐라고 불렀어. 배 밑바닥에서 비스킷 갉아먹는 생쥐 말이야. 원래 뱃놈들이 생쥐라면 아주 진절머리를 내거든. 회색 생쥐가

최초의 그림자 매

죽고 나자 조선공들도 질렸는지 이 집을 어느 선주한테 팔아버렸어. 그땐 아마 금화 백 닢은 받았을 건데."

루크는 온갖 옛 이야기를 잘 알았거니와 그럴싸하게 말하는 재주도 있었다. 대원들도 자기들이 사는 집에 대한 이야기다 보니 쉽사리 귀를 기울였다. 순찰대원 할이 말했다.

"그 생쥐는 죽어서 낙원에 갔겠네. 마지막까지 버텼으니까. 아무리 인기 없는 신이라도 한 명 정도는 어떻게 해줄 수 있었을 거 아냐?"

"생쥐의 낙원은 치즈 상자 밑바닥 아니었어?"

아샤벨이 말하자 몇몇이 키득거렸다. 술도 한 통 꺼내와서 나눠 마시는 중이라 다들 분위기가 좋았다. 루크 주위에는 사람이 점점 많아졌다. 루크는 술도 꽤 마시는 편이었다. 그렇게 떠들고 있는데 커다란 그림자가 모닥불 맞은편에 와서 앉더니 말했다.

"오늘도 술인가? 한잔 주게."

대원 하나가 즉시 일어나 술잔을 건넸다. 루크가 눈을 크게 뜨고 보니 상대는 인간이 아니고 맹수, 그것도 아주 커다란 맹수였다. 루크가 말했다.

"우와, 소문은 들었지만 진짜 고양이 모양이네."

곁의 대원들이 루크를 곁눈질하고 한 명은 발치를 툭툭 찼다. 말조심하라는 의미였지만 루크는 애초에 말조심과는 거리가 먼 성격이었다.

타양이 말했다.

"음, 나도 예상은 했지만 자넨 정말 한 손으로 똑 부러뜨리기 좋게 생겼군."

상속자들
234

그제야 루크도 조금 움찔했다. 다른 대원들이 소리를 죽여 낄낄거렸다. 타양이 술을 비우자 누군가가 접시를 가져다줬다. 타양이 접시를 받아들고 말했다.

"아, 고양이에게는 역시 생선이지."

루크는 다시 타양의 눈치를 봤다. 일단 세게 찔러봐서 먹히면 밀어붙이고 딱딱하면 물러나는 것이 루크의 방식이었는데 지금처럼 일단 경고한 뒤 다시 여유를 주는 상대는 흔치 않았다.

"저기, 나, 나도 고, 고양이 좋아하거든? 절대 나쁜 뜻에서 한 말은……."

"아니었겠지. 나도 걱정돼서 한 말이었네."

"아, 역시 그렇지? 내가 좀 마르긴 했으니까. 충고 고마워. 치, 친구."

대원들은 이 겁 없는 놈이 어디까지 가나 궁금해서 양쪽을 흘끔거렸다. 타양이 대꾸했다.

"자, 많이 들게. 친구."

타양이 식사를 하기 시작하자 루크가 씨익 웃으면서 대원들을 둘러봤다. 대원들 중 한 명은 눈을 가늘게 떴고, 한 명은 타양의 눈치를 봤고, 두 명은 엄지손가락을 내밀어보였다. 루크는 싱글거리면서 마주 엄지손가락을 내밀어주고는 술잔을 들어올렸다.

"자, 한잔하자고! 새 친구도 생겼겠다, 한바탕 마셔보자!"

대원들이 술잔을 들며 말했다.

"비쩍 마른 네 녀석이 왜 술을 잘 마시는지 알았어. 간이 배 밖에 나와 있어서였군."

"이 겁대가리 없는 놈. 타양 대장님이 관대하셔서 다행인 줄이나 알아라."

"너 설마 대장님한테도 그렇게 막 덤볐냐?"

타양은 대원들에게 지시를 내리거나 지휘를 하는 일 없이 홀로 돌아다녔지만 중요한 일에서는 항상 진을 도왔다. 무엇보다 진과 함께 순찰대에 들어와 이곳을 '매의 집'으로 만든 존재다 보니 보통 '타양 대장님'으로 불렸다. 진은 그냥 '대장님'이었다.

루크가 마시던 잔을 비우더니 대꾸했다.

"뭐? 내가 언제 덤볐다고 그래? 난 언제나 예술적인 진실만 말한다고. 아, 고양이. 우리 동네 검정꼬리 녀석을 내가 얼마나 사랑했는데. 수박껍질도 항상 챙겨주고."

"고양이가 수박껍질을 먹냐?"

"왜 안 먹어? 그 녀석은 잘 먹었어. 저번에 원고료 받았을 땐 삶은 달걀도 줬는데."

"뭐, 달걀? 아마 먹으면서도 엄청 욕했을 거다. 이 빌어먹을 놈, 고양이를 뭘로 보고."

그러다가 한 명이 물었다.

"그나저나 네 녀석은 왜 이런 데 와 있는 거야? 타양 대장님 말마따나 순찰대 할 체질은 아닌 것 같은데."

루크가 턱을 쳐들었다.

"그게 좀 사정이 있어서. 말했다시피 난 시인이라 싸움이라도 나면 저기 3층 꼭대기에 숨어서 안 나올 건데, 사실 대장님께서 나한테 은

밀하게 부탁을 하셨거든. 너희들이 싸움질은 잘하는데 교양이 좀 부족해서 아쉽다고 말이야. 그래서 내가 볕 좋은 카페를 마다하고 이렇게 우중충한…….”

그때 누군가가 책으로 루크의 뒤통수를 때렸다. 돌아보니 역시 진이었다. 진은 이어 타양과 오른손을 한 번 마주치고는 자리에 앉았다. 뒤통수를 별로 세게 맞지는 않았기 때문에 루크는 너스레를 떨며 말했다.

"아, 역시 우리 대장님은 항상 책을 갖고 다니는 고상한 순찰대장이시지. 너희들 알아? 대장님은 엘프어도 읽으시는 분이거든?"

그건 진이 밝히고 싶지 않은 부분이었기에 이번에는 발뒤꿈치를 걷어차였다. 눈치 없는 하라트가 눈을 크게 뜨고 물었다.

"정말인가요? 대장님, 엘프어도 할 줄 알아요? 엘프들처럼?"

"에이, 설마 진짜겠어?"

한 명이 그렇게 대꾸하자 진도 기회를 놓치지 않고 덧붙였다.

"진짜겠냐? 자, 다들 가서 접시나 치워. 당번 누구야? 너희들 아냐?"

"아, 대장님. 언제부터 설거지 당번까지 외우셨어요?"

"먹을 땐 좋았는데 치우려니 이것도 만만한 일이 아니네."

대원들이 불평을 하면서도 주섬주섬 일어나 모닥불 앞을 떠나자 루크가 미간에 주름을 잡으며 진을 봤다. 루크는 분명히 진이 엘프어를 읽는 모습을 보았다. 그걸 왜 숨기려 할까? 물론 엘프어는 귀족이나 학자들만 익힌다는 인상이 있긴 하지만…….

루크가 더 생각을 발전시키기 전에 진이 말했다.

"자꾸 이상한 생각을 하는 것 같은데, 분명히 말했다시피 넌 내일 책 반납하고, 이틀만 여기 숨어 있다가 나가는 거야. 책 마흔일곱 권을 혼자 가져올 방법만 있었어도 널 이리로 데려오는 일 따윈 없었어. 여긴 식객 먹여 살리는 곳이 아니야."

"그 말은 사흘간 살려줬으니 그 뒤에는 죽어도 상관없다는 소리로 들리는데요."

"죽긴 왜 죽어?"

"레오니스는 원고를 안 내놓으면 절 머리부터 으적으적 씹어 먹을 거라니까요."

"레오니스는 흥행사지 맹수가 아니야. 네가 원고를 쓰면 될 거 아냐."

"그게 안 써지니까 그렇죠!"

"그렇게 안 써지는 걸 지금까지는 어떻게 썼어?"

"그걸 저도 몰라서 미치겠다니까요! 라고 말하고 싶지만 사실 이유는 아주 잘 압니다. 레오니스가 저번에 '메어의 왕'을 성공시키고 나더니 계속 똑같은 것만 써내라고 하잖아요! 두 개까지는 어떻게 참고 써줬는데 이제 더는 못 쓰겠어요. 차라리 내 손가락을 부러뜨리고 말지. 요번 대본의 앞부분에 지난번 대본의 뒷부분을 잘라 붙여도 별 상관없을 정도라니까요? 그러니까 레오니스도 그걸 눈치채는 데 이틀이나 걸렸지. 어휴."

그제야 솔직한 얘기를 듣고 보니 이해가 가지 않는 건 아니었지만, 진이 남의 사정만 봐주고 있을 입장은 아니었다.

"그건 네 사정이고. 내가 너 때문에 칼십자하고 전쟁을 해야겠어?"

"전쟁이 왜 나요?"

"네놈을 돌려준다고 아까 약속한 것 못 들었어?"

"아, 천하의 그림자 매가 고작 칼십자의 말단 단원들을 걱정하십니까? 걱정 마세요. 걔들도 하루 이틀이면 잊어버릴 거예요. 그놈들이 얼마나 할 일이 많은데."

"그놈들은 잊어버려도 네 말대로라면 레오니스는 잊을 리가 없잖아? 레오니스가 칼십자에게 보호비를 주는데 그들이 널 그냥 둔다고?"

"아…… 그러니까 말인데요, 대장님. 레오니스를 여기서 관리하면 안 되나요? 제가 보호비를 뜯으러 가고 싶은데."

별수 없이 진은 다시 루크의 뒤통수를 때렸다. 루크라고 이런 뻔한 상황을 몰라서 우겨대는 것은 아니었다. 어쨌든 루크는 대본을 그만 쓰고 싶었고, 그럴 수만 있다면 이유는 무엇이 되든 좋은 것뿐이었다.

"방금 좋은 생각이 났어요. 대장님이 레오니스에게 선금을 돌려주고 저를 자유의 몸으로 만들어주시는 거죠! 그럼 전 새 원고를 써서 대장님한테 팔 테니까, 그걸로 연극을 만드셔서 6천 세라피온을……."

"내가 흥행사야? 그걸 지금 말이 되는 소리라고 지껄여?"

줄곧 듣고 있던 타양이 피식 웃으며 말했다.

"자네는 레오니스의 원고 독촉은 무섭고 그림자 매는 무섭지 않은 가보군."

루크가 진의 눈치를 슬쩍 보더니 말했다.

"솔직히 말해 대장님은 별로 무섭진 않고, 좀 상냥한 것 같네요. 다음 대본에 등장시키고 싶을 정도······."
 진이 다시 책을 쥔 손을 올리는데 로사의 목소리가 들렸다.
 "당신 말도 맞는 것 같네."
 진이 황당한 얼굴로 로사를 흘끗 보았다. 로사가 모닥불 가에 앉으며 말을 이었다.
 "책으로 뒤통수만 때리는 그림자 매라니, 상냥하긴 하잖아?"
 루크가 반색을 했다.
 "아가씨 말이 맞습니다. 전 그림자 매가 카페로 저를 찾아왔을 때 금세 칼을 뽑아서 제 배때기를 쑤셔버릴 줄 알았거든요? 그땐 이유가 뭔지 몰랐지만 어쨌든 찾아왔으니까 뭔가 화가 났단 뜻이잖아요? 설마 상을 주러 온 건 아닐 테니까."
 로사가 무표정하게 루크를 쳐다보더니 말했다.
 "왜 존대는 하고 난리야. 뭐 잘못 먹었어?"
 둘이 그러고 있는 동안 진은 화를 내야 할까 생각하다가 저도 모르게 쓴웃음을 짓고 말았다. 비록 마음에 드는 평가는 아니었지만 로사가 진에 대해 이렇다 할 의견을 말한 것은 처음이었고, 그런 변화가 그리 기분 나쁘지 않았다.
 "내가 널 관대하게 대한 건 사실인데, 이유가 있거든. 어떤 귀부인하고 약속했어."
 진이 말하자 루크의 눈이 둥그레졌다.
 "네? 귀부인이요? 애인인가요?"
 "넌 그러니까 자꾸 뒤통수를 맞는 거야. 그냥 네 입장을 많이 생각해준 관대한 귀부인이 있다는 것만 알면 돼. 고작 책 도둑일 뿐인데 말이야. 그 귀부인의 부탁이 아니었으면 널 거꾸로 뒤집어 탈탈 털어서 책 마흔일곱 권을 끄집어낸 다음에 연체료 대신 감옥에 처넣었겠지."

"아…… 그러니까…… 죄송합니다. 제가 사람을 잘못 봤네요. 아까 한 말은 취소합니다. 그림자 매는 예나 지금이나 역시 그림자 매군요."

"취소해줘서 참 감사하군."

진은 대꾸하다 말고 문득 미간을 찌푸리며 물었다.

"예나 지금이나라니? 언제 날 또 봤어?"

"아니, 옛날 그림자 매 말이에요. 대장님 말고요."

"그게 한두 명이야?"

"그런 놈들 말고 진짜 그림자 매요. 삼십 년인가 전에 니케포루스 장군하고 싸운 뒤 사라진."

진의 표정이 변했다. 그가 천천히 되풀이했다.

"니케포루스 장군과 싸웠다고? 그림자 매가?"

지난번에 니케포루스 장군의 부하들이 공격해왔던 때가 떠올랐다. 그들은 그때 진에게 삼십 년 전의 그림자 매에는 미치지 못한다고 했다. 또한 삼십 년 전의 그림자 매를 '진짜'라고 불렀다. 그때는 그들이 왜 그런 얘기를 꺼냈는지 몰랐지만, 루크의 말이 사실이라면 니케포루스 장군은 삼십 년 전의 '진짜' 그림자 매와 싸웠는데, 그걸 오늘날의 진에게 앙갚음하기라도 할 것처럼 말한 셈이었다. 도대체 왜?

노망이 날 나이가 아니긴 했지만 장군은 머리가 좀 이상해졌다 치더라도 부하들까지 그렇게 생각한다는 건 아무래도 수상쩍었다. 진은

최초의 그림자 매

루크를 돌아봤다.

"너, 삼십 년 전의 그림자 매에 대해서 뭔가 좀 알아?"

루크가 싱긋 웃으며 대꾸했다.

"뒷골목 전설이라면 저보다 잘 아는 사람을 찾기도 힘드실 겁니다."

루크는 대본을 쓰느라 이런저런 이야기를 수집해왔다고 했다. 그런 기록은 책이나 공식 기록에 나오는 것도 아니고 해서 그 시절 사람들을 일일이 찾아다니며 채록하는 수밖에 없었다. 그는 열성적인 기록자였다. 그리고 기억력도 좋았다.

"뭐 예상하시다시피, 아주 강한 사내였죠. 나타났을 때는 이십대 후반, 사라질 때는 마흔 살쯤 됐다고 하는데 델피나드의 뒷골목을 말 그대로 십 년 넘게 지배했습니다. 그가 살아 있었을 때는 지금처럼 사람들이 그림자 매라는 이름을 쉽사리 입에 못 담았다고 해요. 도박장의 신으로 불리기 시작한 건 그자가 사라진 뒤의 일이고, 그자가 존재하던 시대에는 그림자 매의 이름을 부르는 것만으로도 그자의 손아귀가 뻗어올까봐 두려워했다고 하니까요. 그건 존경이나 인정 이상의 감정, 즉 공포였죠. 그자의 지배는 대장님처럼 친절한 건 아니었던 모양입니다."

진이 코끝을 찡그렸다.

"친절해서 미안하군. 그래서?"

"최초의 그림자 매가 벌였던 전설적인 싸움 몇 가지를 얘기해드리죠. 어느 저택에 식구들과 하인들, 병사들까지 대략 여든 명 정도가 살고 있었는데, 그자가 들어갔다가 나온 하룻밤 사이에 단 한 명도 살아

남지 못했답니다. 놀라운 건 이웃에서 그날 밤 그런 싸움이 벌어졌다는 사실조차 깨닫지 못했다는 거였죠. 그런 건 싸움이 아니고 학살이라고 불러야 하려나. 아주 무자비한 자였어요. 사내들뿐 아니라 여자와 아이들도 모조리 죽였으니까. 이튿날 저택에 들어가 본 자들은 그야말로 지옥을 봤다고 하더군요."

로사와 타양도 곁에서 흥미롭게 듣고 있었다. 진이 계속하라고 턱짓하자 루크가 말을 이었다.

"한번은 그자가 뒷골목에서 포위를 당했는데, 세 시간 동안 쉬지 않고 싸웠답니다. 몇 명을 죽였는지는 셀 수도 없고요. 상대는 큰 조직이었던 모양인데 뭐, 하루아침에 망해버렸어요. 남은 사람이 없었으니까. 그 당시 그림자 매가 사람 한 명을 죽이는 데 물 한 잔 마시는 시간도 안 걸렸다고들 합니다. 그렇게 따져보면 세 시간 동안 오백 명도 넘게 죽인 거죠."

루크는 말하다 말고 목이 선뜩해졌는지 목덜미를 문지르며 씩 웃었다.

"솔직히 어디까지 믿어야 할지는 모르겠습니다. 사람들의 기억이 과장됐을 수도 있고요. 하여튼 무척 손이 빠르고 잔혹했다는 것만은 분명합니다. 그림자 매가 속검을 퍼부을 때면 손이 보이지 않았다고 말하는 사람들이 많더군요. 낭비 없이 최소한의 움직임으로 상대를 죽이는 걸로도 유명했고요."

진은 문득 미간을 찌푸렸다. 그건 진도 많이 들어본 평가가 아닌가?

"그자는 어느 조직이었지?"

"조직 같은 건 없었어요. 개떼들 속의 이리 같았달까. 남의 도움 따위는 필요하지 않았던 모양이죠. 그런데도 십 년 넘게 암살당하지 않은 걸 보면 보통 주의 깊은 작자가 아니었죠. 늘 긴장하며 살았을 것 아닌가요? 하긴, 그도 암살자였다고 하니까."

암살자라는 말도 가시처럼 걸렸다. 진의 눈이 점점 매서워지는 것을 루크는 놓치지 않았다. 루크도 긴장한 표정이었다.

"니케포루스 장군은 그 당시 아주 젊었는데 많아봤자 스무 살도 안 됐지 싶어요. 하지만 이미 귀족 중에서는 출중한 검객이었죠. 매해 폐하가 주최하는 대회 있잖아요? 거기서 십대의 나이로 우승한 건 장군이 처음이었다더군요. 그러니 사람들이 엄청나게 떠받들지 않았겠어요? 그렇게 우쭐하다가 그림자 매에 대한 얘기를 들은 거죠. 그까짓 신사들만 나오는 대회에서 우승해봤자 델피나드의 일인자는 그림자 매다, 그런 소리였겠죠. 장군은 젊은 혈기에 그림자 매와 싸우겠다고 도전했습니다만, 그림자 매는 일언지하에 거절했죠."

"왜 거절했지?"

"암살자라고 했잖아요? 그자는 의뢰받은 싸움이 아니면 안 했어요. 그리고 의뢰를 받으면 반드시 상대를 죽였는데 수단방법을 가리지 않았고요. 비열한 습격도 서슴지 않았거든요. 그런 자한테 정정당당한 일대일 대결 같은 소린 어린애 잠꼬대로 들리지 않았겠습니까?"

들을수록 구체적인 인상이 잡혀갔다. 진은 불안한 듯 입술을 깨물었다. 타양이 그런 진을 지켜보고 있다가 말했다.

"암살자들은 양지로 나가기를 싫어하지."

루크가 고개를 끄덕였다.

"물론 그것도 맞는 말이고. 어차피 조직도 필요 없을 정도로 겁나는 것이 없는 사람이었으니 귀족의 권위 따위는 하찮았겠지. 대놓고 비웃었다고 하더라고."

진이 물었다.

"그렇게 거절당해서 장군이 화가 난 건가?"

"그렇게 끝났으면 차라리 좋았게요? 그런데 니케포루스 장군도 똑같이 겁나는 게 없었어요. 어려서 더 그랬으려나? 하여튼 그때 장군은 무슨 수를 써서든 그림자 매와 대결하겠다고 공언하더니 글쎄, 자기 집안의 가보를 상으로 내걸었어요. 그림자 매가 자기를 이기면 그걸 넘겨주겠다고 말이죠. 그런데 그게 명검이었거든요. '가낙스'라고 하는."

루크는 반쯤 탄 나무 작대기를 집어 들더니 흙바닥에 'TAiAX(가낙스)'라고 써 보였다.

"이프니쉬로 '불'이라는 뜻이죠. 아, 생각해보니 엘프어도 하는 분한테 별 설명을 다 하고 있네."

지금은 주위에 부하들이 없었으므로 진은 대꾸 없이 계속하라고만 눈짓했다.

"요즘은 기억하는 사람이 별로 없지만 그 당시에 가낙스는 상당히 유명한 검이었어요. 본래는 프란빌리아의 왕 요벨의 검이었다고 하거든요. 프란빌리아는 북쪽 끝에 있는 왕국인데 요벨은...... 아, 이것도 다 아시려나."

"아니, 몰라. 역사 얘긴."

그때 로사가 말했다.

"북쪽 끝은 아니고, 북서쪽."

루크가 싱긋 웃었다.

"오, 아시는군요? 아참, 존대하지 말랬지. 어쨌든 요벨은 엘프들과 국경 다툼을 벌인 걸로 유명한 왕이에요. 어찌 보면 어리석은 짓 같은데 꽤나 근성 있게 싸워서 나중에는 엘프들도 그를 용사라고 인정해줬다지요. 한 삼십 년쯤 싸웠다고 하니까. 그 요벨의 검이 어째서 델피나드까지 온 건진 저도 모르지만 그랬다고 하니까 그런 줄 알아야지요. 뭐 그냥 명검에 어울리는 주인이 있었다는 식으로 꾸며 붙인 얘기일지도 모르고요. 뒷얘기는 짐작이 가시죠? 그림자 매는 대결에 응했습니다. 그자도 칼잡이라 명검에 혹했던 거죠. 가낙스가 유래를 가진 검치고는 드물게 양손 검이 아니라 한 손으로도 쉽게 다룰 만큼 가벼웠던 것도 그림자 매의 구미에 맞았던 모양이더군요. 그자는 속검이 주특기였으니까."

진이 물었다.

"그래서 싸웠어?"

"네. 공개 대결을 했죠. 구경꾼이 어마어마하게 왔다고 합니다. 그때 그 대결 때문에 그림자 매를 실제로 본 사람이 많은 거고요. 그리고 뭐 결과는…… 눈 깜짝할 사이에 그림자 매가 이겼어요. 평소 같으면 패배한 상대를 살려두는 사람이 아닌데 가낙스를 받기 위해서 그랬는지 장군을 죽이지는 않았죠. 장군은 그때 그 자리에서 가낙스를 가져오게 해서 내줬어요. 꽤 깔끔한 처리였죠. 물론 장군의 아버지가 살아

계셨다면 감히 그러지 못했을 테지만 장군은 일찌감치 가문을 물려받았거든요. 그래서 누가 뭐라든 제멋대로 했던 거죠. 그런데 공개 대결 다음날, 그림자 매가 사라져버렸어요."

"사라졌다고? 그게 마지막인 거야?"

"네, 마지막이었죠. 다시는 나타나지 않았어요. 온 델피나드 시민의 관심을 끌었던 경기에서 승리한 직후에 공기 속에 녹아버린 것처럼 실종. 그 과정이 얼마나 드라마틱했으면 그 뒤로 그림자 매가 뒷골목의 신이 되었겠어요? 신이란 그렇게 탄생하는 거더군요."

로사가 고개를 저으며 말했다.

"드라마틱이 문제가 아니잖아. 장군이 암살한 거 아냐?"

"그 시절 사람들인들 그런 예상을 안 해봤겠어? 하지만 상대는 그림자 매거든? 십여 년 동안 단 한 번도 빈틈을 보인 적이 없는 사내라고. 가낙스를 가지고 요벨을 만나러 갔다는 둥 한심한 소문들이 나돌다가 수그러들었고 결국 실종인지 죽음인지 모르지만 전설은 거기서 끝이 났어. 하지만 사람들에게 강한 여운을 남겼기 때문에 2차 창작이 시작되었지."

진이 물었다.

"2차 창작이라니?"

"뭘 또 모르는 체하고 그러세요? 대장님도 그 2차 창작의 산물이잖아요?"

결국 진은 한 번 더 루크의 뒤통수를 때렸다. 이번엔 좀 아팠는지 루크는 뒤통수를 문지르며 입을 비죽거렸다. 진이 말했다.

"생각 좀 하고 입을 놀려. 내가 너처럼 자주 때려본 사람도 몇 명 없는 것 같다. 그런데 혹시 그림자 매의 이름도 남아 있나?"

루크가 금세 우쭐한 표정을 지으며 대꾸했다.

"카론 벤디게이트. 성으로 봐선 북부 출신 같군요."

루크는 작대기를 쥔 김에 바닥에 그 이름을 써 보였다. 로사가 말을 받았다.

"축복받은 카론이라는 뜻이야. 프란빌리아, 또는 그위네드 출신인 것 같은데."

루크가 흥미로운 표정으로 로사를 보더니 고개를 끄덕였다.

"그럼 굳이 가낙스를 노린 것도 조금 설명이 되겠네. 고향에서 온 검이라서?"

타양이 물었다.

"그런데 가낙스는 어떻게 됐지?"

"오, 친구. 가낙스도 같이 사라졌지 뭐. 그것만 반납하고 갔겠어?"

모닥불이 꺼져가자 로사는 일어나 장작을 가지러 갔다. 타양은 술을 한 잔씩 더 따라서 루크와 나눠 마셨다. 루크가 우정을 맹세하는 술이라며 너스레를 떨었지만 타양은 별말 없이 미소만 지었다.

진은 그림자 매의 이름을 물어본 이후로 줄곧 생각에 잠겨 있었다. 그가 델피나드에 와서 두 달 만에 그림자 매라는 이름을 갖게 된 것은 순전히 우연이었다고 믿어왔다. 그 이름의 유래에 대해 깊이 생각해본 적도 없었다. 그런 진의 마음속에 처음으로 의혹이 생겨났다. 그건 우연이 아니었을지도 모른다고. 우연처럼 보이는 일 속에 뜻밖의 필연이 숨어 있는 경우는 많다. 그 씨앗은 아주 작은 곳에서, 아주 작은 공통점에서 시작될지도 모른다.
 최초의 그림자 매는 혹시, 진이 잘 아는 사람이 아닐까?

EXALTATION

로사의 새 옷

에안나는 정말로 연체료를 치러주었다. 진이 책을 되찾았다는 전갈을 보내자 바로 심부름꾼을 통해 금화 주머니가 보내어져 왔다. 계산이 피온 단위까지 정확한 것도 재미있었다. 대신 문제의 도둑을 인사차 보내겠다는 제안은 정중히 거절했다.

진은 돈을 세어보고 나서 루크를 흘끔 보더니 말했다.

"너처럼 한심한 녀석을 보호하는 여신 같은 분이네."

"오, 그분은 정말로 아니르 여신의 현신이 아닐까요?"

"하필이면 미친 아니르야. 적당히 카이라 정도로 하지."

"카이라는 미의 여신이잖아요? 의상실 단골손님들의 수호자인 카이라가 저 같은 단벌신사를 보호할 리가 없죠. 예술가들을 사랑하는 아니르야말로 진정한 제 수호신이죠."

"그래서 널 도와준 귀부인을 미쳤다고 말하고 싶냐?"

"아니르 여신이 왜 미쳤어요? 아니르 여신께서는 신분고하에 관계없이 진정한 예술가를 알아보는 눈을 가진 것뿐이거든요? 그런데 카이라 여신에 빗대는 걸 보니 그 귀부인이 꽤나 미인이었나본데요? 혹시 반한 거 아냐? 아니지, 기꺼이 금화를 보내주시는 걸 보니 귀부인이 대장님한테 반했나? 하긴 우리 대장님이 좀 잘생기긴 했지."

"……."

루크는 로사 못지않게 매의 집에 잘 적응했다. 닭구이를 먹고 감동의 눈물을 흘리며 모두가 남아주길 바랐던 로사와는 달리 루크에게 줄 빈 방 따윈 없었으므로 어느 대원의 방에 끼어들어가 자게 되었는데 이틀날 보니 무려 하나뿐인 침대를 차지하고 잔 무서운 저력의 소유자였다. 아가씨 하나, 소녀 하나, 시인 하나가 드나들게 되고 보니 요즘 매의 집은 예전의 무시무시한 기운이 가시고 평범한 사교클럽 같은 분위기를 풍겼다.

이튿날, 도서관에 책을 반납하려고 갔다가 루크는 진이 이 책들을 직접 읽으려 했음을 알아차렸다. 뒷골목의 순찰대장이 이런 교양을 쌓는다는 것은 불가능한 일이었기에 루크는 점점 더 흥미로운 눈으로 진을 관찰하게 되었다.

반면 진은 책을 빌려간 자에 대해 품었던 흥미가 루크를 보고는 사라져버렸다. 전설을 다룬 대본을 곧잘 쓰는 루크가 글감을 찾아 그 책들을 빌렸음은 거의 틀림없어 보였다. 오랫동안 반납하지 않은 이유도 레오니스가 쓰라고 한 대본이 도무지 써지지 않아서였을 것이 뻔했다. 그래서 진은 자신을 델피나드로 이끌었던 꿈 이야기는 꺼내지도 않았다.

진과 루크가 매의 집으로 돌아와보니 로사가 보초를 서는 대원들이 걸어오는 시시껄렁한 농담에 한두 마디씩 대꾸하며 입구 계단에 앉아 있었다. 평소 같지 않은 모습이었다. 진을 발견한 로사가 벌떡 일어나 다가오더니 다짜고짜 말했다.

"기다리고 있었어. 돈 좀 빌려줘."

"돈은 뭐에 쓰려고?"

"싫어?"

진은 더 말하지 않고 주머니에서 금화 두 개를 꺼내 건네줬다. 로사가 처음에 내놓았던 사례금이나 로사가 들어온 후로 부하들이 보고 있는 혜택을 생각하면 더 많이 줄 수도 있었지만 마침 주머니엔 그게 전부였다. 로사는 고개를 까딱하더니 계단을 내려갔다. 진이 한 걸음 따라가며 말했다.

"안전을 생각해서 어딜 가는지 정도는 말해주면 좋겠는데."

"옷가게."

뜻밖의 대꾸였지만 진은 빙긋 웃었다.

"옷을 사려고?"

"여자다운 옷을 사 입으라며."

그런 말을 분명히 하긴 했다. 하지만 가짜 체류허가증이 통과된 이상 특별히 그래야 할 이유도 없어졌고, 로사 역시 줄곧 남자 옷으로 지내왔었다. 왜 갑자기 심경의 변화가 생겼는지 짐작이 가지 않았다.

"그러든가."

마당에서 흑야와 놀고 있던 나나가 얼른 로사에게 따라붙었다. 로사는 나나를 데리고 오크통 거리로 사라졌다. 그쪽이 시장이었다. 진이 고개를 갸웃거리는데 루크가 말했다.

"지금 딱히 할 일 있어요?"

"할 일이라니?"

"없으면 우리, 쫓아가서 옷이나 골라주죠? 딱 봐도 옷 제대로 고르게 안 생겼는데."

"그러는 너는 잘 고르고?"

"아, 그래도 예술가의 안목이란 게 있지."

"난 그런 안목 없어. 됐어."

"에이, 대장님께서 여자 옷가게에 들어가기가 싫으신가보네."

"너야말로 나갔다가 칼십자 놈들한테 걸리면 어쩌려고?"

"어, 여긴 그림자 매의 구역 아니었어요? 구역 안에서 그런 일이 생기면 쫓아가서 손모가지를 잘라버리시는 거 아니고요? 그나저나 모레면 쫓아내겠다던 분이 잡혀갈까봐 걱정도 다 해주시네? 아하, 역시 쫓아내긴 좀 그렇다고 생각하고 계신 거구나. 제 말이 맞죠?"

오늘은 반납하고 돌아오는 길이라 진의 손에 책이 없었다. 루크는 기회를 놓치지 않고 재빨리 뒤뜰로 달아나버렸다. 큰소리를 치긴 했어도 역시 혼자 나갔다가 칼십자 단원들한테 발견되는 것은 좀 신경이 쓰였던 모양이다.

로사는 나나의 손을 잡고 의상실이 많은 줄리아 1세 광장 주변을 천천히 걸었다. 총독 주최 파티에서나 입을 법한 드레스를 걸어놓은 곳에서 질긴 작업복을 갓 무두질된 가죽 따위와 함께 파는 곳까지, 다양한 상점들이 줄을 잇고 있었다. 재봉이 일찌감치 전문 기술로 발전한 결과 델피나드 사람들은 직접 옷을 지어입지 않았다. 아기 배냇저고리 정도라면 만들까, 웬만한 옷은 기성복을 사서 몸에 맞도록 고치는 것이 일반적이었다.

벌써 수십 군데의 가게 앞을 지나쳤지만 어디로도 선뜻 들어가지 못했다. 로사는 바느질도 잘해서 웬만한 옷 정도는 혼자서도 만들 수 있었다. 그렇다 보니 오히려 옷을 골라본 경험이 없었다. 저번처럼 아무거나 사겠다는 생각이라면 모를까, 이번에는 제대로 된 옷을 사야겠다고 마음을 먹었다보니 더더욱 선택이 쉽지 않았다. 루크의 예상대로 로사는 안목이 전혀 없었다.

천을 사서 만들까도 생각해봤지만 역시 델피나드의 최신 유행에 맞는 옷을 만들 자신이 없었다. 로사는 머뭇거리는 자신에게 짜증이 나서 중얼거렸다.

"나쁜 놈. 예쁜 건 밝혀가지고. 옷 따위가 뭐라고. 난 그 냄새를 다 참아줬는데."

그때 나나가 로사의 손을 잡아당기더니 어느 가게를 가리켰다.

"저기?"

"응, 저기."

"알았어."

나나가 고른 가게는 비단과 레이스가 쌓여 있는 곳도 아니고 가죽 냄새가 물씬한 곳도 아닌 딱 중간 정도로 보였다. 로사는 마음을 결정하고 안으로 들어갔는데 처음부터 당황하고 말았다. 점원이 다가오더니 물었다.

"안녕하세요, 아가씨. 외투를 받아드릴까요?"

로사는 외투 따위는 입고 있지 않았다. 그런데도 아무렇지 않게 그런 말을 건네오니 어이가 없었다. 로사는 긴장한 나머지 순간 평소 모습대로 하지 못하고 조그맣게 대꾸했다.

"네?"

"괜찮으신가요? 그럼 안으로 드시겠어요?"

안으로 들고 말고 할 것도 없이 넓은 방 곳곳에 옷이 걸려 있었고 손님들은 빙빙 돌며 구경을 하고 있을 뿐이었다. 로사는 입술을 꾹 다물며 몇 걸음 나아가 손님들 틈에 끼었다. 그런데 곧 점원이 돌아오더니 차 한 잔을 얹은 쟁반을 내밀었다.

"에페리움 산 최고급 홍차를 끓여왔는데 조금 맛보시겠어요? 갓 따온 레몬그라스도 살짝 넣었답니다."

만약 진이 있었다면 에페리움에서는 좋은 홍차 따위 나지 않는다며 웃어버렸겠지만 로사는 남쪽 지방에 대해 잘 몰랐다. 어쨌든 이럴 때 할 말은 한 가지밖에 없었다.

"고마워요."

로사가 찻잔을 집어 들자 점원이 만면에 미소를 지으며 말을 이었다.

"에페리움에서 올해 홍차 작황이 아주 좋다더라고요. 하지만 혹시 입맛에 안 맞으시면 어쩐다지요?"

상대가 남자도 아닌데 점원이 교태를 부려서 난감했다. 맛이 없으면 네 머리에 부어도 될까, 하는 말을 꿀꺽 삼키고 로사는 홍차를 조금 마셨다. 이런 방식이 델피나드의 옷가게의 표준이라면 여기서 소란을 벌이고 다른 곳으로 간들 달라질 것도 없었다. 어쨌든 로사는 반드시 옷을 사야 했다.

그런데 김이 오르는 찻잔을 들고 있으니 도무지 옷을 만져보기가 쉽지 않았다. 로사가 눈으로만 훑고 있자니 다시 점원이 달려왔다.

"저 페란 수레국화 무늬 튜닉을 꺼내드릴까요? 아가씨에게 잘 어울릴 것 같은데요. 어쩌면 안목도 좋으셔라."

수레국화면 수레국화지 왜 페란 수레국화란 말인가, 수레국화가 거기서만 피는 것도 아니고, 하는 말도 꾹 참았다. 그리고 그 옷은 로사의 마음에 들지도 않았다. 꽃무늬 옷은 평생토록 입어본 적이 없는 로사였다. 로사가 고개를 젓자 점원이 살짝 삐친 듯한 얼굴로 옷을 제자리에 걸었다. 이런 식으로 세 번만 되풀이하면 마음 약한 사람은 아무 옷이나 사서 여기서 도망칠 듯했다. 하지만 로사는 아무 옷이나 살 입장이 아니었다. 홍차를 빨리 마셔버리고 싶었지만 뜨거워서 그것도 쉽지 않았다. 점원이 잠시 멀어진 사이에 로사가 몸을 굽히며 속삭였다.

"여길 고른 이유가 뭐 있는 거 아니었어?"

그런데 옆을 보니 나나가 보이지 않았다. 흠칫해서 돌아서자 가게 안쪽의 손님들 틈으로 나나의 금발이 숨었다 나타났다 했다. 로사는 찻잔을 아무 데나 놔버리고 곧장 걸어가 나나의 손을 잡았다. 그런데 잡고 보니 누군가가 나나의 다른 손을 잡고 있었다.

"아, 이 아이의 보호자세요? 전 혼자 있기에 길을 잃은 아이인 줄 알

로사의 새 옷

앉어요. 실례했네요."

처음 보는 아가씨였는데 스스럼없이 말을 걸어왔다. 하긴 가게 안에 손님들이 수십 명은 되지 제멋대로 돌아다니는 나나가 그렇게 보인 것도 무리는 아니었다. 로사는 고맙다고 말하려다 말고 저도 모르게 아가씨가 입은 옷을 훑어보았다. 녹색 드레스는 단순한 모양이었지만 재질이 공단이라 고급스러웠고, 팔꿈치까지 오는 소매 끝은 자수로 장식했다. 상앗빛 레이스 숄을 걸쳤고 머리에는 진주 구슬을 엮은 띠를 둘렀다. 옷차림에 무심한 로사가 보기에도 세련되고 예뻐 보였다. 저 정도로 입으면 될까 하고 생각하는 사이에 아가씨가 미소를 지으며 말했다.

"옷 사러 오셨죠? 옷을 고르시는 동안 제가 잠시 꼬마 아가씨랑 놀아줘도 될까요? 너무 귀여워서요."

나나가 귀엽다니, 착각도 그런 착각이 없었지만 어쩐 일인지 나나가 정말로 이 낯선 아가씨와 잠시 놀아줄 태세였다. 나나가 다른 사람을 따르는 것은 워낙 흔치 않은 일이었고, 사람 보는 눈만은 분명한 아이였으므로 로사는 시험 삼아 얼마간 놔둬보기로 했다.

잠시 후, 로사가 옷 한 벌을 살까말까 하며 몸에 대어보고 있는데 나나가 불쑥 고개를 내밀었다. 내려다보니 어느새 낡은 원피스 위에 제비꽃을 수놓은 흰 튜닉을 하나 덮어 입고 있었다. 로사가 보기에도 귀여운 옷이었는데 제 딴에도 예쁘다 싶은지 으스대는 나나를 보니 절로 웃음이 나왔다. 조금 전의 아가씨가 다가오더니 로사의 눈치를 살폈다.

"나나한테 딱 잘 어울리는 옷이라서 제가 사주고 말았어요. 화내지는 마세요. 다른 뜻은 없으니까요."

벌써 이름도 알고 있었다. 로사는 본능적인 경계심을 품고 아가씨를 쏘아봤다. 그때 하녀가 다가와 아가씨를 불렀다.

"아가씨, 서른 벌 다 됐대요."

"아, 잠깐만."

옷을 한 번에 서른 벌이나 사는 여자였다. 무슨 계략이 있다기보다 단지 돈이 많아서 주체를 못하는 것뿐인 듯했다. 곧 점원이 커다란 꾸러미를 들고 오더니 아가씨에게 물었다.

"마차에 실어드릴까요?"

"응, 그래줘요."

점원이 나가자 하녀가 약간 볼멘소리로 말했다.

"구빈원에 새 옷을 사서 보내는 사람도 아가씨밖에 없을 거예요. 자꾸 이렇게 해주면 그 사람들도 버릇된다고요. 주제를 알아야 살기가 편한데."

"그래도 추워지고 있잖아. 따뜻한 옷은 있어야지."

추워지고 있다니, 로사가 듣기에는 생뚱맞은 소리였다. 로사에게는 지금 날씨가 고향의 한여름만큼이나 더웠다. 아가씨는 곧 로사에게 돌아섰다.

"죄송해요. 저 때문에 이야기가 끊어져서."

로사는 줄곧 아무 말도 안 했으므로 이야기를 끊었다고 할 순 없었다. 그런데 아가씨는 로사가 들고 있는 옷을 보더니 눈을 약간 크게 떴다. 그리고 말을 해야 할까 말아야 할까 망설이는 것처럼 숨을 들이마셨다. 로사는 눈치가 빨랐으므로 벌써 상황을 알아챘다.

"나나의 옷은 고마워요."

그러면서 들고 있던 옷을 도로 진열대에 걸었다. 무난하게 생겨서 어떻게 되겠다 싶었던 건데 영 아니었던 모양이다. 아가씨는 한참 고민하는 기색이더니 결국 로사에게 다가와서 말했다.

"저, 사과하고 싶네요. 방금 제가 저도 모르게 엉뚱한 짓을 해서. 불쾌하셨죠?"

"괜찮아요. 제가 보는 눈이 없는 건 사실이니까."

"아니에요. 제가 너무 무례했죠."

"괜찮다고요."

"그래도······."

로사는 여자들의 이런 빙빙 도는 대화에 익숙하지 않아서 어서 빠져나가고 싶었다. 그러나 아가씨가 다음 말을 하는 순간 자신이 상황을 오판했음을 깨달았다. 아가씨는 사교적인 대화를 길게 이어가려 한 것이 아니었다. 하고 싶은 말이 있었던 것이다.

"저기, 제가 옷 한 벌만 골라드려 봐도 될까요?"

로사는 생각했다. 나나가 이럴 줄 알고 이 가게를 골랐나?

진은 도서관에서 드디어 『황혼 무렵의 환상』 하권을 다 읽었지만 노력에 비해 결과가 형편없었다. 그 책을 애타게 찾았던 이유인 '지상 낙원' 장이 찢겨나가고 없었던 것이다. 이것도 루크가 냄비 받침 같은 걸로 쓰다가 이 꼴이 된 건 아닐까 싶어 단단히 화가 난 진은 루크를 다그치려고 벼르며 매의 집으로 돌아왔다.

그런데 집으로 들어서 보니 대원들의 표정이 평소와 달랐다. 특히 이유 없이 히죽히죽 웃는 놈들이 많았다. 아샤벨이 달려와 인사를 하더니 싱글거리며 말했다.

"대장님. 오늘 놀랄 만한 일이 있어요."

"뭔데 표정이 그래?"

"올라가 보시면 알아요."

진이 2층으로 올라갔을 때, 로사가 막 자기 방에서 나오다가 진과 마주쳤다. 그러자 진도 눈을 둥그렇게 떴다.

"그 머린 뭐야?"

평소 빗질하지 않아 부스스하게 떠 있던 머리는 간 데가 없고, 사교계의 아가씨들처럼 우아하게 빗으로 틀어 올리고 공단 머리끈까지 두른 모습을 보니 놀라지 않을 도리가 없었다. 목을 뒤덮었던 머리카락이 사라지자 로사의 흰 목덜미와 아름다운 눈이 훨씬 돋보였다. 하지만 냉담한 표정만은 예나 다름없었다.

"뭐긴 뭐야. 올린 머리지."

"갑자기 왜 그랬냐는 뜻이지."

"별로야?"

진은 어이가 없어서 웃고 말았다.

"그냥 변해서 놀란 것뿐이잖아. 왜, 내 의견이 중요해?"

"중요하지."

로사는 거기까지만 말하고 계단 쪽으로 가버렸다. 진은 순간 당황해서 할 말을 잊어버리고 말았다. 로사가 내려가자 1층에서 대원들이 떠드는 소리가 들려왔다.

"아니, 드레스는 어디다가 버렸어?"

"드레스 입으니까 그제야 여잔 줄 알겠더구만, 왜 벗었어? 계속 입고 있지."

"아까 엄청 예뻤는데. 몸만 달게 하고 싹 빠지기야?"

"보니까 몸매도 늘씬하던데. 왜 그런 걸 감추고 다녀?"

아샤벨이 2층에 서 있는 진을 흘끔 올려다보더니 소리쳤다.

"누나, 대장님은 못 봤잖아! 한 번만 다시 입어봐!"

정신을 차린 진은 눈살을 찌푸렸다. 옷을 사러 간다던 로사가 조금 전에 뭔가 여자다운 옷을 입고 나타났던 모양인데 그 여파인지 대원들의 말이 슬슬 희롱으로 변해가고 있었다. 뒷골목에서만 살아온 대원들과 그렇지 않은 진의 인식 차이일 수도 있었지만 어쨌든 진이 듣기에는 거슬렸다. 그리고 이런 일이 빠르든 늦든 결국 일어날 수밖에 없다는 생각도 들었다. 지금의 균형이 오래 가려면 이 기회에 확실히 해둘 필요가 있었다.

"너희들."

진은 계단을 몇 단 내려가서 대원들을 굽어봤다.

"여자가 필요하면 다른 데 가서 찾아. 매의 집에 여자 같은 건 없으니까. 이 안에 들어온 사람은 다 매의 형제다. 아닌 사람은 내보낸다."

진의 목소리가 달라진 것을 대원들은 금세 눈치챘다. 평소에는 거의 들을 일이 없지만 적들과 대치하며 진이 경고하거나, 최후통첩을 할 때면 저렇게 목소리가 낮고 날카로워졌다. 대원들의 자세가 바로 달라졌다. 표정도 굳어졌다.

"다시 한 번 말하지만, 그림자 매의 집에 여자 같은 건 없다. 알아들었어?"

"네!"

진은 돌아서서 다시 올라갔다. 로사는 부엌으로 들어가 버렸다. 진의 방문이 닫히고 나서야 대원들은 서로의 얼굴을 봤다. 모두 긴장한 기색이 역력했다.

"대장님 화나셨다."

"난 아까 칼 뽑으시는 줄 알았네. 그럴 때 목소리잖아."

"너 아까 뭐 이상한 소리 했지?"

"내가 뭘? 칭찬만 했잖아?"

"야, 대장님이 워낙 여자들 건드리는 거 싫어하는 줄 몰랐냐?"

방에 들어간 진은 칼을 풀어 내려놓고 옷을 벗었다. 부하들이 물을 떠다 둔 세숫대야에 얼굴을 씻으면서 그는 생각에 잠겼다. 확실히 남자들만 사는 이 집에 여자가 들어오는 것이 그리 안전한 행동은 아니었다. 오늘 그가 경고했으니 한동안은 괜찮겠지만 저 자리에 없던 대원들 중 누군가가 또 사고를 저지를 가능성은 얼마든지 있었다. 그들은 진과 달랐다. 여자 앞에서 자제하거나, 존중해야겠다는 생각을 떠올리는 자들이 아니었다. 부하들이 진을 존경하긴 해도 진처럼 생각하지는 않는다는 점을 미리 깨달았어야 했다. 만약 로사가 떠나겠다고 한다면 그냥 보내주는 수밖에 없을 듯했다.

만약 로사가 계속 머문다 해도 지금까지와는 달라질 필요가 있었다. 조금 전에 그런 말을 한 이상 진도 로사에게 선을 지켜야 했다. 이제부터는 진의 행동이 대원들의 기준이 될 것이다.

세수를 끝냈을 무렵, 진은 문득 어젯밤에 루크가 떨던 너스레를 떠올렸다. 대원들이 칼싸움은 잘하는데 교양이 부족해서, 라는 말을 되새기는 순간 진은 생각했다. 안 될 건 뭔가?

처음부터 예의를 타고나는 사람은 없다. 진 자신도 어려서 살던 곳에서 계속 살았다면 저들과 다를 바 없었을 것이다. 어디부터 시작해야 좋을지는 몰랐지만 대원들 중에도 다른 자질을 가진 자들이 있지 않을까? 여긴 세계에서 가장 위대한 도서관이 있고 온 대륙의 뛰어난 선생들이 모인다는 델피나드였다. 뒷골목에서 한 시절 칼이나 휘두르다가 늙느니 뭔가 배워보도록 그가 도와줄 수도 있지 않을까?

막 물기를 닦아내고 있을 때 문을 두드리는 소리가 났다. 진이 대꾸했다.

"들어와."

로사였다. 이미 머리도 풀어내려 단정하게 뒤로 묶고 있었다. 로사가 문을 닫으려 하자 진이 말했다.

"그냥 열어둬."

로사는 문을 열어둔 채 세 걸음쯤 떨어진 곳에 와서 섰다. 진은 침대에 앉았다.

"무슨 일이지?"

"사과하려고."

"아까 일? 됐어. 내가 미안할 일이지. 부하들을 잘 못 챙겨서."

"아니, 내 잘못이야. 그럴 줄 알고 있었는데."

"알고 있었다고?"

일부러 짓고 있던 딱딱한 표정이 정말로 굳어졌다. 로사가 고개를 끄덕이자 진은 눈을 꾹 감았다가 뜨면서 로사를 보았다.

"알고 있었는데 그랬다고? 왜?"

"평가가 필요해서. 남자들이 좋아하는지 알아야 했거든."

들을수록 어이가 없었다. 로사의 입에서 나올 거라고는 예상도 못한 말이었다. 진의 얼굴에 당혹감이 번져갔다.

"왜 그런 걸 알아야 되는데?"

"예쁘게 보여야 하는 상대가 있어서 그랬어. 어쨌든 미안해. 내가 분란을 일으켰어. 지금이라도 이 집을 나갔으면 좋겠다고 하면 나갈게."

로사는 말하던 도중에 묶은 머리가 불편한지 자꾸 만지작거리다가 결국 풀어버렸다. 진은 할 말을 잃고 로사를 올려다보고 있었다. 로사가 자신을 놀리는 게 아닌가 싶기도 했고, 아까의 일 때문에 엉뚱한 소리를 꾸며대는 건가 싶기도 했다. 어느 쪽이든, 저 말이 진심이라는 생각보다는 그럴듯했다. 결국 진이 말했다.

"엉뚱한 소린 그만해. 나더러 그런 소릴 믿으라고? 그리고……."

나가겠다는 말에 대답을 해야 했다. 로사가 나가겠다고 하면 잡지 못하겠다고 생각했지만, 방금 로사가 한 말은 진이 나가라고 하지 않으면 있고 싶다는 뜻이 아닌가?

"한번 내렸던 결정이니 사건 하나로 뒤집진 않겠어. 닷새 뒤에 결정하자. 그때까지 녀석들이 어떻게 하는지 보고, 그때도 나가고 싶으면 다시 얘기해."

"알았어."

로사가 돌아서자 진이 말했다.

"아참, 그리고 난 내일 이틀 동안 어딜 좀 갔다 올 거야. 그동안 몸조심해."

"걱정 마."

로사가 나가며 문을 닫았다. 혼자 남은 진은 침대 구석을 노려보며 생각에 잠겼다. 로사가 한 어이없는 말을 믿지 않는다고 말하긴 했지만 뇌리에서도 떠난 것은 아니었다. 예쁘게 보여야 하는 상대라고?

ΧЯЗѧԱЈΟΣ

대도시에서 일어날 수 없는 일

이튿날 아침, 진은 이미 없었다. 일찍 일어나는 아샤벨의 말로는 새벽녘에 나갔다고 했다. 로사가 일어나 1층으로 내려가 보니 대원들이 수군수군하고 있다가 입을 다물며 눈치를 살폈다. 어제의 여파일 게 뻔했다.

로사는 모르는 체하고 집 이곳저곳을 돌아봤다. 오늘은 도서관에 가지 않을 작정이었다. 진과 한 약속 때문이었다. 닷새 동안 나름 최선을 다해 적응해볼 작정이었다. 매의 집에서 나가면 안 될 특별한 이유는 없었지만 어제 벌어진 일 같은 이유로 나간다는 생각은 로사의 자존심을 건드렸다. 로사는 자신이 어떤 혹독한 환경에서도 버텨낼 수 있다고 믿어왔다. 지분대는 남자들 따위를 겁내서 도망칠 자신이 아니었다. 마음만 먹으면 이 집에서도 살아남지 못할 이유는 없었다.

그러기로 하고 나니 새롭게 살기 시작한 이곳이 어떤 곳인지 알아

둘 필요가 느껴졌다. 로사는 전나무 숲으로 둘러싸인 성에서 태어나 자랐다. 그곳에서 이십 년이나 살았지만 로사는 고향사람들과 친밀하게 지내지 않았다. 그럴 수 없었다는 편이 정확할지도 모른다. 그래서 로사는 사람보다 성에 먼저 적응했다. 그 성이라면 종루 꼭대기부터 지하 저장고까지, 영주의 예배당에서 사냥매 우리까지 속속들이 알았다. 거대한 성이었지만 이십 년에 걸쳐 자신의 몸처럼 알아갔다. 스무 살이 되었을 때 그 성은 로사에게 작았다. 완전히 알았기 때문이었다.

그렇게 살아왔기 때문인지 로사는 어디서든 사람보다 장소를 먼저 이해하려는 버릇이 있었다. 고향의 성에 비하면 매의 집은 작았다. 잠깐이면 다 알아낼 수 있을 듯했다. 1층부터 3층까지 각 방을 일일이 들여다본 로사는 뒤뜰로 내려갔다.

"부관님, 아니 대장님이 매의 집 안에서 그런 목소리를 내신 건 처음이야. 그래서 그래."

뒤뜰에서 마주친 아샤벨이 슬쩍 말해주더니 누가 듣고 있는지 눈치를 살폈다. 로사도 전부터 느끼고 있었지만 아샤벨은 이 집의 다른 대원들과 어딘가 달랐다. 나이가 어리기도 했지만 무엇보다 진을 대하는 태도에서 분명한 차이가 있었다. 다른 대원들이 진을 두려워하거나, 좋아하거나, 존경한다면, 아샤벨은 목숨을 맡길 수 있는 사람으로 대했다.

"적들한테만 내시는 목소리지."

아샤벨은 옛날 생각에 잠긴 표정으로 뒤뜰의 돌부리를 툭툭 걷어찼다. 로사가 물었다.

"그래서 다들 실망한 거야?"

"실망했다기보다는 겁을 먹었지. 다들 대장님 무서운 건 뼈저리게 알거든. 모를 수가 없지."

"그래?"

로사는 뒤뜰의 주춧돌 모서리에 앉았다. 아샤벨이 이야기를 하고 싶은 기색이라 듣고 갈 생각이었다.

"진 대장님이 이 순찰대에 들어온 건 일 년 반 전이야. 그 전에는 델피나드에 아는 사람도 없었고, 당연히 뒤를 봐주는 인맥 같은 것도 없었어. 타양 대장님이랑 둘이 막 델피나드에 처음으로 와서 먹고 자고 할 곳을 찾아 이 집에 들어온 거야. 말단 순찰대원으로. 그때 이 집은 '갈락의 집'이라고 불리고 있었어."

"갈락?"

그런 사람은 현재 매의 집에 없었다. 아샤벨이 피식 웃었다.

"응. 왼손의 갈락. 난 본 적이 없지만 꽤 무시무시한 작자였다나봐. 몸집만 해도 페레인 타양 대장님보다 좀 작았을 정도? 거기에 왼손 주먹이 철권이어서 한번 때리면 사람이 그 자리에서 죽었대. 그래서 왼손의 갈락이지."

"넌 그때 여기에 없었어?"

"응. 난 좀 나중에 왔어. 하여튼 갈락이란 놈은 신참들의 절대 복종을 원했는데 두 대장님들은 그러기엔 너무 잘난 거지. 그런데 타양 대장님은 딱 보기만 해도 좀 무섭잖아? 게다가 흑야도 있고. 하지만 진 대장님은 겉보기에는 그냥 잘생긴 귀공자 같으니까 그놈이 만만하게 보고 찍은 거야. 이쪽을 제압하면 타양 대장님도 숙이고 들어올 거라고 계산한 거지. 그런데 진 대장님도 그런 속셈을 바로 알아봤어. 그래서 전쟁이 시작된 거지."

갈락의 심복들이 진을 어린애 취급하며 조롱하자 진은 공개적으로 갈락을 도발해서 처음에는 씨름으로 제압해 흠씬 두들겨 팼다. 그러고 나자 지분거림은 멈췄지만 밤잠을 자다가도 칼침을 맞을 험악한 분위기가 조성됐다. 하지만 그건 진이 바라던 대로였다. 그때부터 진은 그들의 장난감이 아니라 적이었다.

"보통은 그 지경이 되면 다른 조직으로 옮길 텐데 대장님은 그러지 않았어. 다행히 그때 갈락은 순찰대장으로 아직 인정을 못 받고 있어서 알모람의 법으로 대장님을 쫓아낼 방법도 없었지. 대장님은 갈락을 '어린애한테 패한 폐물'이라고 놀려댔는데 갈락이 그 뒤로도 세 번이나 일대일을 걸어왔지만 대장님을 이길 수가 있어야지? 갈락의 심복 놈들도 호시탐탐 대장님을 노렸는데 사실 여럿이 몰려들면 대장님도 어쩔 수가 없잖아? 그런데 대장님은 다툼이 붙을 듯하면 바로 공개 대결로 끌어내셨. 그리고 뭐, 항상 이겼고. 연전연승이긴 했지만 매일같이 하루에 세 번은 싸웠대. 그나마 잠이라도 편하게 잔 건 타양 대장님과 한방에서 지냈기 때문이지. 흑야가 눈을 부릅뜨고 버티고 있는데 숨어 들어오고 싶은 놈은 없었거든. 그래선지 지금도 같이 지내시지."

아샤벨이 입맛을 쩝 다시더니 돌부리를 걷어찼다.

"말은 쉽지만 그게 두 달이나 갔어. 솔직히 온몸이 만신창이였을걸. 어휴, 그때 우리가 와서 도와드렸어야 되는데."

"우리라니?"

아샤벨은 움찔하더니 말을 돌렸다.

"우리가 우리지 뭐. 그렇게 두 달을 버티면서 진 대장님이랑 타양 대장님이 점차 명성을 얻으니까 분위기가 반전된 거야. 두 대장님들이 조직에서 주는 임무들을 끝내주게 처리했거든. 그리고 무엇보다 속도가 유명해져서. 흑야가 보기보다 엄청 빨라. 그리고 진 대장님의 말도 끝내주게…… 아, 긴 말 하면 입만 아프지. 하여간 열여섯 살 먹은 내가 보기엔 세상에서 제일 말을 잘 타셔. 그러다가 그 별명이 생긴 거야. 그림자 매의 쌍검. 그림자 매가 쓰던 쌍검처럼 빠르다 그거지. 진 대장님이 오른쪽 검, 타양 대장님이 왼쪽 검. 그러다가 결국 진 대장님이 그림자 매로 알려지게 된 거야. 그림자 매는 보통 속검에 암살자처럼 효율적으로 싸우는 사람한테 붙는 별명이거든. 그쯤 되니까 알모람의 손이 진 대장님을 순찰대장으로 임명했고, 그럼 뭐, 갈락이랑 그 패거리들은 떠나야 되는 거 아니겠어? 갈락은 창피해서 아예 델피나드를 떠버렸다고 하던데. 어쨌든 지금 대원들 중에서 절반 정도는 그때 그 싸움을 봤던 사람들이야. 물어보면 다들 고개를 절레절레 젓지. 한번은 등에 칼을 맞고도 일대일을 벌여서 이겼는데, 저러다 내일은 시체를 실어내려나 했더니 이튿날 또 싸우더라는 거야. 사람이 아닌 것 같다고들 그랬지."

열여섯 살 소년의 입에서 나오는 말이니 과장이 없지는 않겠지만 어쨌든 대단한 이야기였다. 루크한테 상냥하다는 소리나 듣는 진이 그런 사람이라고 생각하니 머릿속에서 일치시키기가 쉽지 않았다.

대도시에서 일어날 수 없는 일

"어이, 좋은 아침이야!"

말하기가 무섭게 나타난 루크가 하품을 하며 근처로 오더니 아샤벨을 봤다.

"너, 지금 뭐 재미있는 얘기 했지?"

"응. 진 대장님 옛날 얘기."

"그런 얘기는 나 있을 때 해줘야지. 야, 빨리 처음부터 다시 해."

"아, 몰라. 나중에 딴 사람한테 들어."

"야, 인마. 나 극작가거든? 그런 얘기를 들으면 내가 근사한 대본으로 써낸다고. 뒷골목의 전설, 그림자 매! 대장님을 극장에 가서 보면 멋지지 않겠냐? 내가 배역도 벌써 생각해놨어. 시모디우스 어때?"

아샤벨은 즉각 짜증을 냈다.

"시모디우스가 어딜 진 대장님을 닮았어? 우락부락한 돌골렘 같은 놈이. 좀 더 잘생긴 배우 없어?"

"그럼 조엘 하임은? 분위기가 좀 닮지 않았어?"

"어디가! 하임은 너무 계집애 같잖아!"

"어휴, 그래 관둬라. 너희만의 영웅인데 누굴 데려온들 맘에 들겠냐. 직접 무대에 서시라 그래. 연기 수업은 내가 해드릴 테니까."

거기까지 말했을 때였다. 앞뜰 쪽에서 웅성대는 소리가 들렸다. 곧 할이 달려오더니 외쳤다.

"야! 다들 안으로 들어가! 얼른! 큰일 났어!"

"왜?"

아샤벨이 되물었지만 할은 대꾸할 틈도 없이 가버렸다. 소음은 점점 커졌다. 아샤벨은 앞뜰로 달려갔고, 로사는 뒷문을 통해 집안으로 들어갔다. 루크는 양쪽을 번갈아 보다가 중얼거렸다.

"어느 장단에 춤을 춘다? 안전도 좋지만 상황 판단은 해야지?"

루크가 아샤벨이 간 쪽으로 걸어가는데 어디선가 화살이 날아들더니 루크의 모자챙을 아슬아슬하게 스쳐 벽 틈에 꽂혔다. 눈이 휘둥그레진 루크가 벽을 보니 화살이 얼마나 굵고 촉이 튼튼한지 돌을 일부 부쉈을 정도였다. 루크가 직접 맞았더라면 즉사였다.

그제야 생각이 바뀐 루크는 허둥지둥 뒷문으로 달려갔다. 그런데 뒷문이 이미 잠겨 있었다. 루크는 와들와들 떨면서 문을 두드려댔다.

"열어줘! 열어달라고! 나야, 나라니까!"

그러는 사이에도 화살이 다섯 대나 날아들어 벽과 흙바닥에 꽂히고, 심지어 문짝에도 꽂혔다. 주위를 둘러봤지만 숨을 곳 하나 없었다. 루크는 문 두드리기도 포기하고 쪼그려 앉아 머리를 감싸 쥐었다. 그때 문이 덜컥 열렸다.

"어서!"

로사였다. 루크는 재빨리 안으로 뛰어 들어가 벽 뒤에 쪼그렸다. 로사가 문을 닫더니 다시 걸어 잠갔다.

"오, 아니르시여! 굽어살피시옵소서. 이게 무, 무슨 일인가요?"

"몰라. 누군가가 공격하고 있어."

"하, 한 명이 아닌 것 같은데?"

"당연히 한 명이 아니지."

로사는 루크를 내버려두고 마구간으로 달려가 버렸다. 루크는 겨우 정신을 차리고 주위를 둘러봤다. 모든 대원들이 1층으로 내려와 있었다. 앞문은 이미 잠겼는데 밖에서 탕, 탕, 하고 화살이 꽂히거나 튕겨 나는 소리가 계속해서 들렸다. 그뿐 아니라 투석기가 날린 듯한 돌도 벽을 때렸다. 그럴 때면 온 집이 울렸다.

흥분한 대원들이 주고받는 소리가 들렸다.

"대장님은 어디 계셔?"

"오늘 새벽에 나가셨잖아!"

"언제 오시는데?"

"모레!"

"그, 그럼 타양 대장님은?"

"몰라! 행선지를 말하고 나가시는 분이 아니잖아!"

"설마 진 대장님하고 같이 가신 건 아니겠지? 흑야도 없는데?"

"제발 아니길 빌어라. 이게 지금 무슨 꼴이냐? 여긴 그림자 매의 집이라고!"

루크는 앞뜰로 나가보지 못해 어떤 상황이 벌어진 건지 알 수가 없었다. 그는 2층으로 뛰어 올라갔다. 앞뜰을 내다보는 방으로 들어가려는데 옆에서 누군가가 나무판 같은 것을 건네주며 말했다.

"이거 쓰고 가서 창문 닫고 걸어 잠가. 빨리!"

로사였다. 어느새 올라온 건지 몰랐다. 건네준 것이 뭔가 하고 봤더니 어느 옷장에서 뜯어낸 문짝이었다. 루크는 긴가민가하며 문짝을 쥐고 방으로 한 발짝 들어가 보았다. 그러다가 거대한 소음을 들었다.

콰쾅!

루크는 그 자리에서 얼어붙었다. 이어 화살 하나가 그가 들고 있던 문짝에 박혔다. 자칫했으면 쥐고 있던 손에 박힐 뻔했다. 루크는 창문이고 뭐고 잊어버리고 도로 뛰어나와 계단으로 달려갔다. 그러다가 계단 옆방을 문득 돌아보고는 눈을 크게 떴다. 로사가 침대에서 벗겨낸 시트를 창턱에 묶어 열린 창문 너머로 펄럭이게 하고 있었다. 시선을 끌려는 것이 분명했다. 왜? 루크를 지켜주려고.

루크는 그 모습을 잠시 보고 있다가 조금 전의 방으로 돌아갔다. 그리고 숨을 크게 들이쉰 다음 문짝을 쥔 채 달려가서 창문을 닫았다. 해보니까 그리 어렵지도 않았다. 이어 다음 방도, 그 다음 방의 창문도 닫았다. 그런 다음에 나와보니 로사가 어느새 자기가 있던 방의 창을 닫고 나와 루크를 불렀다.

"복도에 뭉쳐놓은 시트들 보이지? 1층으로 던져!"

"그건 뭘 하게?"

"다 쓸데가 있어!"

루크가 시키는 대로 각 방에서 끄집어낸 시트들을 아래층으로 내던지자 1층에 몰려 웅성대고 있던 대원들이 위를 올려다보고 소리쳤다.

"뭘 하는 거야?"

"난들 알겠어?"

대원들은 영문도 모르고 떨어지는 시트를 피하다가 결국 한구석에 쌓아올렸다. 하라트는 고개를 들고 2층 복도를 빤히 보다가 로사가 움직이는 것을 발견했다. 하라트가 물었다.

"로사 아가씨, 뭐 해?

"돕고 싶으면 올라와."

"아가씨가 하는 일인데 물론 도와야지."

살림꾼 하라트는 첫날 이후로 로사의 가장 큰 지지자였다. 하라트가 올라오자 로사는 3층을 손가락질하더니 나무토막 두 개를 건넸다.

"3층 창문을 전부 닫고, 창문 걸쇠가 없는 동쪽 끝 방하고 계단 뒤 모서리 방은 이걸로 빗장을 질러. 다 하고 나면 종탑으로 나가는 문을 매트리스 두 개로 막아. 크기가 딱 맞을 거야. 그런 다음에 바로 옆방에 큰 서랍장 있지? 그걸 옮겨서 받쳐."

"어, 그, 그래."

하라트는 루크와 달리 몸집이 커서 가구 같은 것을 옮기기에 제격이었다. 하지만 큰 것을 옮기려면 균형 때문에 적어도 둘은 있는 편이 나았다. 하라트가 창을 다 닫고 났을 때 3층에는 할이 올라와 있었다. 할은 미심쩍은 표정으로 하라트를 쳐다봤다.

"네가 뭐 중요한 거 한다며? 도와주라던데."

"어, 맞아. 이리 좀 와봐."

로사는 2층 난간에서 몸을 기울이고 1층을 내려다봤다. 대원들의 숫자를 눈으로 훑었다. 대략 예순 명. 나머지는 시내 어딘가에 있을 테지만 이 소식을 듣는다 한들 돌아온다는 보장은 없었다. 그리고 아직 적의 숫자가 얼마나 되는지도, 심지어 누구인지도 모르는 상황이었다.

아무것도 모르더라도 첫 번째로 해야 하는 조치는 명백했다. 하지만 로사는 매의 형제들의 대장이 아니었다. 며칠 전에 들어온 이방인

일 뿐이었고, 여자였다. 로사에게는 진이 가진 명령권이나 권위가 없었다. 매의 형제들은 진이나 타양이 아닌 자의 명령을 잔소리로 여길 것이다. 로사는 다른 방식을 취해야 했다. 그리고 그건 로사가 십여 년 넘게 늘 해온 일이기도 했다.

"누구 2층 좀 막을 사람 없어? 창으로 돌이 날아 들어와 굴러다니잖아!"

"2층에?"

대원들 몇 명이 뛰어 올라왔다. 로사는 진의 방을 가리켰다.

"저 방을 엉망으로 만들 거야? 침대랑 가구랑 끌어내서 벽을 완전히 막아!"

세 명이 바로 쫓아 들어갔다. 로사는 남은 사람들에게 다른 방들을 가리켜 보였다.

"저쪽도 뚫렸어!"

사실 대원들도 당황하고 있었다. 그들이 싸움에 능하긴 했지만 거리에서 주로 싸웠지, 지금처럼 대규모의 적이 매의 집으로 침입해온 일은 한 번도 없었다. 더구나 여긴 시내 한복판이었다. 저런 식으로 공성전을 걸어오는 상대가 있을 거라고는 아무도 예상하지 못했다. 그들뿐 아니라 누구도 예상하지 못했을 것이다. 상식적인 일이 아니었으니까. 당연히 경험도 없었다. 그런 와중인데 진도 타양도 없으니 명령을 내릴 사람이 없어서 무엇부터 해야 좋을지 모르던 상황이었다. 누구든 할 일을 지적해주자 그들은 열심히 달려들었다.

대원 십여 명의 손으로 2층과 3층의 광장 쪽 창과 벽은 모조리 막히고 보완되었다. 한동안은 돌이 날아와도 잘 버틸 것이다. 하지만 그 사이 부엌 옆벽에 붙은 식당은 완전히 박살이 났다. 벽이 뚫렸고 지붕도 무너졌다. 나중에 개축해서 붙인 곳이라 구조가 약했던 모양이었다. 로사는 부엌 앞으로 달려가 대원들을 불렀다.

"식당 쪽이 뚫렸잖아! 문을 막아야 해!"

하라트를 비롯해서 다섯 명이 달려왔다. 식탁을 하나 끌어다가 식당으로 나가는 뒷문을 막았다. 로사는 도끼를 들고 오더니 하라트에게 건네주었다.

"의자 몇 개만 조각내줘. 그걸로 앞뒤 창을 막을 거야."

도끼질 소리가 메아리치기 시작하자 다른 대원들도 무슨 일인가 하고 달려왔다. 로사는 그들이 오는 족족 조각난 나무토막을 안겨주며 창틀 앞으로 데려가 맞춰 끼우는 시범을 보여주었다. 마구간 쪽으로 뚫린 창들은 이미 눈치 빠른 루크가 대원들 둘과 함께 막아놓았다. 모두 1층 홀로 돌아오자 로사가 말했다.

"1차 봉쇄는 됐고."

"봉쇄?"

할이 되물었다. 할은 머리가 좀 돌아가는 편이었고, 매의 집에 가장 오래 머문 축이라 일종의 고참병다운 권위도 있었다. 로사도 그 점을 의식하고 있었다. 설명을 해줘야 할 시점이었다.

"농성의 시작은 봉쇄부터지. 현재 우린 적이 누구인지도, 병력이 얼마나 되는지도 몰라. 상황 판단이 끝나기 전에는 밖으로 나갈 수 없어. 우린 예순 명뿐이잖아? 한 명이라도 아껴야지. 현재까지는 광장 쪽에서 활과 투석기 같은 장거리 무기로만 공격해오고 있으니까 조금 전에 그쪽 벽을 보완했고, 화살이 들어올지 모를 창과 구멍, 종탑 쪽 문은 다 막았어. 다음은 육박전에 대비해야 해. 천 년 전부터 농성하는 방법은 수백 가지나 개발되어 있거든."

할은 로사의 분명한 설명에 조금 놀란 기색이었다. 그런데 다른 대원이 물어왔다.

"근데 농성이 뭐야?"

"성에서 문을 닫고 버틴다고. 한 번도 안 해봤어?"

로사는 일부러 어이없어하는 표정으로 그 대원을 쏘아봤다. 그가 우물쭈물하다가 대꾸했다.

"여기가 성이냐?"

"성이어야 농성을 하든가 말든가 하지. 이건 그냥 집인데?"

대원 몇 명이 고개를 갸웃대자 로사가 쐐기를 박듯 말했다.

"그래서? 성이 아니라서 농성이 안 되니까 항복이라도 하자고?"

"그건 아니지만 지금 적이 누군지도 모르고······."

테리가 끼어들자 로사가 다시 말했다.

"누군지 모르면? 설마 돌과 화살을 쏘아대면서 우리를 무도회에라도 초대하겠다는 뜻은 아닐 것 같은데."

몇 명이 분위기도 모르고 피식거렸다. 그들에게는 아직 로사만큼의 긴장감이 없었다. 다시 말해 이러다가 죽을지도 모른다는 생각은 하지 않았다. 조직원들이나 순찰대들이 뒷골목에서 싸움을 벌인다 해도 근본적으로 델피나드는 평화로운 땅이었고 수십 년간 큰 전쟁에 휘말린 적도 없었다. 서로 적이라 한들 꼭 죽고 죽이지 않아도 문제를 해결할 방법은 얼마든지 있었다. 델피나드 사람들은 그런 사고방식에 젖어 살아왔다.

하지만 로사는 적이라는 존재를 그런 눈으로 보지 않았다. 그녀는 눈 덮인 산등성이 따위를 갖겠다고 수천 명의 목숨을 들판에 뿌리는 땅에서 자랐다. 고향에는 전쟁으로 가족 한둘 정도는 잃지 않은 사람이 없었다. 로사의 작은아버지도 전쟁에서 전사했다.

상대가 누군지 모르는 것은 전혀 중요한 일이 아니었다. 투석기까지 동원한 적이 잠시 후에 신사협정을 맺자고 나올 가능성은 거의 없었다. 그들이 무엇을 원하든 투자를 했지 않은가? 당연히 비용을 뽑기 전에는 가지 않을 것이다.

거기까지 생각한 로사는 문득 미간을 찌푸렸다. 그렇다면 상대도 로사와 비슷한 자가 아닐까? 다시 말해, 전쟁을 아는 자가 아닐까?

할이 말했다.

"그래. 어쨌든 저놈들이 누구인지 알 때까지라도 버텨야지. 물론 여긴 델피나드 한가운데야. 총독부에 이 일이 알려지면 경비병들이 몰려오겠지. 하지만 치즈 냄새 풍기는 경비병 놈들이 왔을 때 우리가 얼간이같이 당한 꼴을 보여주고 싶진 않겠지? 여긴 그림자 매의 집이잖아!"

단기적 예상이긴 했지만 당장 뭔가를 해야 한다는 점만은 전달되었다. 대원들은 금세 자극이 되어 소리를 질렀다.

"그럼, 당연하지!"

"여기가 어딘 줄 알고 덤벼?"

"당장 나가서 싹 쓸어버릴까?"

그때 루크의 목소리가 들려왔다. 그는 3층 난간에서 몸을 기울이고 있었다.

"여러분의 용기는 가상하지만 지금 나가면 눈 깜짝할 사이에 푸줏간 고기 신세가 될 것 같은데."

"뭐?"

대원들의 눈이 위로 쏠렸다. 루크가 한 손에 쥔 것을 빙글빙글 돌리다가 아래로 던졌다. 떨어지고 보니 화살이었다. 천 한 조각이 묶인. 로사는 저도 모르게 집으려 하다가 손을 멈추고는 할을 흘끗 봤다. 할이 화살을 집어 들었다. 천을 풀어내어 펼치자 검은 잉크로 적은 글귀가 보였다. 갓 적은 듯 잉크가 아직 번져 있었다. 할이 천천히 읽었다.

"육십 대 오백. 너희가 이 의미를 안다면 들보에 나란히 목을 매는 편이 무익한 고통을 줄이는 길일 것이다."

싸늘한 침묵이 퍼져 나갔다. 테리가 중얼거렸다.

"오백 명이라고?"

맨 뒤에 서 있던 네옵스가 정문 쪽으로 가서 문과 문틀 사이의 틈으로 밖을 내다보았다. 그리고 고개를 돌려 대원들을 보았다. 얼굴이 굳어져 있었다.

"이거 장난이 아닌데."

얼마 후, 화살 소리가 멈췄다.

주위의 집들은 텅 빈 듯 고요했다. 인기척은커녕 커튼 하나 나부끼지 않았다. 열린 창도 없었다. 평소 같으면 수선스럽게 나다닐 이웃들도 종적을 감췄다. 상당수는 달아났고, 남은 자들도 자기 집 창턱 밑에 숨어 동정을 살피고 있었다. 정오를 앞둔 광장다운 활기는 흔적 없이 사라졌다.

매 광장은 오거리를 끼고 있었다. 각 거리는 비록 넓지 않았지만 좌우로 집들이 다닥다닥 붙어 있었고, 매의 집 뒤로도 2, 3층 정도 되는 집들이 좁다란 골목을 이루며 어깨를 맞대고 있었다. 하지만 근방에서 가장 높이 솟은 건물은 역시 매의 집이었다. 3층이긴 했지만 구조부터가 달라서 4층 정도는 충분히 되는 높이였다.

오거리의 입구들은 무장한 병사들이 말 그대로 봉쇄했다. 진영을 갖춘 적들의 모습은 곧 달려들어 매의 집을 낱낱이 해체하기라도 할 듯 당당했다. 선두에는 백여 명의 궁사들이 포진했다. 그리고 소금마차 거리의 입구에는 전쟁에서나 쓰이는 투석기가 무시무시한 위용을 뽐내고 있었다.

어처구니없는 일이었다. 비록 빈민들이 많이 사는 조선공 구역이긴 하지만 여기도 델피나드 안이었다. 전쟁이 난 것도 아닌데 중무장한 병사들이 전쟁 무기를 동원해 한 구역을 포위하다니. 누군지 몰라도 정신이 단단히 나간 게 틀림없었다. 총독부 휘하의 경비병들이 이런 꼴을 가만히 구경하고 있을 리가 없었다.

그렇게 믿어 의심치 않았건만, 경비병들은 반 시간째 얼씬도 하지 않았다. 정말 이상한 일이었다. 동네 주민들이 보기에도 그랬고, 순찰대원들이 보기에는 더더욱 그랬다. 시간이 흐를수록 곧 도착하리라는 기대와, 이러다 오지 않는 게 아니냐는 불안이 동시에 커져갔다. 그렇다고 알모람의 손이 도우러 와 줄까? 수뇌부는 그러고 싶을지 몰라도 조직원의 수가 오백 명씩 되지는 않았다. 물론 그들이 거느린 다른 순찰대들이 있지만, 이길 만한 싸움이라면 모를까 그들인들 이런 골치아픈 일에 끼어들고 싶을 리 없었다.

상황이 심상치 않아 보이도록 몇몇은 대도시 한가운데에서 이런 일이 벌어졌다는 사실 자체를 납득하지 못해 말다툼을 벌이기도 했다. 하지만 어떻게 생각하든 광장 너머에 포진한 오백여 명의 군대는 환상이 아니라 현실이었다.

"어서! 서둘러!"

그런 사정과는 별개로 매의 집은 탄생 이후 어느 때보다도 정신없이 돌아가는 중이었다. 시트를 찢어 밧줄을 만들고, 부엌에서는 물과 기름을 끓이고, 곡식 등을 담았던 자루를 모조리 끄집어내어 흙을 퍼 담아 정문 앞에 쌓았다. 마구간이 안에 있어서 바닥에 깔았던 흙이었다. 흙이 모자라자 말똥도 퍼 넣었다. 곧 말들은 깨끗이 청소된 석조 바닥 위에 멀거니 서 있게 되었다.

모두 로사의 지시대로였다. 하지만 병사들이 로사의 지휘를 따르게 된 건 아니었다. 전쟁 경험자가 로사밖에 없었기 때문에 조언을 받아들였을 뿐이었다. 따라서 지휘자는 여전히 없었고 그들은 군대로 조직되지 못했다. 자유로운 도시에서 태어나고 자라온 순찰대원들은 몰랐지만 로사는 이대로는 절대로 이길 수 없다는 것을 잘 알고 있었다.

이윽고 광장 앞으로 기수가 달려나왔다. 기수는 정말로 전쟁이라도 치르는 것처럼 갑옷을 갖춰 입고 깃발을 들고 있었다. 그러나 깃발에는 아무 무늬도 없었다.

"항복하라. 항복하지 않으면 그 집은 주춧돌까지 가루로 변할 것이다."

이쪽에서는 누가 대꾸해야 될지조차 불분명해서 서로 얼굴만 보았다. 기수가 말을 이었다.

"그림자 매여, 앞으로 나오라. 이 광장에서 너와 싸울 것이다. 일대일로!"

그림자 매가 집에 없다고 알리는 것이 좋은지 아닌지도 헷갈렸다. 다들 어찌하면 좋을지 모르는 표정들이었다. 한 명이 조그맣게 내뱉었다.

"일단 누군지나 밝히고 시작하지?"

그 말을 들었을 리는 없겠지만 기수는 곧 외쳤다.

"우리는 니케포루스 장군의 15연대다. 그림자 매는 장군의 장원에 침입하고, 장군을 모욕했다. 그 대가를 받는 것이다. 정오의 종이 울릴 때까지 시간을 주겠다. 그때까지 그림자 매가 나오지 않으면 전쟁이 시작되는 것으로 간주하겠다. 포로도, 협상도 없을 것이다."

상대가 누군지 밝혀지자 대원들은 더더욱 어처구니없는 표정들이었다. 전쟁 영웅인 니케포루스 장군이 고작 그런 이유로 군대를 동원해 뒷골목의 순찰대 숙소를 포위하다니?

정오까지는 고작 십 분 정도 남아 있었다. 기수는 대열로 돌아갔다.

로사는 할을 불렀다.

"내가 이제부터 애기를 좀 해야 하는데, 옆에 좀 서 있어줄래?"

할은 금세 상황을 알아차렸다.

"잠깐만."

할은 고참 대원을 두 명 더 불렀다. 오닐과 크리세스였다. 로사는 2층으로 올라가는 계단 중간쯤에 자리를 잡았다. 할이 먼저 소리쳤다.

"자, 다들! 여기 좀 봐! 경험자가 할 얘기가 있다니까 들어봐!"

모든 대원은 아니었지만 어쨌든 상당수는 로사를 바라보았다. 로사가 팔짱을 끼더니 말했다.

"알다시피, 우리에겐 그림자 매가 없어. 시작부터 협상 결렬이지. 그럼 답은 전쟁뿐인데, 물론 우스꽝스러울 정도로 작은 전쟁이겠지만 휘말린 사람이 죽어나가는 건 똑같지. 포로가 없다는 말은 떠나도록 놔둔다는 뜻이 아니라 한 명도 살려두지 않겠다는 뜻이야."

대원들은 입술을 짓씹거나 어깨를 풀거나 허공을 쳐다봤다. 몇몇은 로사를 똑바로 올려다봤다. 로사가 보기에 아직도 그들 중 절반은 상황을 깨닫지 못하고 있었다.

"전쟁이 시작되면 내가 보기에 세 시간쯤 버틸 것 같아. 그 뒤는 경비병들이 오든가, 그림자 매가 오든가, 아니면 신들이 피리 부는 천사라도 보내주든가, 셋 중 한 가지는 일어나야 해. 어느 쪽이 제일 가능성 있을까? 내가 보기엔 세 번째 같은데."

상황 파악이 덜 된 대원 몇은 웃었고, 나머지는 얼굴이 굳어지거나 인상을 찡그렸다. 한 명이 외쳐 물었다.

"뭘 근거로 세 시간이야?"

"초짜들이 알아듣게 설명하느니 그냥 세 시간 기다려보는 게 빠를 것 같지만, 어쨌든 말해주자면 첫째, 농성 무기가 너무 적어. 둘째, 우리에게는 궁수가 없어. 셋째, 여러분은 전쟁이 뭔지도 몰라. 넷째, 지휘관이 없어. 말하다 보니 세 시간도 너무 관대한 것 같네. 삼십 분으로 정정하겠어."

대원들은 기분 좋은 표정이 아니었다. 대놓고 여자가 뭘 안다고 우릴 훈계하느냐고 고개를 돌리는 자들도 있었다. 로사가 말을 이었다.

"하지만 유리한 점도 있지."

좀 더 많은 시선이 로사를 향했다.

"첫째, 여기는 대도시야. 저들이 우리를 공격해도 좋다는 총독부의 허가나 최소한 묵인을 얻었다 해도 시가지까지 망쳐선 안 되겠지. 그러니 불 공격은 없을 거야. 델피나드를 다 태울 작정이 아니라면."

할이 신기해하며 로사를 봤다. 마치 지휘관에게 정말로 전황 설명을 듣는 느낌이 들었던 것이다.

"둘째, 같은 이유로 우리는 일단 정면 공격만 받게 돼. 뒤쪽은 다른 집들로 막혀서 공성 무기를 쓸 수가 없고, 따라서 본격적인 육박전을 벌여야 하는데 그건 낭비니까. 셋째, 이 건물은 농성에 유리한 북부 양식으로 지어졌어. 이 더운 지방에 이런 걸 지어놓은 누구인지 모를 신에게 경배를. 넷째, 저들은 이 안이 어떻게 생겼는지 전혀 예상을 못할 거야. 북부에 와서 싸워본 적이 없다면. 따라서 삼십 분을 다시 세 시간으로 정정하겠어."

대원들의 표정이 볼만했다. 이 여자가 자기들을 놀리는 건가?

로사가 말을 이었다.

"여러분이 무슨 생각을 하는지 알아. 물론 난 전쟁을 지휘해본 적은 없어. 하지만 구경이라면 신물 나게 했지. 그래서 적어도 이런 걸 알고 있어."

로사는 할을 돌아봤다.

"할. 서른 명을 이끌고 2층과 3층을 맡아줘. 병사들이 정문을 공략하러 나오면 창틈으로 공격을 해야 해. 벽도 보호해야 하고."

"저 돌로 벽이 무너질까?"

"그럼. 한 지점에만 집중하면 금방 무너져. 그 다음에는 모두 개죽음이야. 그러기 전에 우리는 전선을 뒤뜰 쪽으로 유도해야 해."

"어떻게?"

로사는 그 점에는 대답하지 않았다. 대신 크리세스에게 말했다.

"크리세스, 역시 스무 명을 데리고 집 안의 집기들을 1층으로 모조리 모아줘. 특히 도끼가 많이 필요해. 곧 바리케이드를 쌓을 거야."

"어디다가?"

로사는 그 질문에도 대답하지 않았다. 이번에는 오닐을 보았다.

"오닐은 열 명을 데리고 조금 전에 하던 대로 농성 무기를 계속 준비해 줘. 그럼 이제 열 명 남았지?"

로사는 열 명을 찍어내려는 것처럼 대원들을 둘러봤다. 한 명 한 명 눈을 맞추더니 말했다.

"나하고 같이 종탑에 올라가줘야겠어. 위험할 테니 투구 정도는 써

뭐. 그런데 투구는 있어?"

동쪽 종탑에 올라가 내려다본 매 광장은 더 작아보였다. 엎어지면 코 닿을 거리에 적 병사들과 궁수들이 진을 치고 있었다. 투석기는 다행히 한 대뿐이었다. 하긴 집 하나를 부수기 위해 그 이상 필요하지도 않을 듯했다. 준비된 돌 크기를 보아하니 북부 양식으로 지은 매의 집이 순식간에 부서질 것 같지는 않았다. 하지만 나무 덧창 같은 곳에 맞으면 이야기가 달라진다. 요새가 아니고 신전이었기 때문에 창문만은 꽤 많은 편이었다.

집구석을 뒤져보니 그래도 투구가 다섯 개는 나왔다. 열 명의 대원들은 두 종탑에 다섯 명씩 올라와 불안한 얼굴로 광장을 내려다보고 있었다. 로사는 그들에게 물에 적신 나무토막이 담긴 들통과 불씨를 가지고 올라오게 했다. 양쪽 종탑에서 나무를 태우기 시작하자 검은 연기가 무럭무럭 올라갔다. 화재가 난 것처럼 보여서 경비병의 출동을 유도할 생각이었다. 동시에 소문이 퍼지면 다른 대원들이나 타양이 소식을 듣고 돌아오지 않을까 하는 계산도 있었다.

로사는 아래를 내려다보며 잠시 기다렸다. 이윽고 남쪽으로 뻗은 소금마차 거리에서 예상하던 것이 나타났다. 말을 탄 병사들 십여 명이 다가와 광장 쪽을 살폈다. 로사는 순찰대원들을 불러 그쪽을 보게 했다. 그들이 반색을 했다.

"어, 경비병들이 왔네?"

경비병 한 명이 말에서 내려 광장을 막은 군대 뒤쪽으로 가더니 누군가와 대화하는 모습이 보였다. 그러더니 돌아서서 그만 가버리는 것이 아닌가? 순찰대원들은 어이가 없어 눈을 크게 떴다. 몇 명은 화가 나서 발을 굴렀다.

"저놈들이 정신 나간 거 아냐? 이 꼴을 보고 그냥 가? 그러고도 너희들이 경비병이야?"

로사는 그들이 분노를 터뜨릴 때까지 기다렸다가 말했다.

"이제 각 탑에 한 명씩만 남아. 나머지는 내려가서 할과 크리세스한테 합류해."

그들은 내려가서 소문을 퍼뜨릴 것이다. 경비병의 도움을 기대할 수 없다고. 드디어 정오의 종이 울렸다. 로사는 벽 끄트머리에 웅크리고 앉아서 움직이기 시작한 병사들을 내려다보았다. 그들은 일단 통나무를 가져와 정문을 쿵쿵 치기 시작했다. 그러자 2층 창문이 열리며 대원들이 뜨거운 물과 돌멩이 따위를 쏟아부었다. 병사들은 잠시 물러났지만 곧 돌아왔다. 그런 일이 몇 번 되풀이되는 동안 문짝 가운데 움푹 팬 자리가 생겼고 그곳을 중심으로 금이 번져갔다. 이대로라면 문이 뚫리는 것은 시간 문제였다. 농성측은 상대방을 공략할 무기가 턱없이 부족했다. 활도 없었고 하다못해 장창도 없었다.

병사들이 통나무를 가지고 물러났다. 그러자 투석기가 움직이기 시작했다. 돌이 서너 차례 날아들자 정문은 반파되었다. 다시 병사들이 달려오기 시작했다. 이제 슬슬 때가 되었다. 로사는 연기 때문에 기침을 몇 번 한 뒤 말했다.

"여기서 오거리의 상황을 계속 살펴봐. 곧 전령을 보낼 테니 그때

보고해."

로사는 1층으로 뛰어 내려갔다. 예상대로 아래는 아수라장이었다. 조금 전과는 분위기부터가 달랐다. 농성 무기는 이미 모조리 2층으로 실어간 상태였고 더 만들 재료도 없었다. 1층 바닥에는 바리케이드를 쌓을 집기들이 산더미였다. 정문 앞에 쌓아올렸던 흙 자루며 집기들은 절반쯤 흘러내린 상태였다. 그 틈새로 문이 갈라진 것이 확연히 보였다. 대원들은 저기를 막아야 한다, 소용없다, 논쟁을 벌였지만 결론이 나지 않은 상태였다. 할이 소리쳤다.

"아가씨! 적들이 오고 있어."

"알고 있어."

로사는 제단 위로 달려가 그 위로 올라갔다. 그리고 소리쳤다.

"이쪽의 물통 두 개를 정문 앞으로 옮겨!"

논쟁을 벌이던 대원들은 로사에게 새로운 계획이 있어 보이자 즉각 움직였다. 누구든 위기를 직감하면 출구를 제시하는 사람을 따르게 되기 마련이었다. 상대를 존경하든가 존중하든가 하는 것은 이미 중요한 문제가 아니었다. 물통을 옮겨 오자 로사가 명령했다.

"자루를 새로 쌓아 올려서 문 위쪽을 막고, 문 전체에 물을 골고루 뿌려!"

"문짝에 물을 뿌리라고?"

"식수는 남기는 거야?"

의문을 제시하는 대원들도 있었지만 몇 명은 바로 자루를 쌓아올리기 시작했다. 다른 대원은 바가지를 가지러 갔다. 로사는 1층에 남은 대원들에게 다시 말했다.

"여기 쌓인 집기들로 뒤뜰 주변을 완벽하게 막을 거야. 특히 두 군데 골목 앞. 빨리 움직여. 시간이 별로 없으니까."

그리고 로사는 문을 바라보며 심호흡을 했다. 이어 낯선 발음이 흘러나왔다.

"시오니 타스 비온 테르 페사노크 후스 임 미온."

갑자기 차가운 공기가 1층 전체에 감돌아 대원들 모두가 흠칫했다. 찬 공기는 문을 타고 올라갔고, 문 전체에 얼음이 뒤덮이기 시작했다. 보고 있던 대원들은 눈이 튀어나올 것 같은 표정들이었다.

"잠깐만, 저, 저거, 저거, 마, 마법이야?"

"아가씨가 마법사였어?"

"우와, 마법이 이런 거구나……."

문 전체가 얼어붙었을 때 로사는 전력으로 달린 사람 같은 표정으로 숨을 몰아쉬고 있었다. 얼굴이 창백했고 다리까지 휘청거렸다. 곁에 있던 테리가 얼른 부축하더니 말했다.

"아, 정말 무슨 말을 해야 할지 모르겠네. 그거 체력이 엄청 소모되잖아? 괜찮아? 물이라도 마실래? 내가 어, 업을까?"

잠시 후 로사의 얼굴빛이 겨우 정상으로 돌아왔다. 그러자 로사는 즉시 테리의 손을 뿌리쳤다.

"됐어. 가서…… 바리케이드나 쌓아. 저거 오래 안 가."

테리가 고개를 쳐들며 소리쳤다.

"아가씨가 뒤뜰에 바리케이드 쌓으란다! 얼른 서둘러!"

그 순간부터 대원들의 움직임은 앞서보다 두 배로 빨라졌다. 집기들이 순식간에 뒤뜰로 나가고 도끼 소리가 울려 퍼졌다. 미리 했더라면 더 좋았겠지만 그땐 시키는 대로 따라주었을 가능성이 없었으니 어쩔 도리가 없었다. 그러나 곧 대원들이 돌아와서 말했다.

"뭐 더 없어? 다 막으려면 이걸로는 모자라는데."

이미 온 집의 가구를 다 끄집어낸 상태였다. 로사는 제단 위에 앉아 있었는데 어느새 그 앞에서 명령을 들으려고 서 있는 대원이 두 명이나 되었다. 로사는 완전히 기운을 되찾지 못해 목소리가 작았지만 어쨌든 위를 가리켰다.

"2층 부숴."

이번에도 명령을 들은 대원들의 눈이 커졌다.

"2층을 부수라고? 그럼 3층이나 종탑은 어떻게 올라가지?"

"아까 시트로 만들어둔 밧줄. 종탑 입구 앞에 매달아. 그 정도 곡예는 다들 하지?"

한 대원이 물었다.

"2층을 부숴도 집은 멀쩡한 거야?"

로사는 고개만 끄덕였다. 매의 집의 2층은 여관으로 개조될 때 목조로 만들어 올린 것이라 석조 건물과는 별개였다. 하라트가 중얼거렸다.

"2층에는 대장님 방도 있는데……."

"대장님이……."

로사는 숨을 몰아쉬고 말을 이었다.

"너희들 목이 붙어 있는 걸 원할까, 방이 멀쩡한 걸 원할까?"

할이 2층을 흘끔 보더니 소리쳤다.

"그래. 까짓것 다 부숴! 위에서부터 부숴 내려온다! 네옵스, 네가 다섯 명만 데리고 올라가!"

대원들이 정신없이 움직이고 있을 때 마구간 뒤쪽의 맨 끝 방에서 한 녀석이 슬그머니 고개를 내밀었다. 아샤벨이었다. 아샤벨은 난장판이 된 1층을 둘러보더니 입이 딱 벌어졌다. 그러다가 제단 위에 앉은 로사를 보고는 슬금슬금 다가왔다. 로사가 그를 발견하고 말했다.

"어디 숨어 있다가 왔어?"

"흐흐, 나야 어디든 동에 번쩍 서에 번쩍이지. 근데 이게 다 어떻게 된 거야? 어럽쇼. 생각보다 잘 굴러가고 있네?"

로사가 그 말을 듣더니 미간을 모았다.

"너, 밖에 나갔다가 왔어?"

아샤벨은 비밀을 지키라는 것처럼 검지를 들더니 싱긋 웃었다. 로사의 표정이 심각해졌다.

"나갈 통로가 있어?"

"나만 다니는 개구멍이야. 애들이니까 가능한 거지. 어른이었으면 오다가 화살 세 대는 맞았을걸. 지금 뒤뜰 쪽 골목도 다 봉쇄됐어."

열여섯 살짜리 아샤벨의 입에서 '봉쇄' 같은 단어가 나오는 것이 수상했다. 그건 전쟁 상황에서나 쓰이는 단어가 아니던가?

"나갔다가 왜 도로 돌아왔어?"

"아니, 그럼 내가 부…… 대장님도 안 계신데 매의 집을 버리고 도망갈 줄 알았어? 이거 섭섭하네. 난 그런 놈 아니거든? 저번에도…….”

아샤벨은 갑자기 하려던 말을 꿀꺽 삼키더니 로사에게 내려오라고 손짓했다.

“내가 재미있는 거 보여줄게. 근데…… 잠깐, 저 문, 저거 어떻게 된 거야?”

그제야 얼어붙은 문을 발견한 아샤벨이 눈을 크게 떴다. 로사가 제단에서 내려가며 말했다.

“오래 안 가. 보여준다는 게 뭔데?”

아샤벨은 문을 흘끔거리며 마구간 뒤쪽으로 갔다. 2층에서 요란한 소리가 나자 그쪽도 올려다보더니 문득 물었다.

“그런데 나나는 어디 갔어?”

“부엌 밑 저장고에.”

“그런 어두컴컴한 데서 애가 겁먹지 않을까?”

“걔는 그런 거 겁 안 내.”

창은 모두 막혀 있었지만 나무토막으로 얼기설기 잇댄 터라 눈을 갖다 대면 어느 정도 바깥이 내다보였다. 아샤벨이 손가락질했다.

“저기 봐봐, 누나.”

로사가 눈을 갖다 대자 투석기가 잘 보였다. 투석기는 멈춰 있었다. 로사가 얼려버린 문을 보고 잠시 궁리에 들어간 모양이었다. 그런데 투석기 옆 3층 건물의 지붕에서 뭔가를 들고 움직이는 사람이 보였다. 그자는 아주 잠깐 보이더니 다시 사라져버렸다. 아샤벨이 싱글거리며 말했다.

"잘 보고 있어."

그 사람은 다시 나타났다. 손에는 막대 같은 것을 들고 있었는데 멀어서 잘 보이지 않았다. 그러나 곧 이어 붉은 것이 너울거렸다. 횃불이었다. 그자는 투석기를 지탱하는 밧줄에 횃불을 옮겨 붙이더니 재빨리 건물 맞은편으로 달려가 뛰어내렸다. 3층에서. 로사는 깜짝 놀랐다.

"아!"

그자는 바닥에 떨어지지 않았다. 거리 안쪽에서 기수가 탄 말 한 필이 튀어나왔고, 그자는 기수 뒤에 올라타고 있었다. 기수는 몸을 숙이는가 싶더니 눈 깜짝할 사이에 매의 집 뒤로 뛰어 들어왔다. 순간적으로 말을 가속하는 승마술이 보통이 아니었다. 화살이 수십 대나 날아왔지만 한 대도 맞추지 못했다.

로사가 창구멍에서 눈을 뗐을 때 아샤벨은 이미 뒤뜰로 달려나가고 있었다. 로사도 뒤따라가려 했지만 기운이 없어서 걸어서 가야 했다. 뒤뜰에 도착해보니 말 한 필을 탄 두 사람을 대원들이 빙 둘러싸고 있었다. 대원들 중 절반은 칼을 뽑아들고 있었다. 아샤벨이 외쳤다.

"한편이라니까! 우리 무관님들이야!"

그러자 말 뒤쪽에 탄 남자가 아샤벨의 머리를 쥐어박는 시늉을 했다.

"인마, 여긴 델피나드거든?"

그들은 말에서 내렸다. 아샤벨이 한 말 때문에 대원들이 공격하지는 않았지만 그래도 상황이 상황인지라 의혹이 풀린 표정들은 아니었다. 아샤벨이 다시 말했다.

"우리 대장님을 옛날에 섬기던 분들이야. 여기가 위험하다는 얘기를 듣고 도우러 오신 거야. 내가 부탁드렸어."

투석기에 불을 질렀던 남자가 대원들을 둘러보며 싱긋 웃었다.

"난 가야르. 이쪽은 한본. 대장님께서 안 계신데 괴상한 일이 벌어졌다고 해서 혹시라도 도움이 될까 하고 와봤어. 짐은 되지 않을 테니 안심하쇼."

그때 할이 한본의 얼굴을 보더니 말했다.

"잠깐, 당신은 무두질 거리에서 장사하던 사람 아니야?"

한본은 고개를 끄덕였지만 웃지는 않았다. 그는 주위의 바리케이드를 둘러보더니 말했다.

"저쪽 골목을 더 보완하시오. 적들은 저쪽으로 올 거요."

크리세스가 얼굴을 찡그렸다.

"당신이 뭔데 이래라저래라야?"

아샤벨이 한숨을 내쉬며 뭐라고 말하려 했지만 가야르가 손을 저어 말렸다. 그러더니 말했다.

"지시가 불쾌하긴 할 건데, 우린 군인들이야. 우리 얘기를 들어서 손해 볼 일은 없을 거야. 이것도 규모는 작지만 농성전이니까. 우리 같은 놈들은 한두 번 해본 게 아니거든."

가야르는 잠깐 말을 끊더니 목을 돌려 풀며 싱글거렸다.

"그중에서도 최고는 대장님하고 했던 거였지. 아, 대장님만 계셨으면 이따위 건 아무것도 아닌데."

크리세스는 기가 막힌 표정을 지었다.

"대장님하고 농성전이라고? 대장님이 군인이냐?"

가야르는 들은 체도 않고 두 손을 비비다가 몇 번 마주치며 외쳤다.

"아, 그런 게 있어. 어쨌든 잘 들어두면 피가 되고 살이 된다. 자, 시작해보자. 농성의 천재 가야르 님께서 오셨다!"

가야르는 당장 쌓다 만 바리케이드를 보완하기 시작했다. 그런데 그가 쌓은 모양이 훨씬 튼튼해 보여서 대원들도 이렇다 할 불만을 말하지 못했다. 비록 표정은 썩 좋지 않았지만. 그러는 동안 한본은 집안으로 들어가 막아놓은 창문과 문, 그리고 얼어붙은 정문을 살펴보고 나왔다. 그는 뒤뜰 앞에 선 로사를 흘끔 보더니 말했다.

"당신이 그 아가씨군요."

어디서 얘기를 들은 거냐고 묻기도 전에 한본도 바리케이드 보완에 뛰어들었다. 그 사이 전황을 보고 돌아온 할이 말했다.

"그런데 투석기는 어떻게 된 거야? 불에 타버렸어!"

"어, 정말?"

대원들이 우르르 안쪽으로 뛰어 들어갔다. 가야르가 바리케이드를 쌓다 말고 뒤를 돌아보며 엄지손가락을 세워 보였다.

"이 몸께서 오는 길에 불꽃놀이 한판 하고 왔지."

"정말 당신이 저렇게 한 거야?"

할이 묻자 가야르 대신 아샤벨이 우쭐해져서 대꾸했다.

"내가 말했잖아. 도와주러 오셨다고."

집 안팎에서 정신없이 전투 준비가 돌아가는 가운데 루크가 슬그머니 나타났다. 그는 3층에서 나와 내려가려다가 하마터면 허공을 헛디디며 떨어질 뻔했다.

"아참, 2층이 없지."

조금 떨어진 곳에 시트 밧줄이 매달려 있었지만 루크는 순찰대원들과 달리 곡예에 능하지 못했으므로 그걸 잡고 선뜻 뛰어내릴 수는 없었다. 결과적으로 고립되고 만 그는 3층 난간 틈으로 다리를 늘어뜨린 채 앉아버렸다.

"내가 내려가기 싫어서 안 내려가는 게 아니라니까."

그때 종탑 쪽 문이 열리더니 대원 하나가 내려다보며 외쳤다.

"적들이 뒤뜰 쪽으로 간다!"

외침을 들은 대원들은 일제히 뒤뜰로 달려갔다. 그러나 로사는 거꾸로 1층으로 들어가 문을 살펴봤다. 등 뒤에서 대원들이 떠드는 소리가 들려왔다.

"저놈들이 저럴 줄 알았지. 문이 끄떡도 안 하니까 뒤로 오는 거잖아."

"투석기도 망가졌다면서?"

"이제 우리도 실력 좀 보여드려야지?"

대원들은 뒤뜰에서 가야르와 한본의 지시에 맞춰 대열을 짰다. 궁수의 위치, 보병의 수, 골목의 크기 등을 고려해서 좁은 골목의 이점을 최대한 살려야 했다. 가야르가 외치는 소리가 들렸다.

"응, 그쪽! 자네는 거기! 아니, 조금 아래로! 자, 순서는 다들 알았나? 미리 말해두지만 너무 우쭐하지 마라. 적은 열 배다. 침착하게 한 놈 한 놈 처치해야 한다. 세 가지를 명심해라. 첫째로, 흥분해서 바리케이드 앞으로 뛰어나가지 마라. 바로 죽는다. 둘째로, 머리를 오래 내밀면 궁수의 표적이 된다. 셋째로, 목 떨어지기 전에는 자기 자리를 지켜라. 자, 준비 끝났나?"

대원들이 고개를 끄덕였다. 가야르가 경고하긴 했지만 다들 침착하기보다 열의가 앞선 분위기였다. 가라앉은 것보다는 낫지만 너무 들떠도 자멸하게 되는 수가 있었다. 로사가 그들 쪽을 내다보았을 때 막 첫 번째 적들이 들이닥쳤다. 네옵스가 로사를 돌아보며 외쳤다.

"아가씨는 문 닫고 쉬고 있어! 이제부턴 우리 차례니까!"

빼곡한 집들 사이로 난 좁다란 골목은 고작 두 명이 나란히 서면 꽉 찰 정도였다. 그중 한쪽은 가야르가, 다른 쪽은 한본이 지켰다. 주변의 집을 훼손할 수 없는 병사들은 정공법으로 오는 수밖에 없었다. 바리케이드 위로 뛰어 올라온 두 병사의 칼이 기다리고 있던 대원들과 뒤엉켰다. 가야르가 순식간에 한 명의 턱을 찔러 바리케이드 아래로 떨어뜨리고 외쳤다.

"그림자 매를 위해서!"

그건 대원들의 구미에 맞는 구호였다. 곧 사방에서 같은 구호가 울려 퍼졌다. 바리케이드에서 두 명, 네 명, 여섯 명이 굴러떨어졌다. 대원들은 아직 아무도 쓰러지지 않았다. 대원들도 잘 싸웠지만 가야르와 한본의 검술은 대원들과 비교할 바가 아니었다. 신이 난 대원들이 외쳤다.

"감히 그림자 매의 집에 쳐들어온 대가다!"

십여 명이 쓰러지고 나자 공격이 잠시 멈췄다. 아샤벨이 흥분해서 발을 굴러댔다.

"오합지졸 주제에 어딜 감히 쳐들어와? 우리 대장님이 우스워? 대장님은 스물두 명을 이끌고 하룻밤 사이에 칠백 명을 쓸어버린 분이야!"

한본이 말했다.

"아샤벨. 오백 명이 빠진 것 같다."

"알 게 뭐야? 뚱뚱보 술집 주인 따위가 무시무시한 잔다나 족을 한 명이라도 죽였을 것 같아? 그 오백 명 중엔 열세 살 먹은 나도 포함됐다고!"

흥분한 아샤벨의 입에서 '잔다나'라는 말이 나오자 한본이 손가락을 입술에 갖다 댔다. 아니나 다를까 한 명이 고개를 갸웃거렸다.

"잔다나? 남쪽 어딘가의 야만족 아닌가?"

곧 두 번째 공격이 휘몰아쳐 왔다. 그때 로사는 홀로 1층에 남아 정문을 올려다보고 있었다. 그녀의 눈에는 보였다. 조금씩 녹고 있는 얼음이.

로사가 살던 북부에서는 이렇게 문을 얼리면 꽤 효과적이었다. 한 번 얼어붙은 문은 밤을 지새우고 나면 한층 강해졌다. 하지만 여긴 델피나드였다. 심지어 정오를 지나 점차 더워질 시각이었다. 이럴 줄 전혀 예상하지 못했던 건 아니었지만 생각 이상으로 기후의 힘이 강했다. 예상을 했든 못했든 로사가 쓸 수 있는 주문은 한정되어 있었으므로 다른 선택도 없었다. 로사는 문을 바라보다가 미간을 찡그리며 중얼거렸다.

"설마 이럴 줄 알고 닷새만 더 기다리라고 한 건 아니겠지?"

어느새 문 앞에 쌓아올렸던 자루가 녹아 물이 흘러내리고 있었다. 흙과 함께 넣었던 지푸라기와 말똥이 풍기는 냄새가 물씬했다. 문득 어떤 풍경이 떠올랐다. 서리와 뒤섞인 흙, 하얗게 얼어붙은 풀, 그리고 차가운 비린내. 로사에게 아주 익숙한, 고향의 언 땅이 녹아갈 때 나는 냄새였다. 얼음 비린내의 기억은 그렇지 않아도 강한 로사를 겨울 성처럼 굳세게 다잡아주었다.

로사가 문을 향해 속삭였다.

"어쨌든 난 여길 지켜낼 거야. 약속했으니까. 하지만 되도록 빨리 와주면 더 좋겠네."

〈하권에서 계속〉